用经典滋养灵魂

龚鹏程

每个民族都有它自己的经典。经，指其所载之内容足以做为后世的纲维；典，谓其可为典范。因此它常被视为一切知识、价值观、世界观的依据或来源。早期只典守在神巫和大僚手上，后来则成为该民族累世传习、讽诵不辍的基本典籍。或称核心典籍，甚至是"圣书"。

佛经、圣经、古兰经等都是如此，中国也不例外。文化总体上的经典是六经：《诗》《书》《礼》《乐》《易》《春秋》。依此而发展出来的各个学门或学派，另有其专业上的经典，如墨家有其《墨经》。老子后学也将其书视为经，战国时便开始有人替它作传、作解。兵家则有其《武经七书》。算家亦有《周髀算经》等所谓《算经十书》。流衍所及，竟至喝酒有《酒经》，饮茶有《茶经》，下棋有《弈经》，相鹤相马相牛亦皆有经。此类支流稗末，固然不能与六经相比肩，但它各自代表了在它那一个领域中的核心知识地位，却是很显然的。

我国历代教育和社会文化，就是以六经为基础来发展的。直到清末废科举、立学堂以后才产生剧变。但当时新设的学堂虽仿洋制，却仍保留了读经课程，以示根本未隳。辛亥革命后，蔡元培担任教育总长才开始废除读经。接着，他主持北京大学时出现的"新文化运动"更进一步发起对传统文化的攻击。趋势竟由废弃文言，提倡白话文学，一直走到深入的反传统中去。论调越来越激烈，行动越来越鲁莽。

台湾的教育、政治发展和社会文化意识，其实也一直以延续五四精神自居，以自由、民主、科学为号召。故其反传统气氛，及其体现于教育结构中者，与当时大陆不过程度略异而已，仅是社会中还遗存着若干传统社会的礼俗及观念罢了。后来，台湾朝野才惕然憬醒，开始提倡"文化复兴运动"，在学校课程中增加了经典的内容。但不叫读经，乃是摘选《四书》为《中国文化基本教材》，以为补充。另成立文化复兴委员会，开始做经典的白话注释，向社会推广。

文化复兴运动之功过，诚乎难言，此处也不必细说，总之是虽调整了西化的方向及反传统的势能，但对社会普遍民众的文化意识，还没能起到警醒的作用；了解传统、阅读经典，也还没成为风气或行动。

二十世纪七十年代后期，高信疆、柯元馨夫妇接掌了当时台湾第一大报中国时报的副刊与出版社编务，针对这个现象，遂策划了《中国历代经典宝库》这一大套书。精选影响国人最为深远的典籍，包括了六经及诸子、文艺各领域的经典，遍邀名家为之疏解，并附录原文以供参照，一时朝野震动，风气丕变。

其所以震动社会，原因一是典籍选得精切。不蔓不枝，能体现传统文化的基本匡廓。二是体例确实。经典篇幅广狭不一、深浅悬隔，如《资治通鉴》那么庞大，《尚书》那么深奥，它们跟小说戏曲是截然不同的。如何在一套书里，用类似的体例来处理，很可以看出编辑人的功力。三是作者群涵盖了几乎全台湾的学术菁英，群策群力，全面动员。这也是过去所没有的。四，编审严格。大部丛书，作者庞杂，集稿统稿就十分重要，否则便会出现良莠不齐之现象。这套书虽广征名家撰作，但在审定正讹、统一文字风格方面，确乎花了极大气力。再加上撰稿人都把这套书当成是写给自己子弟看的传家宝，写得特别矜慎，成绩当然非其他的书所能比。五，当时高信疆夫妇利用报社传播之便，将出版与报纸媒体做了最好、最彻底的结合，使得这套书成了家喻户晓、众所翘盼的文化甘霖，人人都想一沾法雨。六，当时出版采用豪华的小牛皮烫金装帧，精美大方，辅以雕花木柜。虽所费不赀，却是经济刚刚腾飞时一个中产家庭最好的文化陈设，书香家庭的想象，由此开始落实。许多家庭乃因买进这套书，而仿佛种下了诗礼传家的根。

高先生综理编务，辅佐实际的是周安托兄。两君都是诗人，且侠情肝胆照人。中华文化复起、国魂再振、民气方舒，则是他们的理想，因此编这套书，似乎就是一场织梦之旅，号称传承经典，实则意拟宏开未来。

我很幸运，也曾参与到这一场歌唱青春的行列中，去贡献微末。先是与林明峪共同参与黄庆萱老师改写《西游记》的工作，继而再协助安托统稿，推敲是非、斟酌文辞。对整套书说不上有什么助益，自己倒是收获良多。

书成之后，好评如潮，数十年来一再改版翻印，直到现在。经典常读常新，当时对经典的现代解读目前也仍未过时，依旧在散光发热，滋养民族新一代的灵魂。只不过光阴毕竟可畏，安托与信疆俱已逝去，来不及看到他们播下的种子继续发芽生长了。

当年参与这套书的人很多，我仅是其中一员小将。聊述战场，回思天宝，所见不过如此，其实说不清楚它的实况。但这个小侧写，或许有助于今日阅读这套书的大陆青年理解该书的价值与出版经纬，是为序。

从"说话"到"说书"

胡万川

"说书"在我国历史上，尤其在宋朝，曾经是最普遍、最受欢迎的一种大众娱乐。但曾几何时，它已经在广播事业、电影、电视的冲击下，销声匿迹了。

说书和戏剧一样，同样是一种有着长久历史渊源的民间娱乐活动。可是，它却不像戏剧那么幸运，那么有韧性，经过长期的社会变迁，虽然屡次改变形态，仍然能够继续流传下去。

或许现代的读者，有些连说书是什么都已经不大明白了，因为它毕竟已经是一种历史陈迹。用现代的话来说，说书就是说故事，特别是指那种为赚取自己生活费、职业性的"说故事"而言。

其实，"说书"这个名词，尚且不是说故事这个行业的本来名称。它是"说故事"这个行业已经发展到了一个相当阶段以后的说法。在宋、元以前，他们称这种行业为"说话"。

当时的人在这种场合所用的"说话"两字，指的就是"说故事"。"话"就是"故事"的意思。这种用法，和我们平常所指的

"说话"两字是有所不同的。当时的人，称从事"说话"这种行业的人为"说话人"或"说话的"。用现在的话来说，这三个字也就是"说故事的人"的意思。

单纯地"说故事"给人家听这件事，或许可以上溯到远古时代，几乎人类有了语言，有了家庭组织，就有了"说故事"的行为。但是那种长辈讲给晚辈听，公公讲给孙儿听的"说故事"，甚或到了后来朋友们交际应酬，以及宫廷中俳优们的"说故事"，都不是我们这里所要讲的"说故事——说话"。我们这里所说的"说话"，是专指"职业性的"、艺人们用来娱乐大众，借以赚钱谋生的那种"说话"。

以目前所发现的可靠资料来说，我们中国职业性"说话"的产生，或许可以上溯到晚唐。但是，"说话"艺术真正的蓬勃发展，成为民间最大众化的娱乐活动，却是北宋以后的事。整个北宋、南宋时期，说话艺术的发展达到了一个最高峰。到了元代，由于戏剧的勃兴，说话艺术才开始式微。但是一直到二十世纪二三十年代广播事业发达以前，"说话"——后来又叫"说书"，却始终是民间娱乐的一种主要活动，并没有中断过。

由于"说话"是两宋时期最重要、最具代表性的民间娱乐，所以，一提到"说话"，很容易就使人联想起"宋代"，就好像提起"杂剧"就使人想起"元代"一样。

宋朝的"说话"大部分集中在都市，北宋时期的汴京（开封）、南宋时期的临安（杭州），更是两处说话人的胜地。说话的场所多半就在瓦子（市集）等人口集中的地方。两宋时期，虽然各种民间游艺活动，如杂耍、傀儡戏等也都相当发达，但是，听"说话"却是当时人们最主要的一种娱乐活动。

为了因应市场的广泛需要，提高"说话"的技巧，宋代的"说话"已经有了很专业的分科，其中尤以讲史和讲小说的人数最多，也最受欢迎。"讲史"讲的就是历代兴废变革的历史故事。这种历史故事一个主题通常一讲就是好几天，甚至好几个月。"讲小说"，则是讲历来的传说以及当时发生的种种感人的故事，包括英雄豪侠、恋爱、神怪、公案等。通常是一次或两次就能讲完。他们所说的"小说"，以现代的话来说，就等于"短篇故事"。

当时的"说话人"在讲故事的时候，虽然并不像后代的某些"说书"人一样，专门根据某本"书"来开讲发挥，但是也有他们自己的故事"底本"。这种"说话"人所用的故事底本，便叫作"话本"。"话本"通常是他们的故事提纲，用来备忘的。他们如果要讲得好，就得靠着口才临场发挥，不能够单是凭着"话本"照本宣科，否则就没人听他的了。

"说话"艺术的初期，"话本"大概都是"说话人"自己编的。后来，由于"说话"的市场需要愈来愈大，故事的需求量也就越来越多，便出现了专门为这些"说话人"编故事的"书会先生"。"书会"是当时那些"编故事的人"的同业组织，就像"说话人"也有自己的同业组织一样。说话人的同业组织有的就叫作"雄辩社"。由"编故事的人""说故事的人"都有了同业组织这一点来看，就可以明白当时的"说话"是多么的发达。

不论是"说话人"自己编的"话本"，还是书会先生们编的"话本"，本来都是不外传的。后来，故事的流传一广，不知道是这些说话人自己，或者书会先生，或者是有心的听众，便将这些原来专供"说话人"用的"话本"刊印了出来。从此，"话本"就在市面流通，变成了一种供人阅读娱乐的故事了。

"话本"原来是民间艺人的作品，开始的时候，很少受到读书人的重视。流通既久，渐渐便引起有心的文人的注意，他们或者将话本成套编印，或者模仿"话本"的体裁来创作他们的小说。于是，原本专供说话人用的"故事底本"就变成了一种"专供阅读欣赏之用"的文学作品，和现代人写小说的意义完全一样了。这是民间文艺影响文学的一个最好例子。

这种文人模仿话本体裁创作的小说，后来有的人就将它称为"拟话本"，表示它们和原来专供说话人用的"底本"有所不同。但是，对我们后代的读者来说，"话本"除了文字比较粗糙俚俗以外，和"拟话本"实际并没有什么太大的不同，因为现在我们所能看到的"话本""拟话本"，都是印在纸上的小说。我们既然不能再看到当时"说话人"的实际演说，对我们来说，什么是"话本"，什么是"拟话本"，就不是那么重要了。因为，后来的说书者同样也可以用"拟话本"作为底本，来讲述他们的故事。

在宋代，"话本"一词的意义曾经包罗很广，不只是指讲史、讲小说所用的底本，同时也指演出傀儡戏、皮影戏等的故事底本。

后来才用来专指"说话"的底本。

但是，到了元代又有一些改变。元代的人似乎比较偏爱讲史的故事。他们特别称讲史为"平话"，讲史的"话本"当然也就顺理成章地称为"平话"。"平"就是"评"，因为讲史通常有讲又有评，所以才叫作"评话"，简称"平话"。在当时，这个分别是颇为清楚的，就是把讲史的故事底本称为"平话"，讲短篇故事的底本称为"话本"。虽然后代的人有时又将"平话"和"话本"混淆在一起，我们认为仍然是分开用比较好。

"平话"后来就演变成长篇的历史演义小说，"话本"则一直用来指称所有短篇的"话本体"小说。我们在本书里所指的"话本"，就是这个用法。

话本由于本来就是供"说话人"所用的故事底本，所以它是口语的，用现代的话来说，就是白话的。而且说话者为了吸引听众，更常常运用生动的市井俚语。后来文人创作改编的话本小说，仍然保持了这种特色。

另外，"说话人"当初为了演出的临场效果，更常常有乐器伴奏的演唱场面。也就是说，讲故事的人讲了一段故事以后，在精彩处或描绘特殊的场景时，常常来一段诗词，这一段诗词便是演唱的。这种一说一唱的说故事，在当场敷演时，当然有着特殊的效果，但是，后来把这些话本编成给人阅读用的小说时，诗词等插曲的重要性就逐渐减低了。虽然如此，现存的话本仍然保留了许多诗词，这是"话本"和现代小说不同的地方，也是"话本"

小说的特色。

话本小说除了有这些特色以外，它在形式上还有一些和后代短篇小说不一样的地方。第一，它的篇首通常以一首诗（或词），或一诗一词为开头。结尾大体上也如此，就是以诗词作结。结尾的诗词，一般就是全篇故事的大纲或评论。篇首的诗词则不一定。

第二，在篇首的诗词之后，正文的故事之前，通常有"入话"和"头回"。入话就是接在篇首的诗词之后，加以解释，或作一番议论的段落。头回则是在正文故事未开始之前，先说一篇小故事，这篇小故事的主题或者和正文故事相似，或者相反。这篇头回的故事，和正文故事因此就有着衬托或对比的意义。正文故事的主题，可以借此而更加清楚明白。

话本小说之所以会有"入话""头回"，是由于"说话人"职业上的实际需要。"说话人"是靠着听众给钱维生的，可是古代的人并不像现代人，人人有钟有表，说什么时候开讲，听众到时一定到齐。在当时，听众总是陆陆续续来的，"说话人"为了不使早到的人觉得冷场，便需先说一些议论，或唱一些诗词，或讲一个小故事，来稳住那些早到的听众。然后，等所预定的听众人数大约到齐了之后，才"言归正传"，讲本题故事。这样，才能让所有的听众都满意，"说话人"也才能赚钱维生。

由上面简单的介绍，我们知道，话本的结构形式，按先后排列应当是：①开场诗；②入话；③头回；④正文；⑤散场诗。但是现在留传下来的话本小说，却并不每篇都保留着这么完整的形式。有的缺入话，有的缺头回，或者甚至有入话和头回都缺的。这或许是后代辗转刊印时脱落的，或许是本来有些话本就缺少这几部分。

宋代虽然是"说话"的黄金时代，但是，宋人刊印的"话本"小说，我们却再也看不到了。我们现在所能看到的话本集，最早的是明朝嘉靖年间洪楩所刊印的《六十家小说》。所谓的《六十家小说》，就是六十篇话本小说。这六十篇话本小说现在也已大部分失传，连残缺不全的计算在内，一共只剩下二十九篇而已。因为洪楩刊书的堂名叫做"清平山堂"，在《六十家小说》的刊本上，也有"清平山堂"的字样，所以后来有的人便又将《六十家小说》称为《清平山堂话本》。这二十九篇话本，根据历来学者的考证，包括了宋代、元代和明代的作品。

接着便是万历年间熊龙峰所刊印的话本小说了。熊龙峰所刊的话本小说，传到现在的只有四篇。据近代人的考证，其中两篇大约是宋人的作品，两篇是明人的作品。

再接着，就是天启年间冯梦龙所刊印的《古今小说》（又称《喻世明言》）、《警世通言》、《醒世恒言》这三部大书了。这三部书合称"三言"，共收了话本小说一百二十篇，每一部四十篇。这一百二十篇里，同样的是收了宋、元、明各代的话本小说，同时包括了冯梦龙自己写的在内。

"三言"以后，话本小说的创作风气已经形成，《拍案惊奇》《二刻拍案惊奇》《石点头》《西湖二集》等以下，便都是作家个人创作的话本小说集，而不是收集各代作品的话本集了。

《六十家小说》、熊龙峰所刊小说和"三言"里所收的话本，虽然经过历代学者的考证，大体上能够指出其中哪些原来是宋代的作品，哪些是元代、明代的作品，但是因为它们刊刻的时代离宋已远，那些所谓的宋代话本，到底保存了多少当时话本的本来面目已不可知。而且，像冯梦龙编辑"三言"的时候，很明显曾对原作加以修改润色，所以，即使"三言"里的某篇和某篇本来果真是宋人小说，但是经他这么一编一改，我们却再也不能硬说这篇是完整的"宋代"话本了。

由以上简单的介绍，我们可以知道，宋代虽是"说话"的鼎盛时代，明代却是文人编辑和创作"话本小说"的丰收时期。本书里所收的几篇，就是包括了这两个时期的一些代表作品。

而为了使读者能较为广泛地接触到话本小说的各种内容，本书所收的各篇又分别代表了神怪、侠义、恋情、公案等不同的主题。

本书对于原来作品的改写态度，以保持话本小说的本来特色为主。除了原来作品情节有前后不能衔接的地方，或者过于艰深生僻的字眼以外，编者尽量地力求保持原作的精神，不加更动。

至于本书所收各篇的出处以及其他有关的细节，读者们等看完了故事，再看篇后所附的介绍，就能了然。

目　录

说书先生的秘笈

西山一窟鬼

杏花过雨，渐残红零落胭脂颜色。

流水飘香，人渐远，难托春心脉脉。

恨别王孙，墙阴目断，谁把青梅摘？

金鞍何处？绿杨依旧南陌。

消散云雨须臾，多情因甚有轻离轻拆！

燕语千般，争解说些子伊家消息。

厚约深盟，除非重见，见了方端的。

而今无奈，寸肠千恨堆积。

这首幽怨缠绵而又美丽的词儿名叫《念奴娇》，是个赴京赶考的举子作的。这个举子名叫沈文述，他并不是一个有名的词家，只是一个普通的读书人，但是这首词做得实在是非常地好。

沈文述既然不是有名的词家，又为什么能作出这么一首好词呢？原来这首词中的每一句都是先辈词家们词章中的句子，亏得他用心灵巧，能寻章摘句，将前人词中的章句，拿来拼成这么一首绝妙好词。

我们今天要讲的故事，和这首词儿并没有直接的关系，和沈文述也没有什么瓜葛。各位看官一定会奇怪，既然故事和这首词没有直接的关系，又为什么开讲之前要先来这一首词呢？且听在下一一道来。

这首词儿并没有什么难解的字句，看官们一览就大概能体会出词中的意思，说的无非是情人远别、愁绪难挨之类的话。多少幽怨，多少留恋，总是为着曾经有过那么一段难分难舍的感情。不论过去如何，未来又将如何，能撩起这离情别绪的那份深情，终归是美丽的，即使有一点儿酸，也应当是酸中有甜的。在芸芸众生里，能够拥有这么一幅美丽画页的人，该算是一个有福的人了。人生百态，遭逢万端，情感的事儿更是令人难以捉摸。当时甜美，事后缠绵，回味起来余甘无穷的感情，毕竟不是每一个人都能遇着的，多的却是那不堪回首的往事。

在下今天要讲的这个故事，大概就是属于难以回味的那种。所以在未开讲之前，就先来这么一首美丽有味的词儿，给看官们开开脾胃。因为这个故事虽然讲的是一桩和感情有关的事儿，可是却实在有些儿蹊跷古怪。

故事的主人翁和开篇这首词儿的作者沈文述一样，也是个读书人，姓吴名洪，福州威武军人，家乡人都叫他吴秀才。绍兴十年，他从家乡来到都城临安，准备参加三年一度的进士考试。他对这次考试原抱着十分的把握，可是，时也，命也，时运未至，竟落榜了。

吴秀才不是个有钱人家的子弟，而且自己原以为这次一定可以高中无疑，所以带的旅费并不多，哪知竟然名落孙山，心里的痛苦与失望真是难以形容，不但没面子返回乡里，即使真的想厚着脸皮回去，也没有了路费。为了免于流落他乡，没办法，只好在这临安城里州桥下随便开了一个小小的学堂，等待三年后下一次考期的到来。

从此，吴秀才每天就过着和小朋友们打交道厮混的日子，附近的人家也不叫他吴秀才，都叫他吴教授。

时间过得真快，自从开了学堂，一晃眼就是一年过去。这一年多来，多亏了那些街坊人家，肯把小孩子送来跟他上学，吴教授总算有了一些积蓄。

有一天正在上课，忽然听得门帘上铃声响，走进了一个人来。吴教授抬头一看，不是别人，正是半年前搬走的邻居王婆。王婆一向专靠做媒为生，撮合好事。吴教授见是王婆，不免得上前问安："好久不见，婆婆现在住哪儿？"王婆说："还以为教授早将老身忘了呢！老身现就住在钱塘门里城下。"

两个老邻居就这么聊了起来，教授问道："婆婆今年高寿多少？看你老人家身体还这么健朗。"王婆说："老身七十五啰，教授呢？"教授说："二十二。"

王婆说："容老身说句不中听的话，教授才二十二岁，可是看起来却像三十多岁的人了，大概是教书太过费神吧！老身且和你说句知心话儿，我看教授实在是需要一个小娘子相伴。"

教授说："不瞒你说，我自己也有这个意思，央过几次人，就是没遇到过合适的对象。"

王婆说："这叫作'不是冤家不聚头'。老身这儿正有一头好亲事，嫁妆大约总有一千多贯，外带一个陪嫁的丫头。人才又好，各种乐器都会，又能算，又会写，又是有名的大官府第出身，就只想嫁个读书人，不知教授要也不要？"

教授听王婆这么一说，不禁喜上心头，笑着说："如果真有这么一个对象，那可真不错！这位小娘子是哪家的？"

王婆说："说起这位小娘子，来头可还真不小哩！是秦太师府里三老爷放出来的人，已经两个月了。两个月来，来说亲的也不知有多少，有朝中办事的，有内廷当差的，也有开店做生意的，只是高不成低不就，小娘子就是坚持要嫁个读书人。因为小娘子种种乐器都会，所以府里的人叫她李乐娘，已经没了爹娘，现在就和那个陪嫁丫头锦儿住在白雁池一个老邻居家里……"

话还没说完，只见门帘外人影一晃，一个人走了过去，王婆一见那人影，忙说："教授，你看到走过去的那人么？便是和你有缘的那个……"一句话没讲完，出门赶了上去。教授一阵紧张，以为就是……谁知带进来看，不是别人，却是李乐娘借住的那个邻居，姓陈，大家都叫她陈干娘。

王婆拉着陈干娘走了进来，和吴教授作了揖，王婆说："干娘，住在你家的那小娘子说亲说成了没？"

干娘说："这事不知该打从哪儿说起，来说的又不是没有好亲，谁知她就那么执拗，口口声声只是要嫁个读书人，却叫我哪里去给她找这么一个读书人！"

王婆说："巧事儿！我倒有个好亲事在这儿，但不知干娘和小娘子肯也不肯？"

干娘说："你是说谁？"

王婆指着吴教授说："就是这位官人，你说好不好！"

干娘说："别取笑了，如果能嫁给这么一位官人，那可是她前世修来的福。"

三个人这么一说一搭，吴教授看看当天也教不得书了，便提早放学，叫孩子们回家去，将学堂的门锁了，和两个婆子走上街来，找了一家酒店，叫了一些酒菜。

三杯下肚，王婆站起身来说："教授既然有意这头亲事，就该向干娘要一份合婚帖子。"

干娘说："老身刚巧带在身上。"伸手从抹胸里掏出一张帖子，交给吴教授。

王婆说："干娘，俗话说，真人面前说不得假话，旱地上打不得水，好便好，不好便不好，干脆些，你现在就约定个日子，到时带了小娘子和锦儿到梅家桥下酒店，我和教授就过去相亲。"干娘说一不二，当即答应，三个人就这样约定了日子。吃过了酒菜，陈干娘和王婆起身谢了吴教授招待，匆匆地走了。

到那天，吴教授提早放学，换了一身新衣裳，便到梅家桥下的酒店来，远远就看见王婆站在门外相等。到了楼上，陈干娘接着，教授劈面就问："小娘子在哪里？"干娘说："和锦儿坐在东阁儿里。"教授小心翼翼地用舌尖将窗纸舔破一个小洞，眯着眼朝里面瞧。这一瞧却似乎瞧得出了神，忽然不知高低地叫了出来："两个都不是人！"这下可吓坏了两个婆子。"怎么会不是人？"教授这才自觉失态。原来他看到了两个天仙般的美人儿，小娘子简直就像南海观音，锦儿就像玉皇殿下的侍香玉女，一时失神忘怀，竟说两个都不是人。两个婆子听他解释过了，才又笑盈盈地坐下。

教授大为满意，当日就定了这头亲事，接着的免不了就是下财完聘，等等，不必细说。

过了不久，选了个黄道吉日，教授将那小娘子娶过门来，从此夫妻俩一双两好，意蜜情浓，好不羡煞人，真个是：

云淡淡天边鸾凤，水沉沉交颈鸳鸯；
写成今世不休书，结下来生双绾带。

教授夫妻燕尔之好的事，且不必细表。两人婚后不久，很快的又是月半十五了。十五是拜孔夫子的日子，学生们比平常都来得早。每逢这一天，教授便也得早起。这天一大早教授就起床了，走过灶前，丫鬟锦儿已经起来上灶。教授走上前去看那锦儿时，不看便罢，一看万事皆休。只见锦儿背后披着一头散发，双眼突出，脖子血污。教授当场大叫一声，兀然倒地。

他的妻子慌忙赶来，用冷水救醒，锦儿也来帮着扶起。妻子说："丈夫，你看到了什么？"教授是一家之主，大男人家，总不能说看到锦儿那种模样，自己睁开双眼，仔细再看看锦儿，还是好好的，当下也觉得或许是眼花了，只好扯个谎，说："大概是起来时少穿了衣服，被冷风一吹，身子受不住，忽然就晕倒了。"锦儿赶忙去弄了些安魂定魄汤给他吃，很快也就没事了。不过教授的心里总免不了有些疑惑。

有话便长，无话便短，不久又是清明佳节，学生们都不来上学，教授吩咐妻子，说自己想要趁这假日出去闲走一遭。妻子也无他说，教授换了衣服，便出门走万松岭这一路来。来到净慈寺，在寺里看了一会，刚要出来，忽然有一个人过来向他打了招呼。教授一看不是别人，正是净慈寺对面酒店的酒保，酒保说："店里的一位客人，叫在下来请官人。"

教授跟着酒保走进店里一看，原来就是临安府的府判王七三官人。王七说："刚才看见教授，不敢随便招呼，特地要酒保相请。"教授说："七三官人要上哪儿玩去？"

王七看他那老实头的样子，心下想道："他刚结婚不久，我就捉弄他一下。"便说："我想约教授到我家祖坟走一趟，不知好也不好？几天前看坟的人来说，现在桃花正开，去年酿的酒刚熟，我们到那儿吃几杯去。"教授说："也好。"两个走出酒店，到苏公堤上南新路口叫了一艘船，一直坐到毛家埠才上岸，然后再慢慢走到玉泉龙井，往西山一路而去。

王七家的祖坟就在西山驼献岭下。好高的一座驼献岭！两人翻过了岭，再走了一里多路，才到坟头。王七叫看坟的张安准备点心酒菜，两人到坟旁一个小小的花园里坐了吃酒。这酒是新酿的，香醇适口，吃得两人大醉。

这时太阳已将西下，教授看看时候不早，便要起身回家。王七说："再吃一杯，要走一齐走。我们过驼献岭，再到九里松路上妓寨睡一夜。"教授嘴上不便说，心里想着："我新娶了老婆，如果搞得整夜不回，让老婆在家里等着，怎么也说不过去。可是就算现在赶路，走到钱塘门时，恐怕门也关了。"心下老大不自在，可又无法，只好和王七上驼献岭来。

事有凑巧，物有故然，刚刚就在他们到得岭上来时，忽然云生东北，雾锁西南，霎时间下起大雨来了。这雨下得一似银河倒泻，沧海盆倾。岭上并没有可以躲雨的地方，两人只好冒雨又走，走了几百步，忽然看到前面有一个小小的竹门楼，王七说："就在这里躲一躲。"这一躲不打紧，可却是：

　　猪羊走入屠宰家，一脚脚来寻死路。

两个跑进去一看，原来是一个破烂的野墓园，除了门前这个门楼儿还好的以外，里面什么房子也没有。两个只好在门楼下的石坡上坐着。这时雨下得更大了，整个山头除了大雨以外，一只鸟兽也没有。忽然间，不知从哪儿冒出来一个好像狱卒打扮的人，从隔壁竹篱笆里跳进了墓园，走到墓堆上叫道："朱小四，你这家伙，有人叫你，今天该要你这家伙出头。"只听得墓堆里面有人应声："阿公，小四就来。"不一会儿，墓堆上的土忽然掀开，跳出一个人来，狱卒头也不回地赶着那人走了。教授和王七两人见了这情景，吓得半边身子都凉了，一双大腿再也不听使唤，直抖个不停。

过不久雨停了，两个人恨不得背生双翼，翻身就走。这时地下又滑，肚里又饿，心上又怕，一颗心好似小鹿儿跳，一双脚好似斗败公鸡，后面又好一似千军万马赶来，再也不敢回头。

走到山顶上，侧着耳朵听时，空谷传声，听得林子里面传来阵阵棍子打人的声响，一会儿，那个狱卒打扮的人赶着墓堆里跳出来的那个人，从那边又冒了出来。两个人见了，吓得直跑。正跑得上气接不了下气，刚好岭侧有一座破落的山神庙，两人不由分说，奔进庙里，急急地把两扇庙门关了，将身子抵着庙门，真的是气也不敢喘，屁也不敢放。

两个人贴在门上，屏着气息静听外面的动静，忽然一个声音喊叫了过去："打死我了！"又另一个声音说："该死的混账东西！你这家伙答应送人情又不送，怎么不打！"王七低声地对教授说："外面刚才过去的，便是那个狱卒和墓堆里跳出来的人！"两个人直吓做一团，抖个不住。

教授这时候没好气地埋怨王七说："你无缘无故把我拉到这里来，担惊受怕，我太太在家里又不知道怎的盼望……"话还没说完，忽然听到外面有人敲门："开门，开门。"两个吃了一惊，不约而同地颤声问道："是谁？"再仔细一听，是个妇人的声音："好个王七三官人！原来是你把我丈夫带到这里，害我找得好苦！锦儿，和我一齐把门推开，叫你爹爹出来。"

教授听了外面的声音，不是别人，正是他的妻子和锦儿。"她们怎么知道我和王七在这儿？莫非她们也是鬼？"想到这层，不禁牙关打战，呆呆地望着王七，两个一声也不敢吭。

这时外面的声音又说："你们不开门，我就从门缝里钻进去！"把他们两个吓得将白天喝的酒都化作了全身冷汗。接着另一个声音说："我说妈妈，不是锦儿多嘴，不如我们先回去，明天爹爹自己就会回来的。"只听得教授妻子的声音又说："锦儿，你说得也是，我们就先回去，再做道理。"然后对着门内叫道："王七三官人，我先回，麻烦你明天将我的丈夫送回家。"他们两个哪里敢吭一声。

等那妇人和锦儿离开了，王七对教授说："教授，你老婆和那丫头锦儿都是鬼。这里也不是人待的地方，我们快走。"拉开庙门一看，已经是五更时候，不过路上还不见有行人。

他们两个往岭下急走，到了离平地大约一里多路的地方，有一所林子，忽然从里头走出两个人来。教授和王七又吓了一跳，定睛一看，走在前面的是陈干娘，后面的是王婆。两个婆子一见了教授就说："吴教授，我们已经等你很久了，你和王七三官人到底上哪儿去了？"教授和王七一听，真是吓坏了："这两个婆子也是鬼，我们快走！"两个发足狂奔，真个是獐奔鹿窜，猿跳鹤飞，一路不停地奔下岭来，回头再看那两个婆子时，正一步一步从后面赶来。

"折腾了整个晚上，没吃过一点儿东西，肚子实在饿得慌。一个晚上遇见这么多不祥，最好有个生人来冲一冲！"王七正对教授这么说着，巧得很，抬头就看见了岭下一户人家，门前挂着松枝儿，是家酒店，王七说："这里大概是卖茅柴酒的，我们进去买些酒吃，一来壮壮胆，助助威，二来好躲过那两个婆子。"

刚要奔进酒店去，却见一个酒保走了出来：头上裹一顶牛胆青的头巾，身上裹一条猪肝赤的肚带，破旧的裤子，脚下草鞋。显得有点阴阳怪气。

王七向前问道："你这酒怎么卖？"那人说："还没温哩！"教授说："就先拿一碗冷的来！"可是那人也不作声，也不吭气。王七心头一凛，低声对教授说："这个开酒店的人，不尴不尬，同样也是鬼了！我们快走……"话未说完，忽然从店里起了一阵风，这风来得好生奇怪：

非干虎啸，不是龙吟，明不能谢柳开花，暗藏着山妖水怪。吹开地狱门前土，惹引酆都山下尘。

风过处，定神一看，不见了酒保，也不见了酒店，原来两个正站在墓堆子上。两个吓得魂不附体，连跑带跳地一直奔到九里松曲院前雇了一艘船，这才稍微喘过一口气来。

这时天已大亮，上了岸，王七自己寻路回家，教授一个人提心吊胆地走到钱塘门下王婆家，一看，只见一把锁锁着门，问那些邻居们，都说："王婆已经死了五个多月了。"吓得吴教授目瞪口呆，不知所措，急忙离了钱塘门，循现在景灵宫贡院前这一路，过梅家桥，赶到白雁池边来，问到陈干娘家，但见门上两根竹竿叉成十字形，封死了，门前挂着一盏官府查封家产的官灯，上面写着八个字："人心似铁，官法如炉。"问邻居时，也说："陈干娘死过一年多了。"

吴教授心中恍恍惚惚，离了白雁池，顺路回到州桥下，看见自己的房子，一把锁锁着门，走到隔邻一问："我的妻子和丫鬟哪里去了？"邻居们说道："教授昨天出门后，小娘子就告诉我们说她和锦儿要到干娘家里去，一直到现在都还没回来。"

吴教授当时怔在那里，呆住了。就在这时，忽然有一个癫道人走来，看着吴教授说："我看先生身上妖气太重，必得早早断除，否则难免后患。"这一说，正触着了教授心头的恐惧，马上请那道人进去，安排香烛符水。

那道人当场作起法来，念念有词，喝声"疾！"只见一员神将从空而现，向前拱手："真君有何差遣？"那道人说："将那些在吴洪家里兴妖和在驼献岭上作怪的，都给我捉来！"神将领旨，忽然就在吴教授家里刮起一阵风：

无形无影透人怀，二月桃花被绰开；

就地撮将黄叶去，入山推出白云来。

这阵风一过，神将已将那几个兴妖作怪的捉来，癫道人当下一一审问明白，事情原来是这样的：

吴教授的妻子李乐娘，原为秦太师府三通判的小妾，是怀了身孕，难产而死的鬼；陪嫁的丫头锦儿，则因为通判夫人嫉妒她的美色，将她痛打一顿，因而愤恨，自己割颈而死的鬼；王婆是害水盅病死的鬼；陈干娘是在白雁池边洗衣服，落在池里淹死的鬼；驼献岭上被狱卒从墓堆里叫出来的朱小四，是替人看墓，后来害痨病死的鬼；在岭下开酒店的，是害伤寒死的鬼。

道人审问明白之后，从腰边拿出一个葫芦来。这个葫芦在生人眼里是个葫芦，在鬼的眼里，却是酆都炼狱。当下作起法来，那些鬼个个抱头鼠窜，一一被捉进葫芦里去了。道人将葫芦递给吴教授，教他拿去埋在驼献岭下。

料理过这些鬼祟，癫道人将拐杖往天空一抛，变做一只仙鹤，随即乘鹤升天而去。吴教授一见，忙朝空下拜："吴洪肉眼不识神仙，情愿脱离尘世，相随出家，望真仙慈悲，超度弟子。"拜祷完毕，听空中隐隐有声："我是上界甘真人，你以前原是随我采药的弟子，因凡心不净，中途有退悔之意，所以才堕落下界，罚作贫儒。现在你备受群鬼作弄，心中色情杂念谅已涤除。既然能够看破红尘，只要虔心向善，日后自能超凡证道。十二年后，我再来度你。"说完，化阵清风不见了。

吴教授从此舍弃红尘，出家而去，云游天下。十二年后，在终南山遇见甘真人，即相随而去，以后再也没有人见过吴教授了。这篇不堪回首、难以回味的故事，就此告一段落。后人有诗记此故事，诗曰：

一心辨道绝凡尘，众魅如何敢触人？
邪正尽从心剖判，西山鬼窟早翻身。

【结语】

本篇选自《警世通言》第十四卷。这一篇在《警世通言》里题作"一窟鬼癞道人除怪"，但是题目下有编者自注："宋人小说旧名'西山一窟鬼'"。所以我们知道这篇话本大概就是宋人的作品。而我们之所以要选用"西山一窟鬼"当作题目，而不选用冯梦龙所取的"一窟鬼癞道人除怪"，并不只是要恢复它的旧名，而是因为这篇话本的故事重点并不在于癞道人如何除怪，而在于这"一窟鬼"如何对人嘲弄和由此造成的恐怖气氛，以及谐谑的情趣。读者读了之后自然明了。

这一篇是属于灵怪类的故事。在宋人所编的文言小说集《鬼董》一书里，卷四有一条故事，男主角为"都民质库樊生"，故事情节和本篇有些类似的地方，读者如果有兴趣，不妨找来对照看一下。对照的结果，一定会发现，话本小说的活泼生动，远不是那种文言的故事所能及于万一。

碾玉观音

山色晴岚景物佳，暖烘回雁起平沙。

东郊渐觉花供眼，南陌依稀草吐芽。

堤上柳，未藏鸦，寻芳趁步到山家。

陇头几树红梅落，红杏枝头未着花。

这首《鹧鸪天》词说的是孟春景致，短短数句，即将初春一派胜景，铺叙如绘，实在是首好词。但是若要说到活泼生动，却还有点儿不如底下这首描写仲春景致的词：

每日青楼醉梦中，不知城外又春浓。

杏花初落疏疏雨，杨柳轻摇淡淡风。

浮画舫，跃青骢，小桥门外绿阴笼。

行人不入神仙地，人在珠帘第几重？

这首词儿的好，就在于它不只说出了春天的景，更说出了景中的人。人景交融，静中有动，所以更为活泼生动。但是如果说到情境动人，却又不如另一首描述季春风光的词儿来的好：

先自春光似酒浓，时听燕语透帘栊。

小桥杨柳飘香絮，山寺绯桃散落红。

莺渐老，蝶西东，春归难觅恨无穷。

侵阶草色迷朝雨，满地梨花逐晓风。

这首季春词之所以好，在于它不只铺叙了景，更在景中融入了情。

看官们或许奇怪，为什么说书的正题儿故事不说，却只在这里讲述春天景致的词儿？

俗话说"春为四季首"，又说"一年之计在于春"，春天是万物滋长、风光和煦的日子，更是郊游踏青的好季节。在下今天要讲的故事，其中的恩怨曲折，全是因为一个官府人家游春无意中起的头，所以正题儿未开始，免不了先唱几首叙说春景的词儿来做个开场。

话说绍兴年间，三镇节度使咸安郡王赋闲在京。一个春景融融、风光宜人的日子，郡王带领许多家眷随从出外游春，一日下来，个个欢喜无限。

当日傍晚回家，一行人来到钱塘门里的车桥，家眷们的轿子已经走过去了，郡王的轿子刚刚来到，忽然听得桥下有人叫道：

"孩儿啊！快出来看郡王。"郡王往外一瞧，原来是桥下裱褙铺里的一个人叫他的孩子出来。郡王瞧得仔细，便叫贴身的随从虞候来吩咐道："我从前一直要找这样的一个人，想不到今天却在这里找到。事情包在你身上，明天要带这个人进府中来。"虞候应声："是。"便来找这个看郡王的人。

郡王要找的到底是什么人？原来就是刚才被叫出来看郡王的那个人。虞候来到车桥下，只见一间简单的铺面，门前挂着一面招牌，写着"璩家装裱古今书画"。门口站着一个老人家，身旁一位小姐。这位小姐生得煞是好看：

云鬓轻笼蝉翼，蛾眉淡扫春山。

朱唇缀一颗樱桃，皓齿排两行碎玉。

莲步半折小弓弓，莺啭一声娇滴滴。

虞候认得真确，知道这就是郡王要找的人，一时不便造次过来，便走到他家对门的一个茶坊里坐下，茶坊里的婆婆把茶点送来，虞候对她说："拜托婆婆一件事，请你到对面裱褙铺里请璩老先生过来一下，我有些话要和他说。"

婆婆去把璩老先生请了来。璩老先生一见是官家的公人，免不了就开口先问道："府干大人相唤，不知有何指教？"虞候说："也没什么大不了的事，不过向老先生请教一件事。不知刚才老先生叫出来看郡王轿子的人是令爱吗？"

璩老答道："正是小女，我们一家就只三口人。"

虞候又问："令爱今年贵庚？"

璩老应道："一十八岁。"

虞候再问："恕在下唐突，敢问老先生是要将令爱来嫁人呢？还是要将她伺候官府人家呢？"

璩老说："老拙家中贫寒，哪里有钱来将她嫁人！将来恐怕也还只是献给官府人家罢了。"

虞候一听这话，心想若是如此，事情便好办了，当下又问："不知令爱可有什么本事？"

璩老说："倒没什么特别的本事，只是学得一手好刺绣。"

虞候见说到了正题，便说："那太好了，刚才郡王在轿子里看见令爱身上系着一条绣花腰巾，便猜知令爱定会刺绣，所以要在下来向老先生说，现在府中正需要一个会刺绣的人，老先生何不就将令爱献给郡王？"

璩老当下就答允了，约定明天便献到府中来。回到家中向老伴璩婆说了，璩婆也无异议。隔天，璩老写了一张献状，便将女儿献来咸安郡王府。郡王命人算了身价给璩老，璩家的女儿从此便留在郡王府听候使唤，取名叫秀秀。

秀秀自从进入府中，由于乖巧伶俐，又兼刺绣的手艺精巧，很得郡王的喜欢。有一天，朝廷赐下一件绣着团花的战袍给郡王，秀秀看了，便依样绣了一件出来，和朝廷赐下的那件简直一模一样，郡王看了大为高兴。

看着这两件绣得一模一样的战袍，郡王不禁想起："皇上赐给我这件团花战袍，我总该有个回报，却不知有什么合用的东西？"想了想，自己到府库去寻了一回，却没发现一样中意的东西，忽然在一个角落里看到一块椭圆形的透明羊脂美玉，自己把玩了一番，甚为喜欢，想着："若能用这块玉雕成一个什么精巧的东西，倒甚合用。"当下叫人将城里有名的碾玉师傅都召了来。郡王将玉给他们看了，问道："各位看看，这块玉该雕做什么好？"

其中一个说："可以做一副劝酒用的酒杯。"

郡王说："这么一块美玉，拿来做酒杯，可不是有点可惜吗？"

又有一个说："这块玉的形状上尖下圆，拿来雕做摩侯罗儿般的玩偶倒是不错。"

郡王说："摩侯罗儿那种玩偶，只有七月七日乞巧节才派得上用场，平常又没什么用处，我看也不太合适。"

后来一位年轻的师傅走上前来，对郡王说："启禀恩王，这块玉上尖下圆，要做成什么其他合用的东西其实很难，只好碾一个南海观音。"郡王听了，觉得这个主意不错，当下不禁对这位年轻师傅多瞧了两眼，说："好！这正合我意。"就叫他马上动工。

这位年轻的师傅姓崔，名宁，是升州建康府人，从小学得一手碾玉的好功夫，侍奉郡王已有多年，今年刚二十五岁。他拿了这块玉，不过两个月，就碾成了一个栩栩如生的玉观音。郡王看了甚为满意，马上就写表将玉观音进献给皇上。皇上看这观音碾得神态逼真，活灵活现，更是大为高兴。崔宁因此便受到了郡王格外的喜爱，薪俸增加了不少。

过了不久，又是一年的春天。有一天，崔宁正游春回来，和三四个好友在钱塘门里附近一家酒楼上吃酒，忽然听到街上闹吵吵的，不知发生了什么事，连忙推开楼窗一看，见乱哄哄的一群人叫着："井亭桥那边失火了！"崔宁一听是井亭桥，再顾不得吃酒了，慌忙走下楼来，只见那边已是烈焰冲天，火势着实凶猛。崔宁对那几个好友说："就在我本府不远。"忙忙地奔回府中。一进门时，却见整个府里已经搬得干干净净，静悄悄的没半个人。

崔宁既看不到人，又见火势暂时还不会延扑过来，便循着左边廊下进去。这时火光照耀得如同白日，忽然一个妇人模样的人，自言自语，摇摇摆摆地从府堂里出来，走到左廊下，和崔宁撞个正着。崔宁一看，认得是秀秀，连忙倒退两步，低声作了个揖，红着脸站在一旁。

崔宁为什么这时候见了秀秀好像有些害羞呢？原来当初郡王喜欢崔宁，曾当着众人的面许诺过崔宁："等到秀秀可以嫁人的时候，就将她嫁给你。"当时众人听了都为他高兴，以后见了崔宁的面就对他说："你和秀秀真是好一对夫妻。"崔宁是个单身汉，看着秀秀长得漂亮，倒真就存了一片痴心。秀秀看崔宁是一个俊俏的青年，也早已心肯首肯。两人心下都有了这番心事，今天无意中撞个满怀，崔宁便有些不自在。

这时候的秀秀，手中提着一帕子的金银珠宝，撞见崔宁便说："崔先生，我出来得迟了，府里的老妈子和丫头们早已各自四散，谁也顾不了谁。现在无论如何得拜托你替我找个安身的地方。"

崔宁只好带着秀秀走出府门，走到了石灰桥附近，秀秀说："崔先生，我脚疼，走不动了。"

崔宁指着前面说："再走几步便是我住的地方，就先到我家休息一下也好。"

两人来到崔宁的住处，一坐下，秀秀便说："崔先生，拜托替我买些点心来吃好么！我肚子好饿，又受了惊，如果能有杯酒压压惊，或许会好些。"

崔宁到外面买了酒来，三杯两盏，秀秀一下子便喝了许多，正是：

三杯竹叶穿心过，两朵桃花上脸来。

又道是：

春为花博士，酒是色媒人。

秀秀喝得脸上泛红，对崔宁说："你记得以前大伙儿在月台赏月，郡王将我许给你，你一直拜谢个不停，你记得还是不记得？"崔宁不知怎么回答才好，只好拱着手说："是。"

秀秀又说："那天大家都替你喝彩，说'好一对夫妻！'你怎么就忘了！"崔宁又说："是。"

秀秀说:"假如要这样一直等下去,不如今晚我们就先做了夫妻,不知道你意下如何?"崔宁说:"在下不敢。"

秀秀说:"你还说不敢!有什么不敢的?我如果大声叫嚷起来,马上就叫你吃不消。你为什么把我带到你家里来?我明天到府里去说,你这罪名就是跳到黄河再也洗不清了。"

崔宁说:"小娘子,请不要生气,你要和我做夫妻,哪里有不好的!不过有一件事情你却要明白,我们这样做了夫妻以后,从此再也不能住在这杭州城了。要的话,只好趁着今晚失火哄乱的时候,就离开这里。"

秀秀说:"既然要做夫妻,一切便听你的。"当天晚上,他们就做了夫妻。

隔天一大早,趁着天还没亮,两人将随身金银衣物包裹妥当,就匆匆出门走了。一路上免不得饥餐渴饮,夜住晓行,辗转来到了衢州,崔宁说:"这里是五路总头,离京师不远,我看也是住不得的,但不知该走哪条路才是!不如就到信州去,我一向靠碾玉生活,信州有几个相识,或者那里可以安身。"当下便又往信州去。

到信州住了几天,崔宁觉得还是不妥,对秀秀说:"信州常有客人到京师去,如果说我们住在这里,郡王一定会派人来捉我们,还是不大稳当,不如离了信州,再到别处去。"两人又起身上路,向着潭州出发。

过了好几天,两人才到潭州。这地方离京城已经很远,崔宁觉得可以就此安心住下了,便在潭州市里租了房屋,挂上招牌,写着："京都崔待诏碾玉生活"。

店铺开张那天，崔宁对秀秀说："这里离京城有两千余里，想来不会有事了，从此大概可以安心做长久夫妻了。"

潭州地方虽然偏远，却也还有不少外地来的寄居官员，知道崔宁是京城来的碾玉匠，平常多多少少照顾他一些生意。小两口的生活倒还过得惬意。

安定下来以后，崔宁便暗地托人到京城去打听府中消息。那人回来说，郡王府那天也受了火灾波及，可是并不十分严重，不过却走失了一个丫头，出赏钱找了几天，毫无下落。那个人并不知道走失的丫头就是崔宁的妻子秀秀。

一年平安无事过去了。有一天，崔宁到邻县湘潭一个官府人家做了活回来，走在路上，迎面忽然来了一个挑着担子的汉子，冲着崔宁瞪了几眼。崔宁因为赶路，对这个人并没有特别的注意。这个人头戴斗笠，脚穿麻鞋，又裹着绑腿，一看就知道是个走远路的人。

这个人等崔宁走过以后，一转身，就跟定了崔宁，从湘潭一直跟到了崔宁的家。这时候秀秀正好坐在柜台后面，那个人一看到秀秀，便叫了出来："崔师傅，好久不见了，大家找得你好苦，原来你却在这里！秀秀怎么也在这里？看来你们真是天造地设的一对，恭喜了！郡王叫我送信到潭州来，想不到竟会在这儿碰上你们，真是巧啊！"

崔宁和秀秀眼看事情已被撞破，吓得脸上一阵青一阵白，一句话也吭不出来。

这个人到底是谁？怎么会到潭州来？原来这人姓郭名立，从小服侍郡王，现在府中当一名排军，大家就叫他郭排军。郡王为要送一份礼物给一位落魄在湘潭的旧友，见他为人朴直，便差他送这份礼物到潭州来，想不到却在这里撞见了崔宁。

崔宁和秀秀惊魂稍定，急忙将郭排军拉住，安排酒饭款待，再三恳求："你回到府中千万不要将我们的事告知郡王。"

郭排军看他们吓成那个样子，便说："郡王怎么会知道你们在这里？我无缘无故地去提这事干什么！"两人听他这么一说，心事才算放下了一半。这里的事且放下不说。

再说郭排军回到府中，回复了公事以后，本来已经无事，谁知道这位粗鲁的汉子却多嘴，忽然对郡王说："小的这次奉命到湘潭，打从潭州经过，看到了两个相识的人。"

郡王问："是谁？"

郭立说："就是崔师傅和秀秀。他们还特地招待小的吃了一顿酒饭，要小的回来不要提起。"

郡王听了，勃然大怒："这两个狗男女居然做出这种事！却怎么就走到了那里？"

郭立说："详情小的也不清楚，只知道他们依旧在那里挂招牌做生意。"

郡王即刻叫府中干办到杭州府去，叫他们派遣缉捕衙役，到湖南潭州府去抓人。这一来好一似：

皂雕追紫燕，猛虎啖羊羔。

不到两个月，两人就被解到郡王府中。郡王即时升厅。众人一声吆喝，将两人押到厅前跪下。

郡王一见崔宁和秀秀，不由分说，从壁上取下以前杀番人用的快刀，睁起杀番人的双眼，牙齿咬得剥剥地响，大踏步，就来砍人。这可就吓坏了夫人。原来夫人知道崔宁和秀秀被抓回来，一早就藏身在屏风背后看郡王如何处置。这时见郡王不分青红皂白，就要将两人砍死，急忙从屏风后面叫道："郡王，这里是帝都所在，不比边庭，如果他们犯了死罪，也只好押到杭州府去治罪，怎么可以随便杀了！"

郡王听了，迟疑一下，将刀收起，说道："这两个不是东西的畜生，私自逃走，好不容易今天才捉回来，怎么不杀！既然夫人说情，那就把崔宁押到杭州府去，秀秀且捉到后花园。"

当下命人将崔宁押到杭州府去。一问之下，崔宁一一从头供起："去年失火的那个晚上，小的赶回府中，所有的东西都搬光了，忽然秀秀从廊下走出来，一把揪住小的，要小的和她一起逃走，小的不得已，只好顺着她。实情如此，小的不敢隐瞒。"

杭州府将问得的口供结成文案呈上郡王，郡王是个刚直的人，看了供词后说道："事情既然如此，崔宁可以从轻发落。但他逃走也是不对，罪该杖责，遣送建康府，不得留在杭州。"

杭州府就派人将崔宁押送到建康府去。刚走出北关门，到了鹅项头的时候，忽然一顶两人抬的小轿子从后面赶了来，轿子里面有人叫道："崔师傅，等一等！"崔宁一听是秀秀的声音，心里好生奇怪，不知她赶上来干什么。这时的他已是惊弓之鸟，再也不敢惹事，低着头只顾走，一句话也不敢吭。

可是后面的轿子又赶了上来，就挡在崔宁的前面。秀秀从里面走出来，对崔宁说："崔师傅，你到建康府去，放下我一个人怎么办？"

崔宁说："可又有什么办法呢？"

秀秀说："他们把你押到杭州府治罪以后，就把我捉到后花园去，打了三十竹篦，赶我出来。我一个人无处去，打听得你被遣送建康府，不得已，只好赶上来和你一齐去。"

崔宁犹豫了一下，看着秀秀，说道："那就一同走吧。"就这样，秀秀陪崔宁直到了建康府。

好在押送的差役不是个多嘴好事的，否则一定又会扯出一场是非。这个差役知道郡王性烈如火，一惹着他，轻易脱不得身。何况他自己不是郡王府的人，又何必去多管人家王府中闲事！而且一路上崔宁买酒买吃，对他百般奉承，回去之后，秀秀的事便绝口不提。

崔宁和秀秀从此便在建康居住。因为案子已经了结，也就不怕人撞见，仍然开了碾玉铺子。有一天，秀秀忽然提起："我们两口儿在这里的日子倒算安稳，只怕我的爹妈却没好日子过。自从我们上次逃去潭州，两个老的就吃了不少苦。那天我被捉进府里，两个又去寻死觅活，我想不如请人到京城接我爹妈过来。"

崔宁说："这样最好。"便写明了地址，请人到京城去接他的丈人丈母。

那个人去到京城，按址寻到了两老的住处，只见两扇门关着，一把锁从外面锁着，一条竹竿封着，不知何故？问他的邻居，邻居们说："这事儿不说也罢！他们原有个漂亮的女儿，献给了大官府人家，谁知道这个女儿有福却不会享，偷偷地跟一个碾玉匠跑了。不久前双双从湖南潭州被捉了回来，男的送到杭州府治罪，女的被郡王捉进后花园去，从此就不知消息。他们老夫妻两个见女儿被捉了回来，就寻死觅活的，到现在不知下落，门就一直这样关着。"那个人听了邻居这样说，只好仍旧回建康府来。

就在去接两老的那个人回来前一天，崔宁正在家中闲坐，忽然听见外面有人说："你要找崔师傅，就在这里。"崔宁觉得奇怪，叫秀秀出来，一看，不是别人，就是璩公璩婆。

隔天，去接两老的那个人回来了，正向崔宁说起寻找不见的情形，两老从里面出来，对那人说："真对不起，让你白跑了一趟。我们不知道他们在建康住，找来找去，找了好久才找到这里。"两老从此就住在崔宁、秀秀家里，不必细说。

再说朝中的皇帝，有一天到偏殿观赏宝器，随手拿起了那个玉观音，一不小心，竟将观音身上的玉铃儿弄脱了，觉得十分可惜，便问近侍官员："不知有没有办法修理？"

这位官员接过玉观音，反复看着，看不出什么名堂，再翻过底下一看，见上面碾着三个字："崔宁造"，急忙指给皇帝看："既然是这个人造的，只要宣这个人来，便可以修整。"

皇帝马上传旨郡王府，宣召碾玉匠崔宁。郡王回奏："崔宁有罪，发遣在建康府居住。"皇帝便派人到建康将崔宁带到京里，叫他修理这个玉观音。

崔宁领旨谢恩，找一块颜色质地相同的玉，碾一个铃儿接住了，送到御前交纳。

皇帝看铃儿接得天衣无缝，十分欢喜，令崔宁从此就在京城居住，支领皇家薪水。对一般老百姓来说，这是一份特别的恩典。

崔宁心里想着："今天能在御前有这份特殊的遭遇，总算争了一口气。我就是要回到清湖河下再开碾玉铺，看你们能把我怎样！"

事情倒真是凑巧，碾玉铺才重新开张不到三天，那郭排军就从铺前经过，看到了崔宁，兴冲冲地上前招呼："崔师傅恭喜了！你就住在这儿啊？"抬头一看，看到秀秀正站在柜台后面，忽然拔开脚步就走，一脸铁青。

秀秀对崔宁道："你替我叫那排军过来，我有些话要问他。"崔宁急忙赶上拉住。郭排军一颗头转过来转过去，神色仓皇，口里喃喃地念："作怪，作怪！"很不情愿又没可奈何地给拉了回来。

秀秀对他说："郭排军，上次我们好意留你吃酒，要你回来不要提起我们的事，你为什么要告诉郡王，破坏我们两个的好事？今天情况已经不同，却不怕你再去说。"郭排军给她问得无话可说，只好再三道歉，匆匆离开铺子，一口气跑回到府里。

一见到郡王，没头没脑地便说："有鬼，有鬼！"郡王说："你这家伙怎么搞的！"

郭排军说："禀告恩王，有鬼！"

郡王问道："什么有鬼？"

郭排军说："小的刚才从清湖河下经过，看到崔宁在那儿开了碾玉铺，柜台里边有个妇女，就是秀秀。"

郡王听了，不由得有气："胡说什么！秀秀被我杀死，埋在后花园，你是亲眼看见的，怎么又会在那儿！不是来胡闹么！"

郭排军说："禀告恩王，小的怎敢胡闹！她……她刚才还将小的叫住，问了些话。恩王如果不信，小的甘愿立下军令状，如果所言有假，凭重处罚。"

郡王说："好！你就立下军令状来。"

也是郭排军这家伙该当受苦，真的就立了军令状。

郡王将军令状收了，叫两个轮值的轿夫抬一顶轿子去带秀秀。"如果真的还在，带来一刀杀了；如果不在，郭立，你就替她吃了这一刀。"

郭立是关西人，朴直得很，哪里知道军令状不是可以随便写的，带着两个轿夫匆匆忙忙赶到了崔宁家里。

秀秀仍然坐在柜台后面，看郭排军来得慌张，正不知为着何事。

郭排军也不理会崔宁，两眼直看着秀秀说："小娘子，郡王钧旨，叫我来带你回去。"

秀秀说："既然如此，就请稍等一下，我进去梳洗好了跟你们去。"进去不久，换了衣服出来，两个轿夫抬着，如飞一般直奔到府前。

郡王正在厅上等着。

郭排军上前禀道："已将秀秀带到。"

郡王说："叫她进来！"

郭排军出来，走到轿旁叫道："小娘子，郡王叫你进来。"等了好一会，却没动静，郭排军大着胆子掀起帘子一看，登时便如一桶水倾在身上，张了嘴巴，再合不来。轿子里空空如也，不见了秀秀。

当下受这一惊，郭排军几乎昏倒，问那两个轿夫，轿夫说："我们也不知道，看她上了轿，抬到这里，又不曾有什么动静。"

这家伙一慌，跌跌撞撞地叫了进去："告恩王，这……这真的是有鬼！"

郡王说："你这不是胡闹么！"叫手下："把这家伙捉起来，等我拿过军令状，将他砍了。"说着便取下先前杀番人的刀来。

郭立这家伙服侍郡王少说也十几年了，就因为是个粗人，到头来还只是做个排军，这时吓得手脚发软，说："小的并未说谎，有两个轿夫可以作证，请……请叫他们来问。"

郡王叫两个轿夫进来，轿夫说："我们看着她上轿，刚抬到这里，却就不见了。"说的和郭排军分毫无差。郡王觉得事有蹊跷，或许真的有鬼，要明白真相，只有问崔宁，便派人去将崔宁叫来。

崔宁来到府中，将秀秀跟他到建康去，一直到现在的情形，从头到尾说了一遍。

郡王说："这样说来，事情与崔宁无干，且放他回去。"遇上了这种蹊跷作怪的事，郡王心里气闷不过，着着实实打了郭排军五十大棒。

崔宁听得说自己的太太是鬼，心里疑惑不定，回到家问丈人丈母。两个老的面面相觑，一声不吭走出门，望着清湖河，扑通地便跳下水去了。

崔宁立刻叫救人，下去打捞，却不见了尸首。

原来当初两个老的听说秀秀被杀，便跳到河里死了，他们两个早就是鬼。

崔宁走回家中，没情没绪，进到房里，却见秀秀坐在床上。崔宁两脚发麻，身上抖个不住，说："求求你，秀秀，饶我一命。"

秀秀淡淡地说："我为了你，给郡王打死了，埋在后花园里。恨只恨郭排军多嘴，坏了我们的事，现在总算报了冤仇，郡王将他打了五十大棒。如今既然大家都知道我是鬼，容身不得，只好去了。"说罢，站起身来，双手揪住崔宁，大叫一声，匹然倒地。邻居们听得声音，跑过来看时，但见：

两部脉尽总皆沉，一命已归黄壤下。

崔宁也被扯去，一块儿做鬼去了。

【结语】

本篇选自《警世通言》第八卷。这一篇在《通言》里题作"崔待诏生死冤家",题目下有编者自注:"宋人小说题作《碾玉观音》"。因此,这一篇原来也应当是宋人的作品。在本书里,我们将题目还原,因为本篇的题旨主要的并不在于男女主角如何"生死悲恋",而是借碾玉观音这件事来牵引出一件和情感有关的传奇故事。这一篇如果照宋人的分类来说,应当是属于"烟粉"一类。宋人话本的所谓烟粉一类,并不只是恋爱故事,而通常和"女鬼"的故事也有些关系。

这篇故事,在1970年5月的时候,戏剧学家姚一苇先生曾经将它改编为三幕四场的一出悲剧。后来也曾经改拍为电影。但是改编后的戏剧和电影,已经和原来故事的情节有许多不同。

错斩崔宁

聪明伶俐自天生，懵懂痴呆未必真。

嫉妒每因眉睫浅，戈矛时起笑谈深。

九曲黄河心较险，十重铁甲面堪憎。

时因酒色亡家国，几见诗书误好人！

这首诗说的是世路狭窄，人心险恶。人生在世，反复万端，要持身保家，着实不易。

这篇小说要讲的是一个人因酒后一句戏言，遂而杀身破家的故事。古人说过："颦有为颦，笑有为笑，颦笑之间，最宜谨慎。"为保身家安泰，轻易的玩笑有时却也是开不得的。

进入正文之前，且听在下先说一个故事，做个开场。

话说宋朝时候，有一个姓魏名鹏举的读书人，年纪才十八岁，娶了一个貌美如花的妻子。结婚不到一个月，魏生便离别了妻子，上京赴考。

魏生本是高才，果然一举成名，除授一甲第二名榜眼及第，在京里甚为风光，少不得写了一封家书，差人接取家眷到京。

信上免不了说些家常及中举得官的事，最后却添了一行，说是："我在京中早晚无人照顾，已讨了一个小老婆，专候夫人到京，同享荣华。"

夫人在家接信，看了如此这般，便对送信回来的家人说："官人怎么这样无情无义，刚得了官，便讨了小老婆！"

家人说："小人在京，一向陪侍官人身旁，并没什么讨二夫人的事，这一定是官人开玩笑。只要夫人到京，一切自然明白，不必操心。"

夫人说："既然你这样说，也就算了。"

当下叫人收拾行装，准备上京，却因一时雇不到船，只好写了一封平安家书，托人先送到京中去。

魏生收到家书，拆开一看，并没一句闲言闲语，只说："你在京中娶了一个小老婆，我在家中也养了一个小老公，不久便一同到京师来看你。"

魏生知道这是夫人开玩笑的话，也不在意。信还没收好，忽然友人来访。那人是魏生的同年，与魏生交情不错，晓得魏生并无家眷在内，便直入内室。两人闲聊了一会，魏生起身去解手，那同年翻了翻桌上的书帖，见这封家书写得好笑，故意朗诵起来。

魏生措手不及，只好笑笑说："没这回事！上次小弟偶然给她开了一个玩笑，她便写了这封信来取笑，如此而已。"

那同年呵呵大笑说："怎么拿这种事来开玩笑！"

这件事很快就传遍了京师，大家引为笑谈。那些忌妒魏生年少及第的，便借这芝麻小事奏上一本，说魏生年少轻佻，言行不检，不宜居清要之官。魏生因此被降调外任，懊悔不及。

这便是为了一句戏言毁了自己前程的故事，可知玩笑不是随便开得的。

今天要说的正题故事，那主角也只为一句戏言，弄得自己家破人亡，更连累了几个无辜，说来好不凄惨。世路崎岖，谨言持身的事，委实轻忽不得。有诗为证：

世路崎岖实可哀，旁人笑口等闲开。

白云本是无心物，又被狂风引出来。

这故事的主人翁姓刘名贵，杭州人，家住箭桥附近。父祖几代，虽称不上富厚，却也是书香不断。到了刘贵手中，大概是时运不济，先前读书不成，改行去做生意，更加不行，连本钱都损失了。渐渐的大房改换小房，最后连小房也留不住，只好租了人家的房子来住。

刘贵娶妻王氏，两人相敬如宾。后来因为没生孩子，又娶了一个小娘子，姓陈，是陈卖糕的女儿，家中都叫她"二姐"，这是家道还没十分落败时候的事。二姐过来了几年，也没生下一男半女。家中只有至亲三口，感情倒很融洽。

刘贵平时待人和气，乡里都称他为刘官人，大家并不因为他的失败而瞧不起他，反而宽慰他："你只不过因为运气不好，所以事情不顺，以后时来运转，总会有发达的时候。"

话是这么说，可却从来就没有时来运转的日子。

有一天，一家三口在家中闲坐，丈人家的老家人老王走来说："今天是家里老员外生日，特地叫老汉来迎接官人娘子回去一趟。"

刘贵说："懒散惯了，居然连岳父的生日都给忘了，真是不该。"话虽这么说，心里却是一阵难过。这几个月来的日子，穷愁潦倒是真，可不是懒散过来的。

说着，他便和大娘子收拾了行装，叫老王背了，吩咐二姐说："天色已经不早，我们现在去，晚上大概不回来了。你一个人在家，就早点休息，明天晚上以前我们一定回来。"

丈人家离城二十几里，傍晚时分就赶到了。丈人似乎有什么话要对刘贵说，但是当天晚上客人多，不好说话。客人走了，丈人叫刘贵夫妻住下，说有些事要和他们商量。

第二天一早，丈人等刘贵吃过早点，便走来对他说："姐夫（宋人惯语，丈人家称女婿为姐夫），我看你这样下去也不是办法，俗话说'坐吃山空，立吃地陷''咽喉深似海，日月快如梭'，你自己总该得有个计较。我女儿嫁了你，虽不一定说要多少富贵，但总指望个丰衣足食，难道说就这样不死不活地过下去？"

刘贵叹了一口气说："岳父说得是，小婿也不是没想过这问题，只是如今这种势利的社会里，有的是锦上添花，谁肯雪中送炭？现在小婿连一些本钱也没，要开口向人告借，真的是比上山擒虎还难。即使想做点什么小生意，也是无路可通。"

丈人说："现实如此，这也难怪，但这样下去终归不是办法。我现在先拿一些给你当本钱，你就随便去开个小杂货铺，也算有了事做，有了起头，你认为怎样？"

刘贵说："岳父如此关爱，那是最好不过了。"

吃过午饭，丈人便拿了十五贯钱给刘贵说："姐夫，这些钱你先拿去，整理出一个店面，开张的时候，我再给你十贯。你妻子就暂时留在这儿，等一切都准备得差不多了，老汉亲自送她回家，也顺便向你作贺，不知你认为如何？"

丈人为他设想这么周到，刘贵还有什么话好说，只得谢了又谢，驮了钱自己先回。到了城里，天色已经晚了，刚走到一个朋友家门前，这个朋友最近也想做点小生意，刘贵想着："找他商量一下也好。"便去敲那人的门。

那人开门见是刘贵，便邀他进去，刘贵将自己打算做生意的事一一说了，那人说："小弟现在闲着也是闲着，老兄用得着时，吩咐一声，即便过去相帮。"

当下两人又说了些生意上的事，那人拿出现成酒菜，请刘贵吃了几杯。刘贵是没酒量的人，话别之后，便觉有点醺醺然，一步一步挨到家中，已是家家点灯的时候。

却说小娘子二姐独自一个人在家，没事可做，等到天黑，便关了门，在灯下打瞌睡。刘贵敲门敲了好久，她才醒来开门。

刘贵进到房中，二姐接过了钱，放在桌上，便问："官人，你从哪里拿来这些钱？做什么用的？"

刘贵一来有了几分酒意，二来怪她开门开得太慢，便跟她开起了玩笑说："唉！这事情不对你说也不行，说了，又恐怕你见怪。你知道，为了生活，我们现在已经是走投无路，没法可想。万般无奈的情况下，今天早上，只好把你典押给了一个客人。又因为我实在舍不得你，所以只典了十五贯钱，以后如果有了钱，便可以尽快把你赎回来。可是，如果还是像目前一样的万事不顺，那也只有算了。"

小娘子听了这些话，真如晴天霹雳。要说不信，明明白白的十五贯钱摆在面前。可是要说真有其事，事前却又没半分征兆，家里三口相处一向也很好，怎么忽然就做得这么绝，这么心狠手辣？心中又是酸楚又是狐疑，只得问道："虽然如此，总得先通知我爹娘一声。"

刘贵说："如果事先通知你爹娘，事情就绝对办不成。等你明天过了那人的家门，我再慢慢托人向你爹娘说。此事是出于万不得已，你也不必太怪我无情。"

小娘子又问："官人今天在什么地方和人吃酒的？"

刘贵说："就是在买你的那人家里。写好了合约书，大家喝了几杯。"

小娘子又问："大娘怎么没一同回来？"

刘贵说："她因为不忍和你分离，所以要等到明天你出了门才回来。总之，这一切都是无可奈何的事。"玩笑越说越真，刘贵自己暗地里忍不住笑，不脱衣裳，躺在床上，不知不觉就睡着了。

小娘子哪里知道这是开玩笑的话，想到几年来的夫妇之情，顿时间化成泡影，不禁一片惘然。接着她又想起："不知他把我卖给什么样的人家？无论如何，我总得先回去告诉爹娘一下。明天他们来要人，就到爹娘家去要吧！"

沉吟了一会，她便把十五贯钱放到刘贵脚后边，趁他酒醉熟睡，轻轻地收拾了随身衣服，开了门出去。一出门，才发觉原来夜已深了，走不得路。犹疑了一下，便到隔壁朱三老儿的家来。朱三老夫妇俩是多年的老邻居了，小娘子便照实地对他们说："我的丈夫今天不知为什么，无缘无故地就把我卖了，我想回去告诉我爹娘。麻烦你们明天对他说一声，要人的话，就到我爹娘家中来，大家说个明白。"

朱三妈说："你这样做是对的，但是现在已经这么晚了，要去也得明早儿去。如果你不愿意在家里睡，将就点在我们这儿睡了，我们明天就去和你家官人说。"

当晚小娘子就在朱三老家睡了一夜，隔天天未亮便赶早出门去了。

小娘子的事暂且搁下一边。却说刘贵在家一睡，直到三更方醒，见桌上灯犹未灭，小娘子却不在身边，以为她还在灶下收拾东西，便叫她要茶吃，叫了一回，没人答应，想要挣扎起来，却因酒尚未醒，不觉又睡了下去。

这时候，正好有一个偷儿摸了进来。原来小娘子出去时，只将门儿拽上，没有关好，刘贵又睡得熟了，里面当然也没有上锁，因此那偷儿略推一推，门便开了。这偷儿蹑手蹑脚地进了房中，四处摸了一遍，并没找到可偷的东西。到了床前，灯还亮着，看到一个人面向里睡着，脚后却有一堆钱，便摸到床后去取那些钱，想不到刚拿了一些，就将刘贵惊醒了。刘贵一惊觉到有贼，便叫嚷起来："这些钱是我借来养家活口的，你偷了去，我却怎么办！"

那偷儿一声不响，照面就是一拳，刘贵侧身躲过，翻身跃起，来抓偷儿。偷儿拔腿就跑，想不到慌张之下，却跑到厨房里去了。刘贵正想大声呼叫邻舍起来捉贼，偷儿一急，看见明晃晃一把劈柴斧头正在脚边，所谓人急杀人，狗急跳墙，拿起斧头，朝刘贵便砍，正中面门，又复一斧，刘贵已是倒地不起，呜呼哀哉了。

偷儿见杀死了刘贵，一不做，二不休，索性翻身入房，将十五贯钱全部拿了，包裹停当，将门拽上，一溜烟走了。

第二天邻居们起来，看到刘家门也不开，又没一点声息，很是奇怪，便叫道："刘官人，天亮了。"里面没人答应，将门一推，也没上锁，走进里面一看，见刘贵被人砍死在地，一摊血迹，吓得失声大喊。

众邻舍七嘴八舌地说："他两天前带着大娘子回娘家，怎么今天却死在家里？小娘子呢？怎么不见？"

朱三老儿说："小娘子昨天晚上到我家睡了一夜，她说刘官人无缘无故将她卖了，她要回去告诉爹娘，叫我对刘官人说，如果要人就到她爹娘家去。她今天一大早，天还没亮就走了，我们现在一面派人去追她回来，一面派人去告诉他家大娘子，事情才会有个下落。"

众人同意朱三老的话，当下即刻派人往两边去。老员外和女儿听到了凶信，都大哭起来，老员外说："昨天好端端地出门，老汉还赠他十五贯钱，叫他做点小生意，怎么就这样的给人杀了？"

去报的那人说："事情到底是怎么发生的，我们左邻右舍都不知道。只是早上刘官人家门儿半开，众人推门进去，只见刘官人被人杀死在地，并没看到什么十五贯钱，也没看到小娘子。听左邻的朱三老说，小娘子昨天晚上到他家，说刘官人无缘无故将她卖了，她要回去告诉爹娘。朱三老夫妇便留她在家住了一夜，今天一大早出门去了。不管事情到底如何，老员外、大娘子还是赶紧去一趟，我们那边也已派人追小娘子去了。"

老员外、大娘子当下不再多问，急急忙忙收拾了，随着那人三步做一步地赶进城中来。大娘子一路上啼啼哭哭，不必细说。

话分两头，就在这一天的一大早，往城外褚家堂的路上，一个背着背包的年轻人，也三步并做两步地赶着路。这一条路对他来说是再熟悉不过了，一年总得赶个十来趟，平常这时候路上除了他一人之外，再难遇见第二个人影。可是今早却有了异样，他刚走到离城大约二里的地方，忽然看见前面不远处的那棵大树下，隐隐约约似乎有一个人影，一动也不动，他顿时有些紧张起来，也有些奇怪，一大清早，会是什么样的人？他一步步走着，一步步提防，眼睛睁得大大的。等到看清楚了身影，他不自觉地一笑，心中如放下一块大石，原来是个年轻的女人坐在那儿。他本想不愿多管闲事，但是好奇的念头却使他停下了脚步，走向前去，深深地作了一揖，说道："小娘子，这么一大早的一个人，上哪儿去啊？"

小娘子看这人不是个不良之辈，便站了起来，还了一个万福，说："上褚家堂去，走累了，所以坐下歇歇。"

那人说："小的也上褚家堂，敢情是同路了，不知小娘子往褚家堂找谁去？"

小娘子说："回爹娘家去，就在褚家堂东侧。"

那人说："这么说来，小娘子与小的原是同乡，小的正是褚家堂村里人。昨天进城收了些丝帐，也是要赶路回家。小娘子一个人这么一大早走路恐怕有所不便，既是同路，不妨一起走好些。"

要跟一个陌生的男子同行，小娘子原本有些犹豫，但看那人一片好意，又想到自己一气之下摸黑走了出来，其实也有些害怕，便也随着那人一齐上路。

两人这么一前一后地走着，路上再没有交谈一句，走了大约四五里路，天也大亮了，忽然后面有两个人脚不点地、飞快地赶了上来，上气接不着下气地叫着："小娘子，请等一等，小娘子……"小娘子和那人觉得奇怪，都停了下来。那两个人赶到跟前，看了看小娘子和那人一眼，不由分说，一人扯了一个便走，说道："你们干的好事，跟我们走！"

小娘子吃了一惊，原来是两个邻居，一个就是朱三老，小娘子便对朱三老说："到底是什么事？昨天我已经对公公说过，丈夫将我卖了，我要回去告诉我爹娘，你们来扯我干什么？"

朱三老说："我怎么知道是什么事！昨天晚上你家出了命案，你必得回去对证。"

小娘子说："什么命案？我昨天在你家过夜，我丈夫好端端的在家睡觉，怎么会……"

朱三老说："我也不知你们三七二十一，反正昨天晚上你的丈夫给人砍死了，你却走了，事情恐怕只有你知道。"

那个原本赶路的年轻人看他们话不对头，便对小娘子说："既然如此，小娘子就跟他们回去吧！小的先走了。"

朱三老和另外的那个邻舍一齐将他拉住说："你也不能走！"

那年轻人说："我为什么不能走？我一早从这儿经过，偶然遇见了这位小娘子，同走了一段路，又有了什么事了？"

朱三老说："她家发生了命案，你和她在一起，你走了，叫我们去打没头官司么？"

这时旁边围观的人渐渐多了起来，有的就对那年轻人说："日间不做亏心事，半夜敲门不吃惊，如果你没做什么不对，便跟他去何妨！"

另外的那个邻舍说："你如果不去，便是心虚，这里的人都是见证，你要跑也跑不了。"强拉硬拖的，将他和小娘子拉了回来。

到了刘家门口，看热闹的人乱哄哄的，看他们四个人来了，指指点点，让出了一条路。小娘子进屋一看，丈夫血肉模糊，尸横在地，吓得脸上一丝血色也没了，开了口合不得，伸了舌缩不上去。

那年轻人也慌了，虽然明知自己没做什么亏心事，但平白无故地扯上了这命案，要走走不开，心上不住地七上八下。

众人正在那儿你一言我一语地扰扰攘攘，王老员外和大娘子已一步一颠地抢了进来，到刘贵尸身前大哭了一场，看见小娘子就站在旁边，一把扯住，嚷了起来："你这狠毒的妇人，你丈夫平常怎么待你！卷款潜逃也罢了，怎的就狠心将他杀了！天理昭彰，你又有什么话好说！"

小娘子一夜来受了无数委曲，又突如其来地看到丈夫死于非命，更已惊吓得不知所措，被老员外这么一喝叫，顿时心头一震，几乎支持不住，竟似呆了一般。

只听大娘子哭叫着："说呀！你为什么要杀死他，为什么！说呀！"

小娘子恍若失了魂的人，两眼望着地上的尸身，说道："你说将我卖了，卖了十五贯，为什么，到底为什么……"

那大娘子一听，突然止住了哭声，大声地叫了起来："你胡说些什么！那十五贯是我父亲给他做本，要他做生意养家活口的，怎么是将你卖了！一定是你这贱人见家中穷困，在外面勾搭了人，看了十五贯钱，见财起意，杀死丈夫，与汉子私逃，现在双双被抓，还要抵赖！"

众人齐声道："大娘子说得对。"转身来便拉住那年轻人，对他吼着："你一个年轻人，却干下这么没天良的事，真是皇天有眼！你是哪里人？"

那年轻人说："小的是褚家堂村里人，姓崔名宁，和那小娘子从未相识，昨天晚上进城，卖了几贯丝钱，一大早赶路回家，看见小娘子一个人独自赶路，小娘子说和小的同路，因此便走在一起，你们这里的事情我什么也不知道，怎么说也牵扯不上关系！"

众人哪里听得进一句，将他的背包扯下一搜，一文也不多，一文也不少，刚好是十五贯钱。众人登时喊了起来："好一对谋财害命的奸夫淫妇！真是天网恢恢，疏而不漏。如今人赃俱获，证据确凿，再也抵赖不过！"

当下不由分说，大娘子扭了小娘子，老员外拉了崔宁，要众邻舍当作见证，一哄地拥进了杭州府。

那时府尹尚未退堂，听说出了命案，立刻叫将一干人犯带进大堂。

王老员外是原告，首先上前禀道："相公在上，小人姓王名富，本府城外村中居住，只生一女，嫁与本府城中刘贵为妻，后因无子，刘贵又娶陈氏为妾，一家三口，尚称融洽。只为刘贵经商不利，所以近日生活稍微困顿。前天是小的生日，差人接女儿女婿到家住了一夜，单留陈氏在家。昨天下午，小的将十五贯钱给女婿，要他先回，筹划开个小店铺，留下女儿在小的家中。不料昨天夜里，女婿却在家中遭人砍死，十五贯钱不翼而飞，陈氏也不见人影。天幸四邻发现得早，将陈氏追捉回来。原来陈氏早与奸夫崔宁勾搭，两人共同谋财害命，一齐逃走。现崔宁与陈氏皆已拘到府中，人赃俱在，伏乞相公明断。"

府尹听说人赃俱获，当时便宽心不少，随即传小娘子上来，喝问道："陈氏，你通奸害夫，劫夺银钱，人赃已获，你认罪吗？"

小娘子口称"冤枉"，跪下禀道："大人，冤枉啊！民妇嫁给刘贵，虽是个小老婆，夫妻一向恩爱，大娘子也疼惜，民妇怎会做出伤天害理的事！昨晚丈夫回家，吃得半醉，驮了十五贯钱进门，民妇问他钱的来历，丈夫说是因为家道穷困，将民妇典卖了十五贯，隔天那边就来要人。民妇因为事出突然，丈夫又没通知民妇爹娘，因此慌乱，连夜出门。蒙隔邻朱三老夫妇可怜，留在他家住了一夜，今天一大早便出城赶往爹娘家去。出门时也曾转托朱三老，要他告诉丈夫，如果要人，可到我爹娘家来。谁知才走到半路，四邻便赶来将民妇捉回。丈夫因何被人杀死在家，民妇确实不知，所供是实，望大人明察。"

那府尹喝道："胡说，那十五贯钱分明是他丈人给他的，怎么说是典你的身价！再说你一个妇道人家，黑夜与男人同行，还会有什么好事！眼见通奸害夫是实，还要强辩！"

小娘子正待分说，那些邻舍一齐跪下禀道："大人在上，大人所言，确如青天。他家小娘子昨夜借宿在朱三老家是实，但今天她一大早就走了。小的们天亮之后发现她丈夫被人杀死在家，便叫人去赶她回来。赶到半路，看到她和那个男人走在一起，死也不肯回来。大家强拉强拖地才将他们拉了回来。一搜那男的身上，刚好就是十五贯钱，分文不少。这是奸夫淫妇共同谋财害命，罪证分明，再也赖不掉的。"

府尹听了，便叫崔宁上来，大声喝问："京师所在，怎容得你这种人胡作非为！你是哪里人？什么名字？"

崔宁说："小人姓崔名宁，家在本府东郊褚家堂……"

府尹不待他说完，又问道："你怎么勾引了人家的小老婆，又见财起意，将本夫杀死？今天带着奸妇又要逃往何处，——从实招来！"

崔宁说："大人，冤枉！刘家的事，小人其实一概不知，以前也从来不认得他家小娘子。小人一向贩丝营生，昨天进城卖丝，卖了这十五贯钱，这是城中的丝货铺可以作证的。今天一早赶路，偶然遇见了这位小娘子，并不知她姓甚名谁，哪里晓得她家的人命案子？"

府尹大怒道："胡说！世间会有这么巧的事！他家失去了十五贯钱，你卖丝的钱也刚好是十五贯钱，谁相信你的鬼话！你说丝货铺可以作证，莫非丝货铺也和你串通了？分明是一派胡言！况且'他妻莫爱，他马莫骑'，你和那妇人既然不认识，怎么又和她同行同宿？如此顽皮赖骨，不打如何肯招！"下令用刑，将崔宁和小娘子打得死去活来。

王老员外、大娘子以及邻舍们口口声声，咬定他们二人串通谋杀，府尹更是巴不得早早了结这段公案，二人的哀号，声声的"冤枉"，再也唤不起丝毫的同情。

严刑之下，何求不得？

可怜的崔宁和小娘子被拷讯了一回，受刑不过，只好屈招了，说是一时见财起意，杀死亲夫，同奸夫逃走是实。左邻右舍也都画了押，当作见证。

当下将两人用大枷枷了，送进死囚牢里。从崔宁身上搜出的十五贯钱判还原主。王老员外和大娘子将这些钱拿来衙门中上下使用，送人情，还不够用。

这桩人命案子就这样结束了，府尹将审判的结果奏上朝廷，经刑部复核，不久便颁下圣旨，说：

"崔宁不合奸骗人妻，谋财害命，依律处斩。陈氏不合通同奸夫，残死亲夫，大逆不道，凌迟示众。"

圣旨一到，府尹即刻命人从大牢内带出二人，当厅判了一个"斩"字，一个"剐"字，押赴刑场，行刑示众。这时即使两人浑身是口，也难分辩，正是：

哑子谩尝黄连味，难将苦口对人言。

两个无辜的人，就此魂飞杳冥，含冤九泉。

一件重大的人命官司，为了府尹的糊涂，率意断狱，任情用刑，总算草草结束了。死者不可复生，且不再说起。却说刘家大娘子，如今剩下孤零零的一个，回家之后，免不了设灵守孝。父亲王老员外看她年轻守寡，也怪可怜的，便劝她改嫁。大娘子说："这种事是急不得的，太急了，惹人笑话。即使不能守个三年，至少也得等到一年期满。"

光阴迅速，大娘子在家凄凄凉凉，好不容易守了一年孝，父亲知道女儿是再守不下去的，硬是拖着也不是办法，便叫家人老王去接她，叫她"做过了周年忌，便收拾回家，早早改嫁"。

大娘子不再勉强，便收拾了包裹，叫老王背了，与四邻一一作别，转回娘家。

此时正是初秋天气，两人出城走了大约一半路程，忽然来了一阵乌风猛雨。眼看四下又没房屋，只有前面一座林子，便往林子里去躲，不想这一走却走错了地方，正是：

　　猪羊走屠宰之家，一脚脚来寻死路。

一走进林子，只听得里面大喝一声，跳出一个人来，手执钢刀，横在两人面前，叫道："识相的，留下买路钱，放你们一条生路。"

老王年纪虽然一大把，脾气却硬，对着那人便骂："你这拦路的小畜生，我可认得你，放着这条老命与你拼了！"说着便一头撞去，那人闪过，老王用力猛了，扑地便倒。

那人回身过来，顺势就是一刀，骂道："你这混账，自己找死！"又连捅一两刀，血流满地，眼见得老王已是命不保了。

大娘子看了，吓得半死，料想难以脱身，忽然心生一计，叫作脱空计，看着那人将老王杀死，她却拍手叫道："杀得好！"那人觉得奇怪，便住了手，睁圆环眼，喝道："这是你什么人？"

大娘子虚心假气地说道："奴家不幸丈夫早逝，被媒人哄骗，嫁了这个老头，只会吃饭，一事不做，又时常虐待奴家。今天大王将他杀了，正是替奴家除了一害。"

那人见大娘子说话细声细气，又生得有几分姿色，便问道：

"你肯跟我做个压寨夫人吗？"

　　大娘子知道此时除了答应，别无他法可想，便说："情愿服侍大王。"

　　那人回嗔作喜，收拾了刀杖，将老王尸首丢到附近的涧里，带了大娘子，弯弯曲曲地走到一所庄院前来。那人拾些土块抛向屋上去，里面便有人出来开门。到了草堂之上，吩咐杀羊备酒，与大娘子成亲，原来那人是个拦路打劫的贼头，正是：

　　明知不是伴，事急且相随。

　　从此大娘子便做了这贼头的压寨夫人。

　　那贼头自从得了大娘子之后，半年之间，又连续劫了几主大财，家道渐渐丰厚。大娘子本是好人家出身的女儿，有些见识，便早晚用好言相劝："自古道：'瓦罐不离井上破，将军难免阵中亡。'家里现在的财富，尽够你我两人下半世吃用了，老是做这种没天理的勾当，恐怕不会有什么好结果。不如改过从善，做点正经的生意，才是养身活命的正路。"

　　那人经他屡次规劝，居然回心转意，将小小山寨散了，带着大娘子到城里买下一间房屋，开了一个杂货店，从此发心向善，过着闲暇的日子，也时常到寺院中吃斋念佛。

　　有一天在家闲坐，聊起了过去的事，对大娘子说："以前我虽然干的是那拦路打劫没天理的事，却也知道冤各有头，债各有主，一向不愿多伤人命。可是即使如此，毕竟还是枉杀了两个人，又冤陷了两个人。现在想来，内心时常不安。这些事情我从来没对你说过，或许应该做些功德，超度他们。"

大娘子问道："枉杀了哪两个人？"

那人说："一个人就是你的丈夫。上次在林子里，我本来不想杀他，他来撞我，我一气便将他杀了。无论怎么说，他也是个老人家，往日与我无冤无仇；我杀了他，又夺走了他的老婆，他死也是不肯甘心的。"

大娘子说："这过去的事也不必说了，如果不这样，我又哪里能够和你厮守？另外一个，又是什么人？"

那人说："说起这个人来，我良心上更加过不去。而且就是因为杀了这个人，才冤枉了另外两个人，害得他们无辜送命。大约是一年半前，我赌输了，晚上出去想偷点东西。到了一家，看他门也不闩，便摸了进去，摸到里边，只见一个人醉倒在床，脚后堆着一堆铜钱，此外再无他人，便去摸他几贯，谁知却将那人惊醒了。那人说，这是我丈人家给我做本钱的，让你偷了，我一家人岂不饿死，说着便起身抢出房门，赶来抓我。他正想声张起来，我一急之下，脚下刚好有一把斧头，便拿起斧头将他劈死。然后回到房中，将所有的钱都拿了，总共是十五贯钱。后来听说为了这事，连累了他家小老婆和一个叫作崔宁的人，说他两人谋财害命，双双受了国家刑法。这件事情，无论在天理或良心上都是说不过去的，我每一想起，就觉不安，所以想做些功德，超度他们。"

大娘子听了，暗暗叫苦："原来我的丈夫就是他杀的，又连累我家二姐和那个姓崔的无辜受戮。想当初，要不是我一口咬定他们两人共谋杀人，他们也不会偿命。这罪过可真不小，料想他们在阴司中，也不会放过我的。"心里一下子千回百转，表面上却仍装作若无其事，支吾了过去。

第二天，趁着没人注意，大娘子便跑到杭州府前，叫起屈来。

那时候府尹刚换不久，新府尹到任才只半月，正值升厅办案，衙役便带进了那叫屈的妇人。

大娘子到了堂上，放声大哭，哭罢，便将丈夫刘贵如何被杀，前任官府如何含糊了事，小娘子与崔宁如何被冤偿命，自己如何被贼人强逼奸骗，贼人自己如何亲口说出真情等等说了一遍，说罢又哭。

府尹见她说得真切，即刻差人将那贼人抓到，用刑拷问，真相与大娘子所说一些不差，当下判成死罪，奏上朝廷。

六十天之后，圣旨颁下：

"勘得贼人某，谋财害命，连累无辜，准律：残一家非死罪三人者，斩加等，决不待时。原问官断狱失情，削职为民。崔宁与陈氏枉死可怜，有司访其家，妥为优恤。王氏既系贼人威逼成亲，又能申雪夫冤，着将贼人家产，一半没入官，一半给王氏养赡终身。"

大娘子当日亲往法场，看处决了贼人，将头拿去亡夫及小娘子、崔宁灵前祭献，大哭一场，将官府判给的这一半家产，投入尼姑庵中，自己朝夕看经念佛，追荐亡魂。

这错斩崔宁冤冤枉枉的故事，到此才算正式结束。有诗为证：

善恶无分总丧躯，只因戏语酿殃危，

劝君出语须诚实，口舌从来是祸基。

【结语】

本篇选自《醒世恒言》第三十三卷。《恒言》原题《十五贯戏言成巧祸》，题下编者自注："宋本作《错斩崔宁》"。本书所选，将题目改回"错斩崔宁"。按照《恒言》的题意，重点在于"戏言成祸"，旨在劝人立身需要严谨，不能随便开玩笑。《错斩崔宁》的题意，则重点在于"错斩"两字，对于糊涂判官错斩人命，显然有着指责之意，同时对于人生的无常，也有着无可奈何的感慨。按照宋人说话的分类标准，这一篇应当属于公案一类。

《错斩崔宁》这个故事，后来成为民间文学一个很流行的主题。清朝的朱素臣根据这个故事编成了《十五贯》传奇，鸳湖逸史编成了《十五贯》弹词。

现代小说家朱西宁先生所写的《破晓时分》，就是根据《错斩崔宁》改写而成的小说。读者如果有兴趣，可以拿来对照，就可以更明白现代小说和话本小说的不同。之后，《破晓时分》也曾经改拍成电影。

宋四公与赵正、侯兴

钱如流水去还来，恤寡周贫莫吝财。

试览石家金谷地，于今荆棘昔楼台。

这首诗是借用晋朝大富翁石崇生活过于骄奢无度，而致家破人亡的故事，反过来劝人不要过于贪吝钱财。

有钱而骄奢，是不善用钱财；有钱而贪吝，是人不用钱，反为钱用，都不能见着钱财的好处。

钱财虽好，毕竟是身外之物。有钱时，若能周济贫苦，救助孤寡，自己快活，众人同乐，便是善用钱财，便能见着钱财的好处。

若是过于贪吝，变成了钱财的奴隶，自己一分不享，他人也不受着一些好处，便是守财奴，惹人笑话。

今天要讲的便是一桩和一个守财奴有关的趣事。

说是守财奴，当然是有财可守的人，也就是富翁，吝啬的富翁。这个富翁一向安分守己，并不惹是生非，却只因为贪吝了些，便弄出个非常的大事，变做一段有笑声的小说。

这富翁姓张名富，家住东京开封府，几代以来都是开当铺的。因为他着实有些钱财，大家便叫他张员外。

这员外平常没什么嗜好，只是有个毛病，喜欢去那：

虱子背上抽筋，鹭鸶腿上割股，
古佛脸上剥金，黑豆皮上刮漆。

对于周遭之物，倒能件件爱惜，你觉得无用的，他偏认为有用：

痰唾留着点灯，捋松将来炒菜。

虽说他平生没什么大志向，暗地里倒曾发下四条大愿：

一愿衣裳不破，二愿吃食不消，
三愿拾得物事，四愿夜梦鬼交。

人人道他是个有钱的富家翁，其实是个一文不用的真苦人。他如果在地上拾得一文钱，便想用来：

磨做镜儿，擀做盘儿，
掏做锯儿，叫声我儿，
做个嘴儿，放入箧儿。

大家看他一文不使，贪吝非常，便给他起个别号，叫作"禁魂"张员外。

有一天中午，员外正在里面白开水泡冷饭地吃点心，两个主管在门前数现钱。忽然有一个打着赤膊、身上绣满花纹的家伙，手里提着小箩筐，走到张员外家里，乞讨来了。主管看着员外不在门前，把两文钱丢在他箩筐里，想不到却给在布帘后的张员外看见了，飞快地走出来叫道："好啊，主管！你干什么把两文钱丢给他！一天两文，千日便是两贯。"大步向前，赶上那个家伙，夺过他的箩筐，将里头的钱都倒在钱堆里，并且叫伙计们将那家伙打了一顿。路上的人看了，都愤愤不平。

那个提着箩筐的家伙被打了，看他们人多势众，不敢和他们争，只站在门前远远地叫骂。这时旁边忽然有一个人叫他："兄弟，你过来一下，我和你说句话。"提箩筐的回过头来，看到叫他的是一个狱卒打扮的老头儿，便走了过来，那老头儿说："兄弟，这个禁魂张员外，一向不近情理，不要和他争了。我给你二两银子，你就是去卖萝卜，也算是个生意人。"提箩筐的家伙拿了银子，谢了老头儿，头也不回地走了。

那老头儿不是别人，就是出了名的老光棍，老偷儿宋四公。他不是东京本地人，是郑州奉宁军人。因为他善于化装，又神出鬼没，所以寻常的人都认不得他。禁魂张员外一向贪吝无比，宋四公早想找他家下手，今天又见了这番光景，气愤不过，便决定晚上就动手。

　　大约三更左右，宋四公在金梁桥上买了两个煎菜包，揣在怀里，走到禁魂张员外门前。这时刚好是个月黑风高的夜晚，路上一个行人也没有。宋四公拿出一个奇怪的东西，一挂挂在屋檐上，接着身子一盘，便盘到了屋上，然后往里头庭院一跳，跳了下去。

　　四下一望，两边是廊屋，角落里有一间还点着灯，听得一个妇女的声音说道："这么晚了，三哥怎么还不来！"宋四公心想："这个妇人一定是和人在这里私约偷情。"便用衣袖掩住了脸，走了进去。那妇人说："三哥，干什么遮了脸来吓人？"宋四公冷不防向前一拉，拔出刀来说："不许出声，一出声便杀了你！"

　　那妇人吓得抖做一团，哀求道："大老爷，饶奴一命。"

　　宋四公说："小娘子，我来这里捞点东西，我且问你，这里到库房有些什么关卡？"

　　那妇人说："出了这个房间十几步，有个陷阱，两只恶狗守着。再过去可以看到五个守库房的在那儿喝酒，他们一个人守一个更次，那儿便是库房。走进库房，有一个纸人，手里托着一个银色的球，底下安了机关。如果你不小心踏到了机关，银球便落到水槽里，直滚到员外床前，将员外惊醒，员外一喊叫，你就跑不掉。"

　　宋四公说："原来如此。小娘子，后面来的是谁？"那妇人不知是计，回过头去，被宋四公一刀，从肩头砍了下去，死了。

　　宋四公走出房来，走了十几步，沿着西边走过陷阱，只听得两只狗直吠。宋四公从怀中取出菜包，抹些不按药理、蹊跷作怪

74

的药在上头，丢到狗子身边。狗子闻得又香又软，一只一个，一个一口地吃了，便一动也不动了。

再走进去，果然听得有人呼么喝六，大约有五六个人在那儿掷骰子。宋四公从怀中拿出一个小罐子，放了些稀奇古怪的药在里头，用火点着，顿时馨香扑鼻。那五个人闻了，个个说："好香！这么晚了，员外还在烧香。"大家只管闻来闻去，忽然头重脚轻，一个倒了，又一个倒了。

宋四公走到那些人面前，宋四公看到还有吃剩的半瓶酒和一些果菜，便老实不客气地吃个精光。那几个人眼睁睁地看着，只是一动也不能动，一声也不能吭。

吃完了那些剩酒剩菜，走到库房门前，见那库房的门用个胳膊大的大锁锁着，便从怀里拿出他那个叫作"百事和合"的宝贝钥匙，一撬，将锁撬开，走了进去。刚进门，果然有一个纸人，手里托着银球。宋四公先将银球拿了下来，踏过许多机关，到库房里将那些上等的金银珠宝包了一大包，然后又从怀中拿出一支笔，用口水润湿，在壁上题了四句：

宋国逍遥汉，四海尽留名。
曾上太平鼎，到处有名声。

宋四公题完了字，门也不关，便溜出了张家大门。宋四公捞了这一大票，心里想着："这么一闹，须避避风头才好。"便连更彻夜地赶回他老家郑州去了。

张员外家那几个看守库房的，直到隔天天亮才醒过来，一看库房的门开着，两只狗给药死了，一个妇人被人杀了，急忙跑去告诉员外。员外查点库房，见少了许多金银珠宝，伤心得死去活来，当下赶到缉捕房去告了状。

滕大尹即派缉捕班头王遵带了捕快到员外家来追查贼踪。捕快们看见壁上题了四句话，里头一个老成的叫周五郎周宣的说："班头，这不是别人，是宋四干的。"

王班头道："何以见得？"

周宣说："这四句话上面的四个字合起来不正是'宋四曾到'吗？"

王班头说："好久以前就听说干这一路的有个宋四公，是郑州人，手段最高，这次一定是他无疑。"便叫周宣带几名捕快到郑州去拿宋四公。

众捕快一路上饥餐渴饮，夜住晓行，一到郑州，便问到了宋四公家里。他家的门前开着一间小茶坊，众人便走进去吃茶。一个老人家在那儿上灶沏茶，捕快们对那老的说：顺便请四公来吃点茶。"那老的说："四公生了病还没好，等我进去告诉他一声。"便走了进去。

这时听得宋四公在里面叫了起来："我头痛得要命，叫你去买碗粥你也不去。我花钱请你，你却一点儿也不替心替力，要你干什么！"刮刮地把那沏茶的老人打了几下。

不一会儿，只见沏茶的老人手拿着粥碗出来说："各位请稍等一下，宋四公叫我买粥，马上就来。"

众人在那儿干等了好久，买粥的不见回来，宋四公竟也不出来。大伙儿不耐烦，便走进他的房里，只见绑着一个老人在那儿，众人以为是宋四公，便来抓他，那老的却说："我是替宋四公沏茶的，刚才拿碗出去买粥的，才是宋四公。"

众人仔细一看，不错，正是那个沏茶的，吃了一惊，叹口气道："真个是好手，我们看不仔细，被他瞒过了。"只得出门去赶，却哪里赶得着！

原来那些捕快们进来吃茶时，宋四公在里面听得是东京人口音，悄悄地一看，又像是公差衙役的模样，心里就已警觉，等那沏茶的老人进去，便故意叫骂埋怨，却把沏茶老人的衣服换了过来，低着头，装作去买粥，走了出来，就此瞒过了众捕快。

宋四公走出门来，一路上寻思道："现在该上哪儿去好？赵正那小子上次曾传过口信，说他现在在谟县，不如先到他那儿避避。"赵正就是宋四公的徒弟，平江府人，和他师父同样是做那没本钱的暗盘生意。

宋四公又将衣服换过，照样扮成一个狱卒的模样，拿着一把扇子，慢腾腾地往谟县来。来到谟县一家小酒店门前，肚子也饿了，便进入酒店买些酒菜吃，才吃得三两杯酒，只见一个精精致致的后生走了进来，望着宋四公叫道："公公拜揖！"

宋四公抬头一看，不是别人，正是他的徒弟赵正。当着别人面前，宋四公不好和他师父徒弟相称，说道："官人请坐。"师徒二人久别重逢，未免叙些闲话家常。

两人吃了几杯，赵正低声问道："师父一向可好？"

宋四公说："二哥，最近有什么生意没有？"

赵正说："生意是有的，不过都风花雪月地用光了。听说师父到东京去，着实捞了一票。"

宋四公说："也没什么，不过四五万钱。"又问赵正："你如今要上哪儿去？"

赵正说："师父，我想上东京走一遭，顺便玩玩，然后回我老家去。"

宋四公说："二哥，你去不得。"

赵正说："为什么我去不得？"

宋四公说："我说你去不得，有三重原因。第一，你是平江人，对东京不熟，我们这一行的谁认得你？你去要投奔谁？第二，东京全城百八十里，叫作'卧牛城'，我们是草寇，俗话说：'草入牛口，其命不久。'第三，东京有五千个眼明手快的缉捕人员，侦防严密。"

赵正说："这三件都不妨事，师父你只管放心，我也不见得随便就失手。"

宋四公说："你如果一定要去，我也阻你不住。我要来时，摸了禁魂张员外的一包细软，晚上我住客店，把这包东西当作枕头，如果你能将这包东西摸走，你就去东京吧！"

赵正说："师父，那我就先试试看。"

两人说罢，宋四公算了酒钱，带着赵正来到一家客店，赵正随着宋四公到房里走了一遭，便自先回。

到了晚上，宋四公心里想着："赵正这小子手段不错，我做他师父的，如果真的被他把这包细软摸走了，岂不惹人笑话，晚上还得小心些才是。"

把一包细软小心地安放在枕边，才卧上床去，便听得屋梁上吱吱吱吱地叫，宋四公自言自语地道："作怪，还没起更，老鼠就出来吵闹人。"仰面看去，屋顶上刚好落下些灰尘，宋四公禁不住打了两个喷嚏。一会儿，老鼠不吵了，却听得两只猫儿喵喵地叫着、咬着，几滴猫尿滴了下来，不偏不倚，正好滴在宋四公嘴里，臊臭无比。宋四公啐了一声，渐渐觉得困倦，就睡着了。

隔天一早醒来，枕边不见了那一包细软，正在那儿无可奈何，只见店小二来说道："公公，昨晚和公公来的那人来看你。"宋四公出来看时，正是赵正。宋四公忙把他叫进房里，关上房门。

赵正从怀里取出包裹，交还师父。宋四公说："二哥，我且问你一下，昨晚这儿的墙壁门窗都没动，你是从哪里进来拿了这包儿？"

赵正说："不瞒师父你说，这房里床前的窗子都是纸糊的。首先我爬上屋顶，学老鼠叫，那掉下来的灰尘，其实是我用的药粉，撒在你的鼻里眼里，你便打喷嚏。后来的猫尿，就是我的尿……"

宋四公一听，不禁有气："你这个畜生，好没道理！"

赵正继续说："师父着了我的药粉，不久就睡过去了。我摸到窗前，将窗纸剥下，用小锯子将两条窗棂锯下，然后挨身而入，到你床边偷了包儿，溜出窗外，把窗棂再接好，窗纸再糊好，看起来便没一点儿痕迹。"

宋四公输了这一着，心里懊恼，赌着气说："好，好！你有办法！如果今天晚上你能再把这包东西摸走，算你厉害。"

赵正说："我便再试试看。师父，我先回去了，明天见。"说着，头也不回地走了。

宋四公口里不说，肚里估量着："赵正的手段显然比我厉害，这次如果又让他把这包儿摸走，那就真的不好看了，不如趁早开溜。"便叫店小二来说道："店二哥，我等会儿就走，这儿二百钱，麻烦替我买一百钱烤肉，多放点椒盐。再买五十钱蒸饼，剩下五十钱给你买碗酒吃。"

店小二拿了钱，便去市场里买了烤肉和蒸饼，刚要走回客店时，忽然听得茶坊里有人叫着："店二哥，你上哪儿去？"

店小二抬头一看，原来就是那个和宋四公相识的客人，便对他说："你那朋友要走了，叫在下替他出来买烤肉和蒸饼。"

赵正说："他买多少钱的肉？"

店小二说："一百钱。"

赵正说："麻烦你一下，这儿是二百钱，你再跑一趟，帮我也买一百钱肉，五十钱蒸饼，剩下的五十钱给你当酒钱。这些烤肉和蒸饼就暂且放这儿。"

店小二道了谢，回转身去，不一会儿，便买了同样一包的肉和蒸饼回来。赵正说："太麻烦你了。你回去见我那朋友时，说我传的话，要他今天晚上小心些。"

店小二回到店里，将肉和饼交给了宋四公，说："早上来的那位官人要我传个话，叫你晚上小心些。"

宋四公还了房钱，提了包裹，带了那两样刚买的点心，便走出客店，走了一里多路，来到八角镇的渡头找渡船。船就在对岸，却不过来。等了好久，肚子饿了，将包裹摆在面前，拿起蒸饼，夹些烤肉，大口地咬了几口，只见天在下，地在上，一眨眼就栽倒在地。这时只见一个衙役打扮的人走过来，将他的包裹提了就走。宋四公眼睁睁地看着东西被他拿走，要叫却叫不出来，要赶又走不动，弄得真是欲哭无泪。

那个衙役打扮的人拿了包裹，坐着渡船，一下子不见了。

过了好久，宋四公才苏醒过来，想道："这家伙到底是谁？一定是店小二给我买的肉有问题！"做贼的被偷，阴沟里翻船，可又无可奈何，只好忍气吞声，坐了渡船到对岸。

走了一会儿，宋四公肚里又闷又饥，刚好走到一家酒店，便走了进去，买酒解闷疗饥。

刚喝得三杯两盏闷酒，外面忽然扭扭捏捏地走进一个妇人来。那妇人进到酒店，向宋四公道个万福，拍手便唱起了曲儿。

宋四公仔细一看，这妇人好像有些面熟，却又想不起在那儿见过。他想大概是酒店中卖唱的，便叫她过来同坐。那妇人一坐下，宋四公手脚便有些不干净，毛手毛脚的。想不到一动手，发觉不对，这个"妇人"原来不是妇人，宋四公向那人一推："混账，你到底是什么人？"

那个装作妇人的说："公公，我不是卖唱的妓女，我是苏州平江府赵正。"

宋四公说："你这小滑头，我是你师父，你为什么这样来捉弄我！原来刚才那个装作衙役的也是你。"

赵正说："便是你的徒儿赵正。"

宋四公说："那你把我的包裹放在哪儿了？"

赵正对酒保说："把我刚才寄在这儿的包裹拿来。"酒保将包裹拿了过来，递给宋四公，宋四公说："二哥，你是怎么拿走我这包裹的？"

赵正说："今天上午，我在客店附近的一家茶坊闲坐，看店小二拿了一包烤肉，我就叫他也替我买一包，顺手在你那包肉上放了些蒙汗药。后来我又装作衙役，跟在你后面。你被蒙倒了，我便拿了你的包，到这儿来等你。"

宋四公说："这样说来，你真的是高手，可以上得东京。"当下算了酒钱，二人一同走了出来。

来到一处空旷无人的所在，赵正到溪水里洗了面，换回了男装。宋四公说："你要上东京去，我替你写封信，介绍你去见一个人，也是我的徒弟。他家住在汴河岸上，卖人肉馒头。姓侯，名兴，排行第二，人家都叫他侯二哥。"

赵正说："谢谢师父。"

宋四公到前面一家茶坊，借纸笔写了信，交给赵正，然后作别而去。

赵正当晚在一家客店安歇，将宋四公写的信打开来看，上面写着：

"二郎、二娘子：别后安乐否？今有姑苏贼人赵正，要来东京做买卖，我特地叫他来投奔你们。这人对我们同行无情无义，一身的精皮细肉，倒是做馅子的好材料。我曾受他三次无礼，可千万剿除此人，免为我们同行留下后患。"

赵正看完了信，伸着舌头缩不进，一下子呆了，接着想道："换了别人便怕了，不敢去。我赵正偏要去，看他怎样对付我！"将信如原先的样子封了。

第二天离了客店，由八角镇经板桥，不几天便来到陈留县。再沿着汴河走，到中午前后，就看到岸上有家馒头店，门前一个妇人在那儿叫着："客官，吃些儿馒头点心再走。"看那招牌上写着："本行侯家，上等馒头点心。"赵正知道是侯兴家了，便走进去。那妇人上前打了招呼，问道："客官用点心？"

赵正说："稍等一下。"故意将背上的包裹取下，翻出里头一包包的金银钗子，也有花头的，也有连二连三的，也有素面的，都是一路上摸来的。

侯兴的老婆看得眼睛出火，心里想道："这客官大概是卖头钗的，怎么就有这许多钗子？我虽然卖人肉包子，老公又做贼子，可从来没见过这么多宝贝儿。等一下多放些蒙汗药，这些钗子便都是我的。"

赵正说："大嫂，拿五个馒头来。"

侯兴的老婆特别为他多加了些佐料，才端了出来。赵正从怀里拿出一包药说："大嫂，给一杯冷水，我吃药，吃了药才吃馒头。"

赵正吃了药，拿起筷子将馒头一拨，拨开馅子，看了一看说："大嫂，我出门时我爹告诉我，不要到汴河岸上买馒头，说那里的馒头都是人肉做的。大嫂你看，这一块有指甲，大概是人的指头；这一块皮上有许多短毛，大概就是人的胳膊了。"

侯兴的老婆说："哪有这种事，客官别开玩笑了。"

赵正不慌不忙将馒头吃了，侯兴的老婆指望看他倒下，可煞作怪，却一点儿事也没有。

赵正说："大嫂，再来五个。"

侯兴的老婆心想："刚才大概药量少了，这次得多加一些。"狠狠地又加了许多蒙汗药。赵正从怀中又取出药包，吃了些药。侯兴的老婆说："客官吃的什么药？"

赵正说："平江府提刑散的药，名叫'百病安丸'，专治疑难杂症，妇人家诸般头痛，胎前产后，脾血气痛，吃了更有奇效。"

侯兴的老婆平常正有些儿头痛症，便说："客官，这么好的药，不知可否让我来点儿试试？"

赵正从怀里摸出另一包药来，递给侯兴的老婆说："你先吃一包看看。"那婆娘不吃便罢，一吃下去，不觉全身酥麻，头重脚轻，当场匹然倒地，不省人事。

赵正说："你要对付我，谁知好看的却是你。要是别人一定溜了就走，我偏不走。"

不一会儿，一个男人挑着担子走了进来，赵正心想："这个人大概就是侯兴了，且看他怎么样！"

侯兴和赵正打了招呼："客官吃过点心吗？"赵正说："吃了。"侯兴向里头叫道："嫂子，会过钱没有？"找来找去，不见老婆的影子。走到灶前一看，只见老婆倒在地上，口流唾沫。侯兴急忙上前扳起她的身子，老婆喃喃地说："我着了人家的道儿。"

侯兴说："我知道了，一定是你不认得江湖上的同道，得罪了人家，是不是着了门前那个客人的道儿？"他的老婆微微地点了点头。

侯兴走到门前，向赵正说："法兄，山妻有眼无珠，不识法兄，万望恕罪。"

赵正说："尊兄贵姓？"

侯兴说："在下侯兴。"

赵正说："在下姑苏赵正。"说完便将解药拿给侯兴，侯兴拿去给他老婆吃了。

赵正说："二兄，师父宋四公有信转呈。"

侯兴将信拆开一看，看到最后说定要将此人剿除，心里便有了打算，说："一向久仰得很，幸得相会，今晚就这儿歇了吧。"说完，置酒相待，安排赵正在客房里睡。

约二更时分，只听那妇人的声音说："二哥，好下手了。"

侯兴说：“使不得！等他更睡沉些。”

赵正一一听在肚里，趁他们不注意，溜下床来，蹑手蹑脚摸到另一个房里，正是侯兴孩子睡觉的地方。这孩子刚十来岁，正发着疟子，害病在床。赵正将那孩子抱过来，放在自己的床上，用被盖好，然后溜出后门。

过了不久，侯兴拿着一把劈柴大斧头，老婆拿着一盏灯，推开赵正房门，不分青红皂白，几个斧头起落，便将被里的人砍作三段。侯兴不见吭声，心里有点发毛，掀起被来一看，不禁失声叫道：“苦啊！二嫂，杀的是我们的儿子。”夫妻两个呼天抢地大哭了起来。

冷不防赵正在后门叫道：“你无缘无故地杀了儿子干什么？杀了儿子也是要吃官司的！”

侯兴一听，气往上冲，拿起斧头赶出后面。赵正见他赶来，拔腿就跑，望着前面溪里一跳，游了过去。侯兴毫不含糊，也跳下水追了过来。两人一前一后，一追一跑，从四更前后到五更，一口气赶了十一二里，直到顺天新郑门外。赵正看到路旁一家浴堂，一钻钻了进去，正想歇息一会，拿了手巾洗脸，忽然两腿被人一拉，倒在地上。赵正眼明手快，一翻身，压在那人身上，一看正是侯兴，抡起拳头只顾打。

正打得起兴，一个狱卒打扮的老儿走来说：“你们两个不要打了。”赵正和侯兴抬头一看，不是别人，正是师父宋四公，两个同时翻起身来，拜见了老师。

宋四公和他们两人找了一家茶坊坐下，侯兴便说起昨晚的事，宋四公说："这些都不必再说了。赵二哥手段既如此了得，我介绍你去结识一个人。这人姓王名秀，家住大相国寺后院，平常在金梁桥下卖包子，是我们同行，绰号'病猫儿'。他有一个大金丝罐，是定州窑窑变烧成的，名贵无比，他珍惜如命，就放在他卖包子的架上。你有没有办法去将这罐儿拿来？"

赵正说："且试试看。"和师父约定中午时分在侯兴处相等，便往金梁桥去了。

来到金梁桥下，果然看见一个卖包子的老头，架子上有一个大金丝罐。赵正知道这个人就是王秀了，便走过金梁桥来，到米店里撮几颗红米，又到菜担上摘几片菜叶，一起放在口里嚼碎，然后再走回王秀架子边，撒下六文钱，买两个包子，却故意将一文钱落在地下。王秀俯身去拾那一文钱的当儿，赵正便将嚼碎的米和菜吐在王秀的头巾上，拿着包子走了。

赵正又走到金梁桥上，刚好一个小孩子走过来，便叫那孩子过来说："小兄弟，我给你五文钱，你去告诉那卖包子的说，他头巾上有一堆虫蚁屎。不要说我要你说的。"

那小孩真的跑过去说："王公，你看头巾上……"王秀除下头巾一看，也以为是虫蚁屎，便转身走进茶坊里去揩抹，再走出来时，早不见了架子上的金丝罐。

那金丝罐当然是赵正趁他转身进茶坊时摸走的。赵正袖子里藏了金丝罐，飞快地便往侯兴家来。宋四公和侯兴看了，各吃一惊，不知他是怎么弄到的。赵正说："我不能要他的，送还给他老婆算了。"拿了金丝罐，又走到大相国寺后院王秀的家来。赵正对王秀的老婆说："公公叫我回来，向婆婆拿一套新布衫、汗衫、裤子和鞋袜。他怕婆婆认不得我，叫我拿这金丝罐做个指认。"婆子不知是计，便收了金丝罐，拿出衣衫交付给赵正。

赵正拿了这些衣衫，再回到侯兴家，对宋四公和侯兴说："师父，我拿金丝罐到他家去换了这许多衣服，等会儿我们三个一齐拿去送还他，开他个玩笑。"

赵正将新衣服换上，三个人来到金梁桥下，王秀仍然在那儿卖包子，宋四公上前叫道："王公，久违了。"王秀与宋四公、侯兴是旧识，却不认得赵正，便问宋四公："这位客官是谁？"宋四公刚要说，赵正赶忙将他拉在一旁，在他耳根后说："不要说出我的姓名，只说我是你的亲戚，我另有打算。"

王秀又问了一遍，宋四公说："他是我的亲戚，我带他来京师玩玩。"

王秀说："大家难得相聚，我们找个地方聊聊。"将包子架儿寄在茶坊，带他们到新郑门外一家僻静的酒店坐了。三杯两盏下肚，王秀说："今天早上真是晦气，才出来卖不到几个包子，头巾不知被什么虫蚁屙了一堆屎。刚到茶坊去揩了头巾，出来就不见了金丝罐，搞得我一天的不快活。"

宋四公说："那人好大胆，竟然卖弄到你跟前来了。你也不必太气闷，明天大伙儿有空时，一齐帮你找去。这东西又不是有三件两件，好歹总会有个下落，不会丢的。"

赵正听了他们的话，只是暗暗地笑。

四个人喝到天晚，差不多快醉了，才各自回家。

王秀一回到家里，老婆便问："你今天早上叫人拿金丝罐回来，说要带几件新衣服，是干什么了？"

王秀说："没有哇！"

老婆说："怎么没有！金丝罐在这儿，你自己看看。我把你的那几件新衣服都叫他拿去了。"

这没头没脑的事儿，搞得王秀真是有点糊涂了，猛然想起今天宋四公亲戚身上穿的衣裳，好像就是自己的。可是这怎么可能呢？宋四公说他是刚到京师来玩玩的。想来想去，王秀心里好生委决不下，免不了又是一阵气闷。

这时，忽然有一个人从床底下钻了出来，手中带着一包东西。王秀借着微弱的灯光一看，原来是宋四公的那个亲戚，这时却又换了别样的衣服。王秀说："你干什么？"

赵正说："宋四公叫我还你这包东西。"

王秀接过来一看，正是自己的衣裳，便问："你是什么人？"

赵正说："小弟姑苏平江府赵正。"

王秀说："久仰大名，怎不早说呢！"两个重新又聊了一番，当天晚上赵正就在王秀家睡了。

第二天，王秀对赵正说："京都你刚来不久，白虎桥下那座大宅院你没去过吧？那是吴越王钱俶的王府，如果你有兴趣的话，那倒是可以发财的地方。"

赵正说："今晚我们就去试试。"

到了三更时候，二人来到王府的后门，王秀在外把风，赵正打个地洞，钻进库房里偷了三万贯钱，外加一条暗花盘龙羊脂白玉带。

天亮时，王府的人发觉被偷了财物，立刻告到滕大尹那儿，大尹一听，大怒道："京师首善之区，怎容贼人这等猖狂！"马上派缉捕观察马翰，限三日之内捉到贼人。

马翰吩咐众捕快先回家，准备次日一早行动。来到大相国寺前，忽然一个穿紫衫的人走上前来说："观察，吃碗茶吧！"马翰不知道这个人有什么事，和他进了一家茶坊。卖茶的沏了茶来，那人从怀中拿出一包松子、胡桃仁，倒在两碗茶里。马翰问道："请问贵姓？"

那人说："姓赵名正。昨晚钱府做贼的便是在下。"马翰听了，心头一凛，猛喝了几口，正想动手抓他，突然头重脚轻，天旋地转，倒了。赵正叫了一声："观察大概醉了。"过来将他扶住，顺手拿出一把剪子，将他的袖子剪下，藏在自己怀里。算还了茶钱，对倒茶的说："我去叫人来扶观察。"说着径自走了。

大约一顿饭工夫，马翰才苏醒过来，懊恼不已，回家蒙头睡了一夜。第二天一早，随滕大尹上朝，大尹骑着马，刚走到宣德门前，忽然一个人头戴弯角帽，身穿皂衫，拦在马前，高声叫道："钱王有信札上呈。"滕大尹接了，那个人两手一拱，头也不回地走了。

滕大尹在马上拆开信札一看,上面写着:"姑苏贼人赵正拜禀大尹:所有钱府失物,系是赵正偷了。若是大尹要找赵正,远则十万八千,近则只在目前。"

大尹看了,气得不得了,上朝回衙之后,即时升厅。唤过马翰,问他捉贼消息。马翰说:"小的因不认得贼人赵正,昨天当面错过。这贼的手段极高,小的已访得他是郑州宋四公的徒弟,如能捉到宋四公,便可以找到赵正。"

大尹这才猛然想起,宋四公正是偷盗张富库房的贼人,案子仍然悬搁,便叫负责缉捕宋四公的王遵配合马翰,两人协同侦缉宋四公和赵正。

王遵上前禀道:"这两个贼人狡狯异常,踪迹难定,求相公限期放宽,再出赏钱,命人四处张贴,有贪着赏金的就会来出首,这件公事才好办。"

大尹听了,当下立了一个月为缉获限期,并写下榜文,如有知道贼踪来报的,赏钱一千贯。

马翰和王遵领了榜文,便来钱王府中,求钱王添加赏钱,钱王加了一千贯;又来禁魂张员外家中,要他也出赏钱。张员外是个小气鬼,丢了五万贯正痛心得要死,哪里肯再出赏钱。马翰说:"员外你不要因小失大,如果能捉到贼人,你便能追回那一大笔赃款。大尹都替你出了赏钱,钱王也出了一千贯,你如果不肯出,大尹知道了,恐怕不大好看。"张员外不得已,只好勉强写了五百贯。马翰将赏格拿到府前张挂,然后与王遵各带了捕快,分头去查。

不久，看榜的便人山人海，宋四公杂在人群中看了榜，便去找赵正商量。赵正说："马翰、王遵和我们无怨无仇，官府出一千贯也罢了，他们一定要添加赏钱；而这张员外小气得也太不像话了，别的都出一千贯，他却只拿五百贯，把我们看得也太不值钱了，总得想个法子让他们好看一下。"

两人你商我量，定下一条计策，齐声道："妙哉！"赵正便将他从钱王府中偷来的那条盘龙羊脂白玉带拿给宋四公，四公将禁魂张员外家偷的珠宝拣了几件贵重的递给赵正，两人分别去干事。

宋四公才转身，便遇着前几天在张员外家门前乞钱的那汉子，一把拉住，将他带到侯兴家中。宋四公说："我今天有件事要你帮忙。"

那汉子说："恩人有何差遣？绝不敢违！"

宋四公说："要让你赚一千贯钱养家活口。"

那汉子吃了一惊，叫道："罪过！小的没福消受。"

宋四公说："你只管照我的话去做，包你有好处。"说着，拿出那条白玉带，叫侯兴扮作内官模样，"把这条带拿去禁魂张员外的当铺去当钱。这带是无价之宝，你只要当三百贯，并对他说三天之内便来赎回，如果到时没来赎回，利钱再加二百贯，带子就算买断的，告诉他暂时将带放在铺子里，慢点收归库房。"侯兴依计去了。

张员外也是财迷心窍，见了这条带子大有赚头，不问来由，便当给了侯兴三百贯钱。

侯兴拿了钱回复宋四公，宋四公便叫那汉子到钱王门上去揭榜出首。钱王听说有人揭榜，非常高兴，便叫那揭榜的人来问，那汉子说："小的到张员外的当铺去当东西，刚好碰上铺里的主管拿一条白玉带要卖给北路来的客人，在那儿讨价还价。有人说那条玉带正是大王府上失窃的宝物，小的便来揭榜出首。"

钱王一听，立刻派了百十名军校，叫那汉子带路，飞也似的跑到张员外家，不由分说，到当铺中一搜，搜出了那条盘龙白玉带。

张员外走出来分辩时，众军校哪里管他三七二十一，索子一扣，连铺中两个主管一齐捉了，拿到钱王府。

钱王见了玉带，果然是自家失窃的宝物，当场赏了那出首的汉子一千贯钱，然后命人将玉带和张员外并两个主管送往开封府审问。

滕大尹因为自己的手下捉不到贼人，倒是给钱王抓住了，心里又愧又恼，看了人犯，更加有气，大骂道："张富，前几天你到本府告状，说失了许多金银珠宝。我想你一个平常百姓家，哪有这许多钱财？原来你是做贼窝赃！你说，白玉带是谁偷的？"

张员外说："小的财物是祖上传下来的，绝无做贼窝赃之事。这条白玉带是昨天下午一个内官拿来，当了三百贯钱的。"

大尹说："岂有此理！这白玉带是钱王府里失窃的宝物，赏格的榜文写得清清楚楚，你怎么不知道？而且这宝物价值连城，怎么就只当了三百贯钱？如今那内官何在？明明是一派胡言！"喝叫狱卒，将张员外和两个主管用刑，打得皮开肉绽，鲜血迸流。

张员外受苦不过，情愿以三日为限，去寻那当玉带的人。如果三日追寻不着，甘心认罪。滕大尹看张员外的样子，实在不大像贼人，心上也有些疑惑，便差狱卒押着张员外出去，给他三天期限，去寻那当玉带的人。两个主管押在牢里。

张员外眼泪汪汪地出了府门，为了讨好狱卒，不得已，暂时改变了小气的习性，邀两个狱卒到一家酒店吃酒。刚拿起酒杯，外面忽然踱个老儿进来，问道："哪一个是张员外？"张员外低着头，不敢答应。

狱卒便问："阁下是谁？找张员外有什么事？"

那老儿说："老汉有好消息要告诉他，特地到他当铺去，铺里的人说他官事在身，因此老汉寻到了这里。"

张员外听说是好消息，便站起来说："在下便是张富，不知有什么好消息？请坐下讲。"

那老儿挨着张员外身旁坐下，问道："员外库房中失窃的东西，不知有没有下落？"

张员外说："连个影子也没有！"

那老儿说："老汉倒得了点风声，所以特地跑来告诉员外。"

张员外说："消息确实吗？是谁偷的？在什么地方？"

那老儿将声音压得低低的，附在张员外耳边说了几句。张员外道："恐怕没这种事！"

老儿说："员外如果不信，老汉情愿到府中出首，如果找不出真赃，老汉甘心认罪。"

张员外大喜道："既然如此，且请吃几杯酒，等大尹晚堂，我们一齐去禀告。"四个人就在酒店直喝到大尹升堂，张员外去买了纸，请老儿写了状子，一齐进府出首。

滕大尹看了状子，原来说的是马翰、王遵做贼，偷了张富的财物，心中想道："他们两个是多年的捕头，怎么会有这种事？"便问那老儿："你莫非挟仇陷害？有什么证据？"

老儿道："小的是在郑州做买卖的。前儿天看到两个人拿了许多珠宝在那儿兑换，他们说家里还有，如果要换时再拿来。小的认得他们是本府的缉捕，怎么会有这许多宝物，心下起疑。后来看到张员外的失单，所列的宝物和他们拿去兑换的正一模一样，因此才来出首。"

滕大尹似信不信，无可奈何，只好派李捕头李顺带了几个捕快，和那老儿、张员外一齐去追查。

这时候马翰、王遵都在各县侦缉两宗盗案，不在家中。李顺带着众人先到王遵家，王遵的老婆正抱着三岁的孩儿，在窗前吃枣糕，看到众人纷纷攘攘地跑来，吃了一惊，不知什么缘故，恐怕吓坏了孩子，便抱着孩子进房。众人随着她的脚步跟了进来，将她围在核心，问道："张员外家的赃物，藏在哪里？"王遵的老婆光着两只眼不知哪里说起，孩子却哇哇地哭了。

众人见王遵的老婆不言不语，不管三七二十一，一齐掀箱倒柜，搜寻了一回。虽然有几件银钗饰物和衣服，却没有赃证。

李顺正想埋怨那出首的老儿，只见那老儿低着头，向床下钻去，在里边靠墙的床脚下解下一个包儿，笑嘻嘻地捧了出来。众人打开看时，却是闪闪发亮的金银珠宝。张员外认得是自己失窃的东西，睹物伤情，不禁放声大哭。

王遵的老婆实在不知这包东西哪里来的，顿时慌作一团，开了口合不得，垂了手抬不起。

众人不由分说，拿一条索子，往她颈上一扣。她哭哭啼啼，泪眼汪汪，可又有什么办法，只得将孩子寄在邻家，随着众人走路。

众人再到马翰家，混乱一场，照样是那出首的老儿指指点点，从屋檐的瓦桡内搜出珠宝一包，张员外也都认得是自家的东西。马翰的老婆也被众人扣了走路。

众人带了两家的老婆和赃物来见大尹，大尹大惊道："常听得说捉贼的就做贼，想不到王遵、马翰真的做下这种事。"喝教将两家妻小暂时监押，立下时限缉拿正贼，所获赃物暂时寄库，出首的人且在外听候，等审结明白，照额领赏。

张员外磕头禀道："小人是有碗饭吃的人家，钱王府中玉带的事，小人确实不知。小人家中被盗的赃物既已取出，小人情愿认了晦气，就将这些赃物用来赔偿钱府。望相公方便，释放小人和两个主管，万代阴德。"

大尹情知张员外冤枉，准他召保在外。出首的那老儿跟了张员外到家，要了五百贯赏钱，然后离去。

那老儿其实就是王秀，宋四公叫他将赃物暗中预先埋藏在两家的床脚和屋檐，然后再去出首，陷害王遵、马翰，官府哪里知道。

再说王遵、马翰两人在外听得妻小吃了官司，急忙赶回来见滕大尹。大尹不由分说，用起刑法，打得肉绽血流，要他们两个招认。两个明是冤枉，又从哪里招起！大尹叫监中放出两家的老婆来，个个面面相觑，不知祸从何来。大尹也委决不下，只好都发下监候，改天再审。

因为王遵、马翰不肯认罪，案子无法了结，为了应付钱王，第二天，大尹只好又拘张员外到官，要他暂时先拿出钱来，赔了钱王府中的失物，他自己失窃的赃物，等问明了案子再行退还。

张员外被逼不过，只好认了，回到家中一想，又气又恼，自己失窃财物，无法要回，平白无故反吃了官司，如今又要拿出家财去赔人家，不知招了什么罪孽，落此下场，哀哀泣泣，想不开，竟跑到库房中上吊死了。

可惜一个有名的禁魂张员外，只为了"贪吝"两字，招惹祸端，最后连性命都丧了。

王遵、马翰受冤不白，后来都死在狱中，真的可怜。

宋四公、赵正等一班盗贼，却仍然逍遥法外，公然在东京做坏事，饮美酒，宿名娼，没人奈何他们。那时节东京扰乱，家家户户不得太平。直等到包龙图做了府尹，这一班盗贼才无处藏身，人人惧怕，远遁他方，地方才得安宁。有诗为证，诗云：

只因贪吝惹非殃，引到东京盗贼狂。

亏杀龙图包大尹，始知官好民自安。

【结语】

本篇选自《古今小说》第三十六卷，原题"宋四公大闹禁魂张"。其实本篇的主角人物并不是宋四公，主题也不在于宋四公如何大闹禁魂张，而在于宋四公和赵正、侯兴三个贼人如何捉弄官差的事，主角人物应当是赵正。

根据罗烨《醉翁谈录·小说开辟》一章"也说赵正激恼京师"的记载，我们知道，赵正的故事在宋朝已经是说话人之间一个非常流行的题材。后来的《录鬼簿》又提到"陆显之，汴梁人，有《好儿赵正》话本"，陆显之是元代初年的人，他所编的《好儿赵正》这个话本，说的大概就是那个"激恼京师"的赵正的故事。现在收在《古今小说》里的这篇《宋四公大闹禁魂张》，很可能就是从陆显之所作的那篇话本改编过来的，因为在这篇里说的正是"好小子"赵正如何"激恼""扰乱"京师的趣事。

这一篇应当也是属于"公案"一类的小说，但是它和一般公案小说有很大的不同。一般公案小说写的多半是公差如何破案，是从公差这一方面当着眼点来写的。而这一篇说的却是贼人如何戏弄公差，是以贼人为主体来写的。在我国历来的小说中，这是相当少见，相当特别的一篇作品。读者们读了这一篇，相信对于话本小说取材的多样性，会有着更进一步的了解。

快嘴李翠莲

出口成章不可轻，开言作对动人情。

虽无子路才能智，单取人前一笑声。

看官，你道这四句诗所说何事？原来我中华文物之邦，自古所重的是文人，讲究的是文章。大凡过得去的人家，父母长辈最巴望的，无非是家中能出个"读书"子弟，长大来，即使不能混入官途，最不济也还是个"文人"。只要和"文人"两字沾上边，不管你多少穷酸，在社会上总还是有人另眼相看，敬你三分的。

"文人"中最令人羡慕的，便是那具有特殊才华的"才子"。而要博得这个"才子"之名，却也不简单。最重要的是他得须有"下笔千言""出口成章"的本事。也就是说，他需要有快捷的文才。

这"下笔千言""出口成章"的本事，因为不是人人都有，所以便成了人人艳羡企求的目标，也成了恭维"文人"的绝妙用语。只要是个"文人"，不管真的有才无才，没有一个不喜欢听这两句恭维话的。

话虽这么说，历史上倒也真的出了不少才子，种种"下笔千言""出口成章"的文坛佳话，至今流传不绝。

"下笔千言"的故事，说起来未免有点文绉绉，那种故事，只好由文章家来写，我们且不谈它。今天在下要说的，倒是个真的一"出口"便"成章"的故事。说出来有趣得很，保证看官们闻所未闻，听所未听。

故事中的这位主儿，不是饱读诗书的老儒，也不是风流潇洒的文士，却是个女孩儿家。

话说开封有个员外，姓李名吉，祖上历代经商，算得上是个小小财主，膝下有一男一女。那男的早已娶了媳妇，就在家中照顾生意。女的小字翠莲，从小生得伶俐可爱。一家连妈妈共是五口，其乐融融。

眼看翠莲日渐长大，越发出落得像个美人儿，这时已是十六岁了，不但姿容出众，兼且读书识字、女红针线，无所不通，父母甚是疼爱。

话虽这么说，却也有一件事儿，常惹得她父母操心。这件事儿，你要说它是美中不足也可以，你若要说它是美上加美，却也没人说你不是，但看你怎么想了。这就是翠莲的一张嘴。

看官们或许会说，翠莲既然是个美人儿，一张嘴又怎么了？各位别急，且听在下慢慢道来。

翠莲的一张嘴且是生得美，没什么毛病，就是从小伶牙俐齿，也只惹人怜爱，不会有什么问题。问题只在她越长越大，口齿也越发伶俐，伶俐得太快了些。只要人一和她说话，她便开口成篇，出言如流水。你问一，她答十；你问十，她道百。有诗为证：

> 问一答十古来难，问十答百岂非凡。
> 能言快语真奇异，莫作寻常当等闲。

她父母操心的，就是这件事儿。

却说本地另有个员外，姓张名俊，家中也颇有金银，生了三个儿子，一个女儿。大儿子叫张虎，二儿子叫张狼，张虎已有妻室，张狼仍未结婚，小弟小妹则都才十岁出头。

张员外见张狼已经长大成人，便央王媒婆做媒，要选一个门当户对人家的女儿为媳。王媒婆知道李员外家的女儿尚未许人，并且两家财力相当，即来李家说合。李员外和李妈妈早听说张员外家道殷实富厚，当下答应了这头亲事。

两家选定吉日良辰，不久便要成亲。

眼见婚期日渐接近，再过两天翠莲便要过门去了。李员外不免有些担心，对李妈妈说："女儿什么都好，就是这张嘴巴太快，让我们放心不下。他们家大业大，家里人多口杂，公公又和别人不一样，不是好惹的，婆婆听说也啰唆得很。翠莲这一过去，不知该怎么办才好？"

李妈妈说："嫁到人家去，终不比在家的时节，我们只要好好叮咛她一番，谅不会出什么差错。"

两老正这么说着，翠莲刚好走了过来，一看双亲愁容满面，眉眼不展，就说：

"爷是天，娘是地，今朝与儿成婚配。

男成双，女成对，大家欢喜要吉利。

人人说道好女婿：有财有宝又豪贵，

又聪明，又伶俐，双陆象棋通六艺；

吟得诗，做得对，经商买卖诸般会。

这门女婿要如何，愁得苦水儿滴滴地？"

员外和妈妈听了，不禁有气，员外说："就因为你口快如刀，怕你到了人家多言多语，失了礼节，惹得公婆不欢喜，被人耻笑，在此闷闷不乐。叫你出来，是要吩咐你以后少开口，你却反而说了一大篇。这不是气苦了我吗！"

翠莲说：

"爷开怀，娘放意；哥欢心，嫂莫虑。

女儿不是夸伶俐，从小生得有志气。

纺得纱，绩得苎，能裁能补能绣刺。

做得粗，整得细，三茶六饭一时备。

推得磨，捣得碓，受得辛苦吃得累。

烧卖扁食有何难？三汤两割我也会。

到晚来，能仔细，大门关了小门闭；

刷净锅儿掩橱柜，前后收拾自用意。

铺了床，伸开被，点上灯，请婆睡，叫声安置进房内。

如此服侍二公婆，他家有甚不欢喜？

爹娘且请放宽心，舍此之外值个屁！"

翠莲说罢，员外大怒，起身便要去打，妈妈好不容易劝住了，对翠莲说："孩儿，爹娘就是为了你这口快操心，以后就少说些吧！古人说：'多言众所忌。'到了人家去，比不得在自己家中，言语可要谨慎小心，千万记着！"

翠莲说："孩儿晓得，以后把嘴巴闭上就是了。"

妈妈说："隔壁张阿公是老邻居，从小看你长大的，你就过去向他作别一声吧！"员外也说："这是应当的。"

翠莲听妈妈的话，走到隔壁，一踏进门槛，便高声说道：

"张公道，张婆道，两个老的听禀告：

明天上午我上轿，今日特来说知道。

爹娘年老无倚靠，早晚希望多顾照。

哥嫂倘有失礼处，父母分上休计较。

待我满月回门来，亲自上门来问好。"

张阿公说："小娘子放心，令尊和我是老兄老弟，互相照顾是理所当然；令堂我也会叫老妻时常过去相伴，你不须挂怀。"

翠莲作别回家，员外和妈妈说："孩儿，早点收拾了去睡，明天半夜就得起来打点准备。"

翠莲说：

"爹先睡，娘先睡，爹娘不比我班辈。

哥哥嫂嫂来相帮，前后收拾自理会。

后生家熬夜有精神，老人家熬了打瞌睡。”

员外和妈妈听了，差点气坏。员外说："罢！罢！说来说去你还是改不了。我们先去睡了，你和哥哥嫂嫂好好地去收拾收拾，早睡早起。"

翠莲见爹妈睡了，连忙走到哥嫂房门口高声叫道：

"哥哥嫂嫂休推醉，想来你们太没意。

我是你的亲妹妹，只剩今晚在家里，

亏你两口不惭愧，诸般事儿都不理，关上房门便要睡。

嫂嫂你好不贤惠，我在家，不多时，相帮做些道怎地？

巴不得打发我出门，你们两口得零利。"

做哥哥的听了，心里没好气，便说："你怎么还是这样！在父母面前，我不好说你，你唠叨个什么，你要睡自己先去睡，明天早点起床。所有的事情我和你嫂嫂自会收拾整理。"

翠莲听了，不好再说什么，便进房去睡。哥哥嫂嫂将东西收拾停当，才去休息。

李员外和妈妈睡到半夜，一觉醒来，怕翠莲睡过了头，便叫翠莲起来问道："孩儿，不知现在什么时候了？是天晴还是下雨？"

翠莲说：

"爹慢起，娘慢起，不知天晴或下雨，

更不闻，鸡不啼，街坊寂静无人语。

只听得隔壁白嫂起来磨豆腐，对门黄公舂糕米。

若非四更时，便是五更矣。"

且待奴家先早起，烧火劈柴打下水，

且把锅儿刷洗起，烧些脸汤洗一洗，梳个头儿光光地。

大家也是早起些，娶亲的若来慌了腿。"

员外、妈妈和哥嫂听她这么一嚷，都起来了。员外气着骂道："这时候天都快亮了，妆不梳好，还在那儿调嘴弄舌！"

翠莲说：

"爹休骂，娘休骂，看我房中巧妆画。

铺两鬓，黑似鸦，调和脂粉把脸搽。

点朱唇，将眉画，一对金环坠耳下。

金银珠翠插满头，宝石金铃身边挂。

今日你们将我嫁，想起爹娘撇不下；

细思乳哺养育恩，泪珠儿滴湿了香罗帕。

猛听得外边人说话，不由我不心中怕。

今朝是个好日子，只管都噜都噜说什么！"

翠莲说罢，装扮妥当，又来到父母跟前说道：

"爹拜禀，娘拜禀，蒸了馒头兼细粉，果盒食品件件整。

收拾停当慢慢等，看看打得五更紧。

我家鸡儿叫得准，送亲从头再去请。

姨娘不来不打紧，舅母不来不打紧。

谁知姑母没道理，说的话儿全不准。

昨天许我五更来，今朝鸡鸣不见影。

等下进门没得说，赏她个漏风的巴掌当邀请。"

员外和妈妈气得七窍生烟，要骂也骂不出来了。看看天色已经不早，妈妈只好捺下脾气，对翠莲说："你去叫哥哥嫂嫂早点起来，收拾准备，娶亲的就快来了。"

翠莲慌忙走到哥嫂房门前，叫道：

"哥哥嫂嫂你不小，我今在家时候少；

算来也用起个早，如何睡到天大晓？

前后门窗须开了，点些蜡烛香花草。

里外地下扫一扫，娶亲轿子将来了。

误了时辰公婆恼，你两口儿讨分晓。"

哥嫂两个不好顶她，忍气吞声地将各项物品准备妥当。员外看看时候已经不早，娶亲的即将来到，便叫翠莲："孩儿，趁娶亲的还没来，到家堂及祖宗面前拜一拜，作别一番，保你过门平安。香烛我已点好了。"翠莲听了，走到家堂祖宗神位面前，拿了一炷香，一边拜，一边念：

"家堂一家之主，祖宗满门先贤：

今朝我嫁，未敢自专。

四时八节，不断香烟。

告知神圣，万望垂怜。

男婚女嫁，理之自然。

有吉有庆，夫妇双全。

无灾无难，永葆百年。

如鱼似水，胜蜜糖甜。

五男二女，七子团圆。

二个女婿，达礼通贤；

五房媳妇，孝顺无边。

孙男孙女，代代相传。

金珠无数，米麦成仓。

蚕桑茂盛，牛马挨肩。

鸡鹅鸭鸟，满荡鱼鲜。

丈夫惧怕，公婆爱怜。

妯娌和气，伯叔忻然。

奴仆敬重，小姑有缘。"

翠莲刚刚拜完祖宗，便听到门前鼓乐喧天，笙歌悠扬，原来是娶亲的车马已来到庭前。只听张家来的那赞礼司仪先生念着诗道：

高卷珠帘挂玉钩，香车宝马到门头。

花红喜钱多多赏，富贵荣华过百秋。

照例那先生念完了诗，女家便得赏赐喜钱。李员外叫妈妈拿钱出来，赏赐赞礼先生、媒婆和轿夫等人。妈妈拿了钱出来，翠莲一把就接了过去，说道：

"等我分！

爹不惯，娘不惯，哥哥嫂嫂也不惯。

众人都来面前站，合多合少等我散。

抬轿的合五贯，先生媒人两贯半。

收好些，休嚷乱，掉下了时休埋怨！

这里多得一贯文，与你这媒人婆买个烧饼，到家哄你呆老汉。"

那赞礼先生和轿夫们听了，无不吃惊，说："我们见千见万，从没见过这么口快的新娘。"大家张口结舌，忍着一肚子气，好不容易将翠莲拥上了轿。

一路上，媒婆因怕翠莲口快，多生是非，便吩咐翠莲："小娘子，到了公婆家门，你千万不要开口。"一路上没什么事。不多久，便到了张家前门，歇下轿子。赞礼先生又念起诗来：

鼓乐喧天响汴州，今朝织女配牵牛。

本宅亲人来接宝，添妆含饭古来留。

等诗念完，媒人婆便拿着一碗饭，来到轿前叫道："小娘子，开口接饭。"这本来是古来嫁娶的一种习俗，谁知翠莲在轿中听了，却大怒道：

"老泼狗，老泼狗，教我闭口又开口。

正是媒人之口胡乱诌，怎当你没的翻做有，

你又不曾吃早酒，嚼嘴嚼舌胡张口。

方才跟着轿子走，吩咐叫我休开口。

刚刚停轿到门首，如何又叫我开口？

莫怪我今骂得丑，真是白面老母狗！"

赞礼先生听了，过意不去，便来相劝："新娘子不要生气，好歹她是你的媒人，你就留个分寸，不要让她为难。从来没有新人这样当面给媒人难堪的。"

翠莲不听便罢，听了赞礼先生的话，一肚子牢骚又来了：

"先生你是读书人，如何这等不聪明？

当言不言谓之讷，信这贼婆弄死人！

说我夫家多富贵，有财有宝有金银，

杀牛宰马当茶饭，苏木檀香做大门，

绫罗绸缎无算数，猪羊牛马赶成群。

当门与我冷饭吃，这等富贵不如贫。

谁知她竟如此村，冷饭拿来我要吞。

若不看我公婆面，打得你眼里鬼火生。"

媒人婆听了翠莲一大堆啰唆话，气得酒也不吃，话也不说，一道烟溜进里面去了，也不来管她下轿，也不来管她拜堂。

还是张家众亲眷们看不过去，扶翠莲下了轿。大伙儿搀的搀，牵的牵，将翠莲拥到了堂前，面向西边站着。那赞礼先生说："请新人转身向东，今天的福禄喜神在东。"

翠莲一听，不耐烦起来，便说：

"才向西来又向东，休将新妇来牵笼。

转来转去无定相，恼得心头火气冲。

不知哪个是妈妈？不知哪个是公公？

诸亲九眷闹丛丛，姑娘小叔乱哄哄。

红纸牌儿在当中，点着几对满堂红。

我家公婆又未死，如何点了随身灯？"

张员外和张妈妈听她口无遮拦，上堂便说了不吉祥的话头，不禁大怒。员外说："当初只道是娶个良善人家的女孩，谁知却是这等一个没规矩、没家法、长舌快嘴的顽皮村妇！"众亲眷们更是面面相觑，个个吃惊。

那赞礼的先生眼看事情就要僵住，婚礼难以进行下去，便说："人家孩儿在家中惯了，今天初来，免不了有些不习惯。脾气也不是一下子改得了的，还须等候时日，慢慢地开导。且请拜香案，拜诸亲。"说完，安排新人与合家大小相见过了，又念诗赋，请新人入房，坐床撒帐[①]：

新人挪步过高堂，神女仙郎入洞房。

花红喜钱多多赏，五方撒帐盛阴阳。

诗一念完，新郎在前，新娘子在后，双双便进入洞房，坐在床上。先生捧着五谷，也随后进入新房，拿起五谷，边念边撒：

"撒帐东，帘幕深围烛影红。

佳气郁葱长不散，画堂日日是春风。

撒帐西，锦带流苏四角垂。

揭开便见嫦娥面，输却仙郎捉带枝。

撒帐南，好合情怀乐且耽。

凉月好风庭户爽，双双绣带佩宜男。

撒帐北，津津一点眉间色。

芙蓉帐暖度春宵，金童玉女常相乐。

撒帐上，交颈鸳鸯成两两。

从今好梦叶维熊[2]，行见蠙珠[3]来入掌。

撒帐中，一双月里玉芙蓉。

恍若今宵遇神女，红云簇拥下巫峰[4]。

撒帐下，见说黄金光照社[5]。

今宵吉梦便相随，来岁生男定声价。

撒帐前，沉沉非雾亦非烟。

香里金兽相隐映，文箫今遇彩鸾仙[6]。

撒帐后，夫妇和谐长保守。

从来夫唱妇相随，莫作河东狮子吼[7]。"

翠莲见那赞礼的先生将五谷撒得床上、帐上、满地都是，又哩哩啰啰地念了一大串，已经不耐烦，听他念到"莫作河东狮子吼"，再也忍不住，跳起身来，摸了一条擀面杖，望先生身上便打，一边打，一边吼着，骂着："放你的臭屁！你家老婆才是河东狮子！"一顿打，将先生直赶出房门外去，气犹未息，又骂道：

"撒甚帐！撒甚帐！东边撒了西边样。

豆儿米麦满床上，仔细思量像甚样！

公婆性儿若莽撞，只道新妇不像样！

丈夫若是假乖张，又道娘子垃圾相。

你可急急走出门，饶你几下擀面杖。"

赞礼先生被打，又不好在这节骨眼上声张开来，只得忍气吞声，没好气地走了出去。新郎官张狼实在看不过去，便发了一下威，嚷道："撒帐的事，是古来的习俗，你胡闹些什么！千不幸，万不幸，娶了你这个村姑儿！"

翠莲见丈夫发了脾气，毫不含糊，马上用话顶了过来：

"丈夫丈夫你休气，听奴说得是不是。

多想那人没好气，故将豆麦撒满地。

你不叫人扫出去，反说奴家不贤惠。

若还恼了我心儿，连你一顿赶出去。

闭了门，独自睡，早睡晚起随心意。

阿弥陀佛念几声，耳畔清宁倒伶俐。"

张狼给翠莲这么一说，一下子回不过嘴来，无可奈何，憋着闷气，只好到外面劝酒去了。

过了不久，筵席散了，客人也走了。翠莲坐在房中，忽然想道："等会儿丈夫进来，一定手之舞之，足之蹈之的，我倒要提防预备一下。"便起身除了首饰，脱了衣服，上床去，将一条棉被裹得紧紧的，浑身像个包了茧的蚕儿。

张狼送走了客人，进得房来，脱下衣服正要上床，忽听得翠莲喝一声，琅琅珰珰道：

"你这家伙可真差，真的像个野庄家。

你是男儿我是女，尔自尔来咱自咱。

你说我是你妻子，又说我是你浑家。

哪个媒人哪个主？行什么财礼下什么茶？

多少猪羊鸡鹅酒？什么花红到我家？

黄昏半夜三更鼓，来我床前做什么？

及早出去连忙走，休要恼了我们家。

若是恼咱性儿起，揪住耳朵采头发，

扯破了衣裳抓碎了脸，漏风的巴掌顺脸括，

扯碎了网巾你休要怪，撬了你乱发怨不得咱。

这里不是烟花巷，又不是娟姐儿家，

不管三七二十一，我一顿拳头打得你满地爬。"

张狼本来就是个没主见又胆小的大男孩，听自己的新娘子说了这么一大篇歪道理，一大堆凶巴巴的话，登时愣住了，一步也不敢走向床去，想要走出房去，新婚之夜，又没这个道理；想要爬上床去，或发作一番，又没那个大胆量大脾气。待了好一会儿，没奈何，只好一声不吭的，远远坐到房里的角落去。

两个人就这样僵持着，一直到了半夜，翠莲过意不去，想道："我既然嫁给了他，活是他家人，死是他家鬼，如果不和他同睡，给公婆知道了，以后的日子恐怕不好过。"想着，便翻过身来对张狼说：

"笨家伙，别装醉，过来与你一床睡。

近前来，吩咐你，轻手轻脚莫弄嘴。

除网巾，摘帽子，鞋袜布衫收拾起。

关了门，下幔子，添些油在灯碗里。

上床来，悄悄地，同效鸳鸯偕连理。

休作声，慎言语，雨散云消脚后睡。

束着脚，拳着腿，合着眼儿闭着嘴。

若还碰着我些儿，那时你就是个死。"

张狼果然听话，乖乖地上床，一夜不敢出声。

夫妻两人因为睡得晚了，直睡到天光大亮，还没起床。婆婆等新人起床，等得不耐烦了，便在门外叫："张狼，你也该叫你的新娘子早些起床，早些梳妆，到外面收拾收拾。"张狼还没作声，翠莲便说了：

"不要慌，不要忙，等我换了旧衣裳。

菜自菜，姜自姜，各样果子各样妆。

肉自肉，羊自羊，莫把鲜鱼搅白肠。

酒自酒，汤自汤，腌鸡不要混腊獐。

现在天色且是凉，便放五日也不妨。

待我留些整齐的，三朝点茶请姨娘。

假如亲戚吃不了，留给公婆慢慢尝。"

做婆婆的听了，一时傻住了，想要当场骂她几句，又怕新婚期间，让人家知道了闹笑话，只好忍着。

一直等到第三天，亲家母来送三朝礼，两位亲家一见面，婆婆便将翠莲的事从头诉说了一遍，说她怎么打先生，骂媒人，欺丈夫，毁公婆。翠莲的妈听了，满面羞惭，无话可说，走到翠莲房中，对翠莲说："你在家里的时候，我怎么吩咐你的！我叫你嫁了过来，不要多言多语，你竟一句也听不进去！今日才是三朝，便惹了这许多是非，以后怎么得了！刚才你婆婆在我面前说了你许多不是，使我无地自容，无话可说。你不为自己想想，也要为爹妈想想，再这样下去，我们怎么做人！"

翠莲听了，不慌不忙地答道：

"母亲你且休吵闹，听我一一细禀告。

不是女儿不受教，有些话你不知道。

三日媳妇要上灶，说起之时被人笑。

两碗稀粥把盐蘸，吃饭无茶将水泡。

今日亲家初走到，就把话儿来诉告。

不问青红与白皂，冲着媳妇厮胡闹。

婆婆性儿太急躁，说的话儿不大妙。

我的心性也不弱，不要着了我圈套。

寻条绳儿只一吊，这条性命问她要。"

妈妈听了，要骂也不行，要打也不行，气得茶也不吃，酒也不尝，别了亲家，径自上轿回家去了。

张狼的哥哥张虎听说翠莲连她自己的妈妈都给气跑了，再也忍不住，便发了脾气："成什么体统！当初只说娶的是个良善女子，谁知竟是这么一个快嘴快舌的泼辣货，整天的四言八句，调嘴弄舌，实在太不像话了！"

翠莲听到了，便说：

"大伯说话不知礼，我又不曾惹着你。

顶天立地男子汉，骂人太过不客气。"

张虎不和她斗嘴，径对张狼说："俗话说：'教妇初来。'你娶了这么一个媳妇，现在不好好地调教，恐怕以后就骑到大家的头上来了。虽然说不必动手动脚地打，却也得好好地教训一番。再不然，只好去告诉那老乞婆，你的丈母娘，叫她领回去。"

张狼听了大哥的话，正不知从何说起，翠莲早就冲口而出：

"大伯三个鼻子管⑧，不曾捻着你的碗。

媳妇虽是话儿多，自有丈夫与婆婆。

亲家不曾惹着你，如何骂她老乞婆？

等我满月回门去，到家告诉我哥哥。

我哥性儿烈如火，那时叫你认得我。

巴掌拳头一齐上，看你旱地乌龟哪里躲！"

张虎听了大怒，可又不能随便奈何人家新娘子、弟媳妇，满肚子怨气无处发，就去扯住张狼要打。他的妻子慌忙从房里跑出来，将他拉开，说："别人的妻小别人自己会管，何必你来啰唆！俗话说：'好鞋不踏臭粪。'你就少管点闲事吧！"

这一来，更激起了翠莲的性子，冲着大嫂就嚷：

"阿姆休得要惹祸，这样为人做不过。

仅自阿伯和我嚷，你又走来多啰唆。

自古妻贤夫祸少，做出事来大又多。

快快夹了里面去，没风所在坐一坐。

阿姆我又不惹你，如何将我比臭醒？

左右百岁也要死，和你两个做一做！

我若有些长和短，阎罗殿前不放过！"

张狼的妹子听了，觉得太不像话，便跑到母亲房中说道："妈妈，二嫂闹得也太过分了，你做婆婆的，怎么不管！尽着她撒泼放刁，像个什么样子！人家不笑话才怪！"

翠莲听到了这些话，好像抓到了什么把柄，又长篇大论起来：

"小姑你好不贤良，如何跑去唆调娘！

若是婆婆打杀我，活捉你去见阎王！

我爹平素性儿强，不和你们善商量。

和尚道士一百个，七日七夜做道场。

沙板棺材福杉底，公婆与我烧钱纸。

小姑阿姆穿孝服，阿伯替我做孝子。

诸亲九眷抬灵车，出了殡儿从新起。

大小衙门齐告状，拿着银子无处使。

任你家财万万贯，弄得你钱也无来人也死！"

婆婆听了，再也忍不住，走出来对翠莲说："幸亏你是才过门三天的媳妇，如果让你做了两三年媳妇，我看一家大小都不要开口了！"

翠莲说：

"婆婆不要没定性，做大不尊小不敬。

小姑不要太侥幸，母亲面前少言论。

轻事重报胡乱说，老蠢听了便就信。

117

言三语四把我伤，说的话儿不中听。

我若有些长和短，不怕婆婆不偿命！"

婆婆听了，气她不过，又拿她没办法，便走到房中对老伴儿说："你看你那新媳妇，口快如刀，一家大小，一个个都伤过。你是她公公，总该有个做公公的威严！便叫了起来，说她几句，怕什么！"

张员外说："我是她公公，怎么好说她？也罢，让我叫她烧茶来吃，看她怎么说。"

婆婆说："她对你一定不敢调嘴。"

张员外便说："叫张狼娘子烧茶来吃。"

翠莲听了公公叫她烧茶，慌忙走到厨房，刷洗锅儿，烧滚了茶，又到房中，打点了各样果子，泡了一盘茶，托到堂前，摆下椅子，走到公婆面前说："请公公、婆婆堂前吃茶。"又到阿姆房前叫道："请阿伯、阿姆堂前吃茶。"

张员外看见新媳妇甚是勤快，便说："你们都说新媳妇口快，现在我叫她，却怎么又不敢说什么？"

婆婆说："既然这样，以后就由你使唤她好了。"

过了一会儿，一家大小都到堂前，分大小坐下，翠莲捧着一盘茶，先走到公公面前，请公公吃茶，口中又唠叨了起来：

"公吃茶，婆吃茶，阿伯、阿姆来吃茶。

小姑、小叔若要吃，灶上两碗自去拿。

两个拿着慢慢走，烫了手时哭喳喳。

这茶叫作阿婆茶，名称虽村趣味佳。

两颗初煨黄连子，半把新炒白芝麻。

江南橄榄连皮核，塞北胡桃去壳柤（zhā）。

二位大人慢慢吃，休得坏了你们牙。"

张员外原以为翠莲至少还怕了自己的威严，想不到她竟然毫无顾忌，不禁大怒："女人家须要温柔稳重，说话安详，才是做媳妇的道理，哪曾见这样长舌妇人！"

翠莲马上就顶过嘴来说：

"公是大，婆是大，伯伯、姆姆且坐下。

两个老的休得骂，且听媳妇来禀话：

你儿媳妇也不村，你儿媳妇也不诈。

从小生来性刚直，话儿说了心无挂。

公婆不必苦憎嫌，十分不然休了罢！

也不愁，也不怕，搭个轿子回去罢！

也不招，也不嫁，不搽胭粉不妆画。

上下穿件缟素衣，侍奉双亲过了罢。

记得几个古贤人：张良、萧何巧说话，

张仪、苏秦说六国，晏婴、管仲说五霸。

这些古人能说话，齐家治国平天下。

公公要奴不说话，将我口儿缝住吧！"

张员外听了，不禁叹气，说道："罢！罢！这样的媳妇，久后必然败坏门风，玷辱祖宗！"随即对张狼说道："孩儿，你将妻子休了吧！我另外替你娶一个好的。"

张狼支支吾吾答应着，心里却是舍不得，新娘子虽然口嘴快了些，却是个打着灯笼也难找的美人儿。张虎和他的妻子也劝张员外说："且慢慢地开导，情况或许会好些。"

翠莲却说：

"公休怨，婆休怨，伯伯、姆姆都休劝。

丈夫不必苦留恋，大家各自寻方便。

将纸墨和笔砚，写了休书随我便。

不曾殴公婆，不曾骂亲眷。

不曾欺丈夫，不曾打良善。

不曾走东家，不曾西邻串。

不曾偷人财，不曾被人骗。

不曾说张三，不与李四乱。

不盗不妒也不淫，身无恶疾能书算。

亲操井臼与庖厨，纺织桑麻拈针线。

今朝随你写休书，搬去妆奁莫要怨。

手印缝中七个字：永不相逢不见面。

恩爱绝，情意断，多写几个弘誓愿。

鬼门关上若相逢，别转了脸儿不厮见。"

张员外不听犹可，一听之下，就叫张狼立刻写休书。张狼因为父母做主，不得已，只好含泪写了休书，和翠莲两个当场盖了手印。张员外随即叫人雇了轿子，抬了嫁妆，将翠莲和休书送往李员外家。

李员外、李妈妈和翠莲的兄嫂，见翠莲出嫁的第三天就坐了回头轿，让人休了回来，心里老大不是滋味，都怪翠莲嘴快的不是。翠莲说：

"爹休嚷，娘休嚷，哥哥、嫂嫂也休嚷。

奴奴不是自夸奖，从小生来志气广。

今日离了他门儿，是非曲直俱休讲。

不是奴家牙齿痒，挑描刺绣能织纺。

大裁小剪我都会，浆洗缝联不说谎。

劈柴挑水与庖厨，就有蚕儿也会养。

我今年少正当时，眼明手快精神爽。

若有闲人把眼观，就是巴掌脸上响。"

李员外和妈妈见翠莲给人休了，却一点悔改的意思都没有，脾性依然如故，不禁双双叹道："罢！罢！我两口也老了，管你不得了。只怕有些一差二误，让人耻笑。可怜！可怜！"

翠莲看爹爹妈妈如此唉声叹气，当下定了心意说：

"孩儿生得命里孤，嫁了无知村丈夫。

公婆厉害犹自可，怎当姆姆与姑姑！

我若略略开得口，便去挑唆与舅姑。

且是骂人不吐核，动脚动手便来粗。

生出许多情切话，就写离书休了奴。

指望回家图自在，岂料爹娘也怪吾。

夫家娘家皆不可，剃了头发当尼姑。

身披袈裟挂葫芦，手中拿个大木鱼。

白日沿门化饭吃，黄昏寺里念佛祖。

念南无，吃斋把素用工夫。

头儿剃得光光地，哪个不叫一声小师姑。"

原来翠莲决意削发出家。爹娘哥嫂听她这么一说，不但不加劝阻，脸上反而略有欣喜之意。

翠莲话一说完，当即卸了浓妆，换了一套棉布衣服，来到父母跟前，合掌问讯拜别，父母也不拦阻。又转身向哥嫂拜别，哥哥说："你既然要出家，我们两人送你到前街明音寺去。"翠莲说：

"哥嫂休送我自去，去了你们得伶俐。

曾见古人说得好：此处不留有留处。

离了俗家门，便把头来剃。

是处便为家，何但明音寺？

散淡又逍遥，却不倒伶俐！"

又说：

"不恋荣华富贵，一心情愿出家。

身披领锦袈裟，常把数珠悬挂。

每月持斋把素，终朝酌水献花。

纵然不做得菩萨，修得个小佛儿也罢。"

好一个聪明伶俐的翠莲，只因心直口快，出口成章，从此便只有常伴青灯古佛，念佛去了。

【附注】

① 撒帐：宋代的婚礼，新夫妇拜过天地、父母以后，便进入洞房，坐在床上。女向左，男向右。由妇人家或赞礼先生一边念着吉祥话，一边用彩果或五谷散掷，叫作撒帐。

② 梦叶维熊：《诗经·小雅·斯干》有诗句："吉梦维何？维熊维罴。""大人占之，维熊维罴，男子之祥"。意思是说，梦见熊罴是生男的预兆。

③ 蚌珠：就是蚌珠。古代的人认为蚌壳中结珠，好像妇女怀孕，所以便常常用蚌珠或珠胎来比喻妇女的怀孕。蚌珠来入掌，指的也是妇女怀孕之意，比喻早生贵子。

④ 巫峰：就是巫山。相传战国时代的楚怀王曾梦游高唐，和巫山神女相会合，后来的人便常用巫山或巫峰来比喻男女的欢会。

⑤ 黄金光照社：古代的人认为贵人降生的时候，往往有奇异的征兆，有的在降生的时候，室内会忽然大放光明，这叫作"照室"或"照社"。黄金光照社，是祝新婚夫妇早生贵子的意思。

⑥ 文萧今遇彩鸾仙：相传唐太和末年，进士文萧在洪州歌场中遇见仙女吴彩鸾，她自称是山西吴真君的女儿。两个人一见钟情，结为夫妇。这一句是比喻新婚夫妇为神仙眷侣的意思。

⑦ 河东狮子吼：宋人陈慥的妻子柳氏很会嫉妒，脾气又很暴躁。有一天，陈慥宴客，招歌伎陪酒，柳氏大为生气，便大声呼喊，又用木杖敲墙，客人便都散光了。后来苏东坡作诗取笑陈慥，其中有两句说："忽闻河东狮子吼，拄杖落手心茫然。"这是

借用杜甫诗"河东女儿身姓柳",用河东两字暗喻柳氏的姓。又佛家语以"狮子吼"比喻气象威严。因此后人便常用这句成语来比喻妻子的凶悍。

⑧　三个鼻子管：就是比常人多出一口气的意思。比喻好管闲事。

【结语】

本篇选自《六十家小说》。这是一篇体裁别致的话本，主角李翠莲的说话全部都是唱词，和后来的弹词体有点类似。这点很明显的是受唐朝变文的影响，敦煌变文有一篇《㘴盌书》，说的正是"快嘴新妇"的趣事。本篇大概就是由《㘴盌书》演变而来。故事的发展正如题目所示，完全环绕女主角的"嘴快"这一点而展开。为了强调女主角的"嘴快"，故事里的唱词有时显得相当的突梯滑稽，而且那些唱词都是用通俗的语言写出，念起来更觉得生动有趣。故事的作者（或许就是说话人自己），在开头的诗里说他这个故事是要"单取人前一笑声"，可见说这个故事的主要目的，是在借着这些有趣的唱词来达到娱乐大众的效果，正因为如此，女主角因为心直嘴快所造成的婚姻悲剧气氛，就显得不那么的强烈了。

因为本篇的体裁在话本中别具一格，所以本书特别选录，好让读者能够了解话本的多重形态。

吴保安弃家赎友

古人结交惟结心，今人结交惟结面。

结心可以同死生，结面哪堪共贫贱？

九衢鞍马日纷纭，追攀送谒无晨昏。

座中慷慨出妻子，酒边拜舞犹弟兄。

一关微利已交恶，况复大难肯相亲？

君不见羊左当年称死友，至今史传高其人。

这首词儿名叫《结交行》，是感叹人心险恶、交友不易的意思。社会上的所谓朋友，多的是酒肉的交情，少的是义烈的友谊。有些人平时酒杯往来，称兄道弟，一旦遇上利害关系，即使是米粒大的事儿，马上就形同陌路，你我不相顾了。

还有的更是明里你兄我弟，暗里你奸我诈；朝兄弟，暮仇敌，才放下酒杯，出门便拿刀相向的。这种人的交往，实在辱没了"朋友"两字的意义，更谈不上所谓的患难相扶持了。所以俗话说：酒肉兄弟千个有，落难之中无一人，真是不胜感慨之至。

话虽这么说，世间总还有温暖的一面，"朋友"两字也并不是专为这种人而设的。真正肝胆相照、义气感人的友情，如古代的鲍叔牙和管仲、羊角哀和左伯桃等之间的交谊，仍然所在多有，史不绝书。

今天在下要说的，便是一篇可歌可泣、感人肺腑的友情故事。这两位朋友，原先并不相识，从无一面之缘，只不过因为义气相感，后来患难之中，便出生入死，相互救援，相互扶持。他们那种为朋友而献身的侠义精神，绝不让羊角哀、左伯桃专美于前。

故事发生在唐朝开元年间。

郭仲翔是个允文允武的青年，河北武阳地方人。伯父郭元振是当朝宰相。以他的身世和才学来说，郭仲翔本来是很简单的就可以在官场上混个一官半职的，但是因为他一向豪侠仗义，不拘小节，所以竟然没有人保举他。仲翔自己对此并不在意，倒是他的父亲看他年纪已大，一事无成，有点看不过去，便叫他到京城参见伯父，希望能借伯父的管教、提携，求个进身之路。

伯父一见仲翔，便对他说："大丈夫如果不能从科举出人头地，也应当效法张骞、班超，立功异域，以求富贵。如果只想依靠家世门第当作上进的阶梯，再有成就，也大不到哪里去！"仲翔对于伯父的教训，深有同感。但是，他一向对科举不太有兴趣，因此，便对伯父表示，如果有立功异域的机会，不论多么艰难，他都愿意前往一试。

刚好不久边报紧急，报说云南一带土蛮作乱，侵扰各地州县。

朝廷差李蒙为云南姚州都督，调兵进讨。李蒙领了圣旨，临行的时候，特地到相府向仲翔的伯父辞别，仲翔的伯父顺便就推荐了仲翔。

李蒙见仲翔仪表出众，而且又是当朝宰相的侄儿，宰相亲口推荐，怎敢推诿，当下马上委派仲翔为行军判官。

仲翔随着大军起程，来到剑南地方的时候，忽然收到了一封同乡人吴保安叫人送来的信。

信是这么写的：

"吴保安顿首，保安幸与足下生同乡里。虽缺展拜，而仰慕有日。以足下大才，辅李将军以平小寇，成功在旦夕耳。保安力学多年，仅官一尉，僻处边远，乡关梦绝。况此官已满，后任难期。素闻足下分忧急难，有古人风。今大军征进，正在用人之际，倘垂念乡曲，录及细微，使保安得执鞭从事，树尺寸之功于幕府，足下大恩，死生难忘。"

原来吴保安虽然和郭仲翔同乡，却从来没见过面。保安字永固，现任四川遂州地方的方义尉，是一个小官，任期将满，也和郭仲翔一样，想要献身国家，立功异域，另图出身。因为一向听人说郭仲翔为人义气深重，是个肯扶持他人的好汉，所以便写了这封信，托人交给仲翔，希望能得他推荐，在军中效力。

仲翔看了保安的信，想道："这个人和我素昧平生，骤然便以缓急之事相托，可见是真正了解我的一个人。大丈夫遇知己而不能为他出力，岂不惭愧！"于是向李将军夸奖吴保安的才能，希望能征召保安来军中效力。李将军听了，便下一道公文到遂州去，要征方义尉吴保安为管记。

送公文的差人才起身不久，探马便来报告，说蛮贼猖獗，已经逼近内地。李将军即刻传令，连夜赶行。

来到姚州，正遇上蛮兵抢掳财物。蛮兵来不及防备，被李将军的大军一掩，都四散乱窜，不成队伍，大败全输。李将军带领大军，乘胜追击了五十里，直到天晚，才安营下寨。

郭仲翔怕李将军贪功冒进，一时有失，便向李将军建议："蛮人贪诈无比，现在兵败远遁，将军军威已立，依属下愚见，将军应当先班师回姚州，然后派人宣播威德，或招降，或安抚，不可轻易再行深入，否则恐怕会坠入诡谋之中。"

李将军初次进军，便获全胜，信心大增，听了郭仲翔的话，颇不中意，大声喝道："群蛮这一溃败，已经丧胆，不趁这个机会彻底扫清，更待何时？你不必多所顾虑，看我破贼！"

第二天拔寨起行，不过几天，便来到乌蛮地界。只见万山叠翠，草木森森，正不知哪一条是去路。李将军心中大疑，传令暂时退到空阔平野之处屯扎，一面寻觅土人，探求路径。

忽然山谷之中金鼓之声四起，蛮兵漫山遍野而来。原来是乌蛮洞主蒙细奴逻率领各洞蛮酋及蛮兵，早就布下天罗地网，专等唐兵来到。只见蛮兵穿林越岭，全不费力，好像鸟飞兽奔。唐兵陷于埋伏，加上路径生疏，远行力倦，如何能够抵挡？李将军虽然骁勇善战，可惜英雄无用武之地，又能奈何，眼看手下官兵阵亡殆尽，不禁长叹：“悔不听郭判官之言！”拔出靴中短刀，自刎而死。

唐军此一阵，全军覆没，死的死，掳的掳。

郭仲翔也是被掳的一个。蒙细奴逻见他丰采不凡，逼问之下，知道他是大唐宰相郭元振的侄儿，便将他送给了本洞的头目乌罗。

原来南方土蛮并无侵占中原的野心，只是贪图汉人的财物而已。他们掳到了汉人，便分给各洞头目，功多的，分得多；功少的，分得少。这些掳来的汉人，不管你是什么出身，一概便是他们的奴隶，供他们驱使，或是砍柴割草，或是饲马牧羊，不一而足。如果他们嫌自己的人工多了，还可以将这些掳来的汉人转相买卖。因此，被掳的汉人，十个倒有九个宁愿死，不愿活。然而，蛮人将这些汉人又看守得很紧，让你求死不得，真是苦不堪言。

这一次战役，被掳的汉人很多。蛮人将其中有官阶职位的，一一审问明白，要他们寄信到中原的家乡去，请他们的亲戚拿财物来赎人，借此勒索敲诈。

看官们想想，被掳的人又有哪一个不想还乡的？所以不论家中有钱没钱，一听蛮人说可以赎身，一个个都寄信回家乡去了。家中的人，除了实在穷得无法可想的以外，稍微能够挪移补凑得来的，又有谁不愿去借贷赎人呢？

蛮酋们知道汉人这种心理，于是便忍心敲剥，即使你是个孤身穷汉，也要勒索好绢三十匹，才准赎回，若知道你是有油水的，那数目就更加庞大了。乌罗听说郭仲翔是当朝宰相的侄儿，便狮子大开口，要好绢一千匹才肯放人。

仲翔当然也想返乡。但是，一千匹绢布可不是小数目，他想："或许伯父可以帮得上忙。但是，关山迢远，又有谁能替我送这个信呢？"正在无奈之中，忽然想起了吴保安："吴保安应当算是个知己的朋友。我和他从未见面，只见了他一封信，便将他力荐给李将军，召为管记。我的一番用心，他一定能够了解的。还好他来得慢，否则今番也遭殃了。这时候他应当已经来到姚州。如果拜托他送个信到长安，谅他不会推辞。"

于是仲翔便写了一封信，想法托人送到姚州给吴保安。信中细述受苦的经过及乌罗索价的情形。信写完不久，刚好有个姚州运粮官被赎放回，仲翔便托他顺便将信送去。

不提郭仲翔在蛮中的事，且说吴保安在家收到了李将军征召的文书，知道是郭仲翔所荐，便将妻子张氏和那新生下未满周岁的孩儿留在遂州家中，自己带了一个仆人，匆匆地飞身上路，赶来姚州赴任。

谁知一到姚州，就听到了大军全军覆没、李将军阵亡的消息，保安大吃一惊，由于不能确定郭仲翔的生死下落，他便留在姚州打探消息。这时刚好那一个运粮官被放了回来，带来了仲翔的信。

保安看了仲翔的信，心中十分痛苦，痛苦的不是自己不能随军赴任，而是一个知己的朋友刚要见面，就遽然拆散分隔，更在蛮荒异域遭受那非人的折磨。当下他连忙写了一封回信，拜托那运粮官得便的话，就将信带过去给仲翔。信中恳切地安慰仲翔，叫他耐心地等待，自己无论如何一定会想法将他赎回来。

保安将信交给那运粮官之后，也不回家，立刻整理行装，往长安进发。姚州离长安三千多里路，保安日夜赶行，跋涉千山万水，好不容易才到了长安。谁知到长安一打听，仲翔的伯父宰相郭元振已于一个月前去世，一家大小都扶着灵柩回乡去了。

保安大失所望，这时身边的钱早已用光，只好将仆人和坐骑卖了，孤身凄凄凉凉地回到遂州，一到家中见了妻儿，不禁放声大哭。妻子见丈夫如此模样，连忙问起缘由。保安将仲翔失陷，以及他伯父过世的经过说了一遍："他盼望的是伯父那边的资助，谁知他伯父却在这时候死了，老天怎么这么捉弄人！如果说我们自己能够想法去赎他出来，那是再好不过的事，可是，我们哪来的钱？但是，不想法子，让他一个人在那儿受折磨，在那儿巴巴地指望，又怎么忍心？"说了，又哭。

妻子一边安慰他，一边说："俗话说'巧媳妇煮不得没米粥'，我们自己既然没有办法，又能够怎么样呢？反正你也尽了心了。"

保安摇着头说："话可不能这么说！上次我冒昧地写了一封信给他，他毫不犹豫地就将我推荐给李将军。他和我又没见过面，这份情义哪儿去找啊！现在他生命交关，有难相求，如果我就这样算了，那算什么人，我已下定决心，如果不能将他赎回，我誓不为人！"于是保安变卖了一些家产，撇下妻儿，出外营商去了。

他本来想着，找一个大都会的所在做买卖，或许较容易赚钱，但是又怕蛮中可能随时有消息来，因此就只在姚州附近营运，不敢走远。

就这样的东奔西跑，日夜忙碌，身穿破衣，口吃粗粝，一分一毫也不浪费，只要有零余，便省下来当作买绢之用，得一望十，得十望百，满了百匹，就寄放在姚州府库。睡里梦里，想着的只是"郭仲翔"三字，从不分心，到后来，连妻儿都忘记了。

整整在外奔波了十个年头，亏他再省，再俭，却才只凑得七百匹绢，离千匹之数还有一段距离。正是：

离家千里逐锥刀，只为相知意气饶。

十载未偿蛮洞债，不知何日慰心交。

话分两头，却说保安的妻子张氏和那幼小的孩子，自从保安外出之后，家中无主，只落得母子两人孤孤凄凄的，好不可怜。刚开始的时候，还有一些保安以前的同事旧友，分头接济一些。到后来，一看保安几年不通音信，就没人来理他们了。保安的家原本就不富厚，家中没什么积蓄，还亏张氏贤惠，替人缝缝补补，勉强挨过了十年。这时候，眼看实在再挨不下去了，没办法，张氏只好将几件破家具变卖了些钱，带着十一岁的孩儿，亲自问路，要到姚州来找保安。

母子两个一步挨一步，一天再多也只走得三四十里。等走到戎州界界的时候，钱早用光了。这时候的张氏，真是叫天天不应，叫地地不灵，想要一路行乞前去，又羞耻不惯；想到自己既然如此命薄，不如死了算了，看着十一岁的孩儿，又于心难忍，割舍不下，左思右想，看看天色渐晚，食宿无着，坐在乌蒙山下，不禁放声大哭，好不悲惨。

也是天无绝人之路，这时候，刚好有个官人打从山下经过，听得哭声悲切，又是个妇人，便停了车马，叫人上前询问。张氏手搀着孩儿，走到官人面前哭诉道："妾身是遂州方义尉吴保安的妻子，这个孩子是妾身的孩儿。妾身的丈夫因为友人郭仲翔失陷蛮中，需要好绢千匹才能赎身，便抛弃妾身母子，前往姚州营运，筹取赎金，至今十年不通音信。妾身母子贫苦无依，只得前往相寻。谁知路途迢远，费用已尽，所以伤心悲泣，冒犯官人！"

这个官人姓杨名安居，正是来接李蒙将军遗缺的新任姚州都督，也是个有豪气的人，听了张氏一番言语，心中便暗暗感叹："这个人倒是个义气男子！"当下对张氏说："夫人不必过分伤悲，下官忝任姚州都督，一到姚州，马上派人寻访尊夫。夫人一切行李路费，都在下官身上。夫人请先到前面驿馆中歇息。"

张氏含泪拜谢。杨都督车马如飞地自去了。

张氏忽然有了这个遭遇，本来是应当畅快才是，但是，十年来人情冷暖的折磨，使她对人世间的温情有着一分不可言喻的疑虑。但是，无论如何，这总是眼前唯一的生机。张氏心下虽然怀着几许的惶惑，仍然母子相扶，一步步地挨到驿前。

这时，杨都督早已吩咐驿官安排伺候，见了她母子两人来到，便请到空房歇息，款待饭食。

第二天一早，驿官便传杨都督之命，将十千钱赠送给张氏母子为路费，又准备了一辆车子，派人将她母子两人送到姚州驿站中居住。张氏心中感激不尽，这时才确认杨都督纯是一片好心。正是：

> 恶人自有恶人磨，好人更有好人救。

原来当天杨都督起了一个大早，在张氏母子未行之前，便先一步来到了姚州。一到姚州，杨都督马上派人到处寻访吴保安的下落，不下三五日，便寻着了。

杨都督将保安请到都督府中，亲自降阶相迎，搀着保安的手，登堂慰劳。杨都督对保安说："下官常听说，古人有所谓的生死之交，只恨一向未能获识。现在亲见足下所为，义气干云，不让古人专美于前，下官不胜感佩之至。尊夫人和令嗣前不久从遂州远来相寻，现在暂时在驿舍安顿，足下可先往相见，畅叙十年别离情怀。为令友所筹绢匹，不足之数，下官自当为足下筹划安排。"

保安说："仆为朋友尽心，本是分内之事，怎可连累明公？"

杨都督说："下官别无他意，只为仰慕足下高义，略尽绵薄，助足下完成一番心意而已。"

保安见都督一片挚诚，再不好推托，便叩首相谢："既蒙明公高谊，仆也不敢固辞。所少之数，还三分之一，如能有千匹整数，便可赎出吾友。仆妻儿既已来此安顿，待吾友赎出之后，再往相见即可。仆现在即亲往蛮中，赎取吾友。"

杨都督听说保安即刻要往蛮中，当下也不便强留，便命人从府库中先借官绢四百匹，赠给保安，又赠他全副鞍马。

保安大喜，领了这四百匹官绢，和库上原先寄存的七百匹，共一千一百匹，骑着马，头也不回地直到南蛮地界来，寻个熟蛮，到蛮中通话，将多出来的百匹绢，尽数交给这个熟蛮使费运用，一心只盼着将好友仲翔赎回。

不说保安在这边取赎等人，再说仲翔那边的事。仲翔在乌罗部下，乌罗原来指望他重价取赎，所以刚开始的时候，还待他不错，饮食不缺。只是过了一年多，不见有任何消息，乌罗心中便老大的不畅快，把他的饮食都裁减了，每天只准吃一餐饭，并且派他看养战象。

仲翔挨饿受罚，实在忍受不下去了，便趁着乌罗出外打猎的时候，拽开脚步，望北方逃走。可是，那南蛮地方都是险峻的山路，仲翔路径又不熟，跌跌撞撞地跑了一天一夜，脚底都破了，被那些和他一起看象的蛮子，飞也似的赶来，捉了回去。

乌罗大怒，便将他转卖给南洞蛮主新丁为奴。这个地方离乌罗部落有二百多里路。

那新丁的脾气最是凶恶暴躁，汉人只要一点儿不遂他的意，动不动就是整百的皮鞭，鞭得人背部青肿流血。仲翔也不知被鞭过多少次了，实在熬不住痛苦，捉个空，便又逃走。谁知路径不熟，跑来跑去，却只是在山凹内盘旋，摸不着出路，结果又被本洞的蛮子追着了，拿去献给新丁。新丁将仲翔痛打一顿，便将他又卖到更南方的一洞去。

那洞主别号叫菩萨蛮，更是厉害，知道仲翔屡次逃走，便取了两片木板，各长五六尺，厚三四寸，叫仲翔把两只脚站在板上，用大铁钉将他的双脚钉在木板上，平常走动就拖着木板，晚上关在土洞里，洞口又用厚木板锁着，看守的蛮子就睡在他脚上的木板上。仲翔一动也不能动，稍不小心牵动了一下，便痛入骨髓，两脚被钉的地方常流脓血，那种折磨简直就是地狱。如果不是还有一线返乡的信念支撑着，恐怕早就做异域游魂了。有诗为证：

身卖南蛮南更南，上牢木锁苦难堪。
十年不连中原信，梦想心交不敢谈。

再说那个熟蛮受了吴保安之托，来见乌罗，乌罗听说有好绢千匹来赎，喜不自胜，便派人到南洞去转赎仲翔。南洞主新丁派人将来人带到菩萨蛮洞中去，交还了身价，将仲翔两脚的钉子用铁钳拔了出来。谁知那钉子入肉以后，时间既久，脓水化干，便像长在肉里的一样。现在重新拔出，那种疼痛比刚钉下去时更是难以忍受。当下血流满地，仲翔痛得昏死了过去，等到醒来以后，已是寸步难移，只好用皮袋盛了，两个蛮子扛着，直送到乌罗帐下来。

乌罗收过了那一千匹绢，不管死活，把仲翔交给熟蛮，熟蛮只好将仲翔背了，来见保安。保安接着，仿佛见到自己亲骨肉一般，来不及叙话，两人各睁眼看了一看，抱头痛哭。这一哭，便是两人胸中的千言万语。

这两个朋友，两心相系，已经十年了，到今日方才见面。仲翔对保安的感激之情，自不必说。保安见仲翔形容憔悴，半人半鬼，两脚又动弹不得，好生凄惨，便将马让给他骑，自己在旁扶持，一步一步地回到姚州。一到姚州，便先到都督府来见杨都督。

原来杨都督以前曾经在仲翔伯父的门下做过幕僚，和仲翔虽然没见过面，算来却也是通家之好。重要的是他本人是一个正人君子，并不因为仲翔的伯父死了，便改变原来的态度，一见了仲翔，不胜之喜，立刻叫人帮他洗浴，给他换上新衣，并叫随军医生医他两脚的疮口。在这么特别的照顾关怀之下，不到一个月，仲翔的伤口便已平复如初，精神焕发。

再说离家十年，饱受辛苦风霜的保安，直等到从蛮界回来，将仲翔安顿好了之后，才到驿舍中来见自己的妻儿。当初离家的时候，儿子还是在襁褓中的小娃娃，而今相见，却已十一岁了。夫妻、父子重见，恍若隔世，种种伤感，真是一言难尽。

杨都督是个有心的人，他见保安为人如此情深义重，十分敬重，到处对人夸奖。不仅如此，又写信给在长安的达官显要，向他们称扬保安弃家赎友的侠情高义。过了不久，更为保安筹措了一笔资财，送他上长安去补官。姚州一地的官员，见都督对保安如此用情，也都各有厚礼。保安将众人所赠，分一半给仲翔，仲翔再三推辞，保安哪里肯依，只好受了。

保安谢了杨都督，便带着妻儿往长安进发。仲翔直送出姚州界外，才痛哭而别。保安路过遂州，将妻儿留在家中，单身到京，到京不久，即升补为眉州彭山县丞。那眉州属四川地界，离遂州不远，迎接家小颇为近便，保安欢欢喜喜地上任去了。

再说仲翔复元之后，杨都督仍旧将他留做都督府判官，还是住在姚州。仲翔感激杨都督相救相助之恩，总想要有个图报的方法。因为他在蛮中居留了十年时间，对于蛮中的习俗颇为了解，知道蛮中的妇女，可以买卖求得。而且那边的妇女往往姿色不凡，索价却比一般男子为低。因此，在任三年，便陆续派人到蛮洞中购求年少美女，共有十人，自己亲自教她们歌舞，教成之后，便将她们献给杨都督。

杨都督却笑着说："我因为尊重你和保安的一番情义，所以才助成你们，这也说不上什么恩情。如果你还谈什么感恩相报的话，那不是把我见外了吗？"

仲翔说："如果不是明公大德，小人今天哪有生还之理？所以用此奉献，只不过略表寸心于万一。明公如果坚辞，仲翔寝食难安！"

杨都督看他一番诚恳，便说："我有一个小女儿，是我一向最钟爱的，如果你一定要我接受，那我只好留下一个，让她陪我那小女孩。其他的绝不敢受。"

仲翔知道杨都督为人，一向有君子仁者之风，也不好勉强，便把那其余的九个蛮女分赠给都督属下的九个心腹将校，替都督做人情，将校们对都督的恩义都感戴不已。

过了不久，朝廷追念代国公、前宰相郭元振的军功，要录用他的子侄，杨都督便表奏仲翔：

"故相郭震嫡侄仲翔，前曾进谏于李蒙，预知胜败。后陷身蛮洞，备著坚贞。十年复返于故乡，三载效劳于幕府。荫既可叙，功亦宜酬。"

于是朝廷授仲翔为山西蔚州录事参军。

仲翔从蛮中回到姚州的这几年，因为一心想着如何报答杨都督，所以公私两忙，一直未和家中通讯。

算来自从他离家至今，共一十五年了，他的父亲和妻子在家听说他陷身蛮中，杳无音信，原以为他早已身亡，这时候忽然收到亲笔家信，迎接家小到蔚州任所，全家欢喜无限。

仲翔在蔚州做了两年官，大有声誉，升为山西代州户曹参军。又过了三年，父亲一病身亡，仲翔便扶枢归葬河北故乡。

丧葬已毕，仲翔不禁深有感慨："我之能够重返家园，侍奉老亲，完全是保安所赐。一向因为公务缠身，老亲在堂，未能图报私恩。现在父亲既已过世，丧服已满，再也不能将这大恩置之度外。"于是请人探听，知道保安仍在任所，便亲身到眉州彭山县来看保安。

谁知道探听的消息并不确实。原来保安早就任满，因为家贫，无法上京听调，所以全家便留在彭山居住。六年前，夫妇双双患了疫症，不久便去世了。儿子吴天祐无力扶枢归葬，便将父母暂时葬在黄龙寺后的空地。好在天祐从小得母亲的教训，颇读了些

139

书，因此便在本县找了一些小学生，教书度日。

仲翔来到彭山，才知道故人久已仙逝，忍不住痛哭失声，便披麻戴孝，走到黄龙寺后向冢号泣，具礼祭奠。奠毕，才与吴天祐相见，称天祐为弟。

仲翔和天祐商议重新起灵，归葬故乡，天祐同意了。仲翔于是写了祭文，祭告于保安灵前，发土开棺，只剩枯骨两具。仲翔一见枯骨，又想起故人恩情，触景伤情，痛哭不已。旁观的人无不堕泪。

仲翔将保安夫妇的骸骨分装在两个布囊内，用一个竹笼盛了，亲自背着。吴天祐认为自己父母的骸骨，应当由自己来背，要夺竹笼。仲翔哪里肯放，哭着说："令尊为我奔走十年，救我生命，恩同再造，我背着他的骸骨返乡归葬，不过略尽心意而已。"

一路上他边走边哭，每到旅店歇息，必先将竹笼放在上座，用酒饭祭奠过了，然后才和天祐进食；晚上也一定将竹笼安顿妥当了，才敢就寝。从眉州到武阳，几千里的路程，都是步行。他两只脚曾经钉过，虽然好了，毕竟是受过伤的，一连走了几日，脚面便紫肿起来，内中作痛。眼见得要走不动了，却又不要天祐替他背竹笼，仍然咬着牙根，一步一步地挨着。有诗为证：

酬恩无地只奔丧，负骨徒行日夜忙，
遥望武阳数千里，不知何日到家乡？

仲翔这时真是百感交集，想着故友的恩义，未曾报得，便已天人永别，而今要聊尽一点心意，却又造化弄人，脚疮复发，不知何时才能返归故乡。

当天天晚，找了一家旅店安宿，仲翔又准备了酒饭，在竹笼之前祭拜。想到自己寸步难行，他不禁悲从中来，含泪再拜，向保安夫妇灵骨之前祝祷："愿恩人夫妇显灵，保佑仲翔脚患顿除，步履方便，早到武阳，经营葬事。"吴天祐也在旁边再三拜祷。说也奇怪，到第二天起身，仲翔便觉两脚不痛，步履顿时轻健许多。就这样一直走回到武阳，脚疮再也不发。

回到家之后，仲翔留吴天祐在自己家中居住，然后打扫中堂，设立吴保安夫妇神位，再买办衣衾棺椁，将吴保安夫妇的骸骨重新殡殓，自己戴孝，和吴天祐一同守墓受吊。凡一切葬具和坟墓的起造，都依照葬自己的父亲一样办理。葬过之后，又另外立一道石碑，详记保安弃家赎友的义行，彰显保安的恩义。

一切都办好了以后，仲翔又在保安夫妇的坟旁盖了一间茅屋，和吴天祐一同守墓三年。在那三年中，每天教天祐读书，作为以后天祐出仕的准备。

三年一晃就过，仲翔要到长安补官，想到天祐尚未成家，便选了自己族中一个有贤德的侄女，替天祐定了亲。接着又将自己宅子的一半割给天祐，让他成亲，并将一半家财分给天祐，让他过活。

仲翔现在对待天祐的这一番恩情，和保安当初对待仲翔的一样，可以说是古今少有、人间罕见的侠义行为。有诗为证：

昔年为友抛妻子，今日孤儿转受恩。

正是投瓜还得报，善人不负善心人。

仲翔安顿了天祐，便到长安，不久补了岚州长史，又加朝散大夫。这时心境稍定，又思念起保安的恩情，于是上疏朝廷，详述保安弃家赎友的义行，推荐天祐于朝廷，愿以自己的官位让给天祐，文辞恳切感人。朝廷将疏文颁下礼部详议。

这一件事，一时之间轰动了举朝官员，大家认为保安施恩在前，义行固然可风；仲翔报恩在后，义气同样感人，真不愧是一对死友。礼部因此复奏，盛夸郭仲翔人品，理应破格从其所请，以励风俗。吴天祐可先试用为岚谷县尉，仲翔则仍官任原职，不必以仲翔的职位让予天祐。

这岚谷县和岚州相邻，仲翔和天祐此后仍然可以朝夕相见，不必分离——这是礼部官员为仲翔之情所感特意安排的。

朝廷依允了礼部的建议。仲翔替天祐领了上任文书，谢恩出京，回到武阳，将文书交给天祐，便准备了祭仪，到两家的祖坟祭告祖先，然后选择出行吉日，两家带了宅眷，同日起程，上任去了。

当时的人都把这件事当作一件奇事，远近传说，大家都说保安和仲翔的交情，虽然是古代的管仲、鲍叔牙和羊角哀、左伯桃，也难以比拟。

后来郭仲翔在岚州，吴天祐在岚谷县，都有很好的政绩，不久便都升迁去了。岚州人感怀先贤，追慕其事，便盖了一座双义祠，祀奉吴保安和郭仲翔。一般人凡有什么约誓，都到祠中来祷告，香火至今不绝。有诗为证：

频频握手未为亲，临难方知意气真。

试看郭吴真义气，原非平日结交人。

【结语】

本篇选自《古今小说》第八卷。这一篇的故事出自唐朝牛肃《纪闻·吴保安》。《新唐书·忠义传》（卷一百九十一）也有吴保安的故事，不过记载较为简略。由此可见这故事本来是一件历史上的真人真事。

本篇大概就是所谓的"拟话本"，也就是说，它是文人根据原来吴保安的事迹，改写成话本小说的。故事中吴保安和郭仲翔两人相交的那种义气，那种舍己为友的精神，真是千古少有，令人感动。它充分代表了我们中国人对友情的一种理想和向往。我们认为，这才是人性的光明面，这才是真正的侠义情怀，所以本书特以选录。

明代的戏剧家沈璟所写的传奇《埋剑记》，所演述的也是这个故事。

赵大郎千里送京娘

说起义气凌千古，话到英风透九霄。

八百军州真帝王，一条杆棒显英豪。

说到古来所谓的"行侠仗义"，指的虽然不尽是江湖男女路见不平，拔刀相助，或为了知己，一刀一枪，搏个你死我活的作为，却多半还是指那舍己救人的义烈事迹而言。帝王平日身居九重，高不可攀，和平民百姓可谈不上什么直接的相干，所谓"行侠仗义"这档子事，再怎么说可总无法和"帝王"一词沾上边儿的。可是我们这首开场诗却一说"义气""英风"，二说"帝王""杆棒"，这不是奇怪吗？原来这首诗讲的是一代帝王创业之前的事迹。创业帝王有的是英武果决，却不一定是养尊处优。在他们未发迹之前，有的也和你我一般，曾经有过浪迹天涯的日子。

这篇话本所要讲的，便是宋太祖赵匡胤当初未发迹时，浪荡江湖所发生的一段侠义事迹。

赵匡胤从小生就一副特异的容貌，大耳方腮，满脸红光，身材高大，两眼炯炯逼人。及至他长大成人，更有力敌万人、气吞四海的气概。平时专好弄枪使棒，结交天下豪杰，任义行侠，偶一路见不平，即便拔刀相助，可以说是个专管闲事的祖宗，撞没头祸的太岁。

赵匡胤的父亲赵洪殷曾经当过北汉的岳州防御使，所以当时人家都称匡胤为"赵公子"，或叫他"赵大郎"。赵洪殷一心想要儿子读书上进，可是生龙活虎般的匡胤，又哪里受得了约束，赵洪殷后来无法，看看管束不了，也只好任他去了。

匡胤那种天不怕地不怕的脾气，一没有了父亲的管束，便如河堤溃决，横冲直撞了起来。好在他那天生义烈的性子，并没使他走上好强使气、为非作歹的路子，倒是专门打抱不平，与豪强作对。一离开家门，他便先上汴京，结果在那里因为一言不合，就将皇家戏园打个稀巴烂，然后又大闹了皇家花园，触怒了汉末帝，只好亡命天涯。逃到关西护桥地方，又杀了董达，夺了名马赤麒麟；在黄州除了宋虎；朔州三棒打死了李子英；灭了潞州王李汉超全家。

一路上凡有豪强，一看不顺眼，不管三七二十一就拼了出去。当时天下方乱，五代十国个个分崩离析，又有谁能奈何这么一个没头太岁，因此他虽然一路亡命，却也没有什么官府真的来拘捕他。

之后来到太原，在路上恰巧遇上了叔父赵景清。景清那个时候正在清油观出家，就将匡胤留在观中居住。谁知住不了两天，匡胤竟生起病来了，就这么一卧三个月，好不气闷。等到病休复元，叔父仍然朝夕相陪，要他多多休息，再也不放他出外闲游。匡胤以为这是叔父老人家的一片苦心好意，虽然气闷，也不以为怪。

有一天，叔父有事出门，吩咐匡胤说："侄儿，你就耐心地在房里休息一下。你的病才好不久，不要随便走动。"

匡胤哪里坐得住，想道："不到街坊游荡，倒也罢了，在本观中散步一下，又有什么关系！"叔父一出去，匡胤随后就踏出了房门，先到三清宝殿看了一回，再到东西两廊、七十二司，又看了东岳庙，转到嘉宁殿上游玩，果然处处清幽肃穆，好一座道观，真个是：

金炉不动千年火，玉盏长明万载灯。

接着走到多景楼玉皇阁，但见殿宇高耸，制度恢宏，匡胤不禁大为喝彩："好个清油观！"再转到酆都地府，却是一个冷僻的所在，旁边有小小一殿，靠近子孙宫，上面写着"降魔宝殿"，殿门深锁。匡胤前后看了一回，正要转身，忽然听到好像有哭泣的声音，再仔细一听，是个妇女的声音，正是从降魔宝殿里传出来的。

匡胤心里嘀咕着："这可就怪了，降魔宝殿里怎么会有妇人？一定有什么不明不白的事！我去叫道童拿钥匙来打开，看个究竟。"找到了道童，道童却说："那个殿上的钥匙师父自己保管着，说是什么机密要地，平常连我们也不准去的。"

匡胤心里有点火了，他觉得叔父一定有什么不可告人的秘密："莫信直中直，须防人不仁。原来俺叔父不是个好人，三回五次只叫俺静坐，不要出来闲走，原来干这不清不白的勾当！出家人成什么体统！俺便去打开殿门，怕他什么！"

刚要走过去，景清正好回来。匡胤含怒相迎，口中也不叫叔父，气忿忿地问道："你老人家在这里出家，干得好事！"

景清不解其意，说道："到底怎么了？"

匡胤说："降魔殿内锁的是什么人？"

景清这才晓得他指的何事，连忙摇手说："贤侄，不要多管闲事！"

匡胤看叔父遮遮掩掩，欲说不说，当下火了，大声叫道："出家人清净无为，红尘不染，为什么殿内却锁着妇女，哭哭啼啼？一定是你做出了什么不礼不法的事，要不然为什么吞吞吐吐！你老人家也要放出良心，是一是二，说个明白，还有个商量的余地，否则，俺赵某人可不是好惹的！"

景清见他暴跳如雷，忙说："贤侄，你错怪愚叔了！"

匡胤说："错怪不错怪是小事，且说殿内可是妇人？"

景清说："正是。"

匡胤说："还说什么错怪！眼见是一件不可告人的事！"

景清晓得匡胤性格急躁，不敢一下子和盘托出，耐下性子和缓地说："虽是妇人，却是一件和本观道众毫不相干的事。"

匡胤说："你是一观之主，就是别人做出歹事，将人关在殿内，事情的来龙去脉你总该知道！"

景清说："贤侄息怒。这个女人是一个月前两个有名的强徒掳来的，愚叔也不知道是哪里掳来的。他们将这个女的关在这里，要我们替他好好地看守，不然的话，就要让我们寸草不留。因为贤侄有病在身，所以就没告诉你。"

匡胤说："强徒现在在哪里？"

景清说："不知到哪儿去了。"

匡胤对他叔父的话还是不肯相信，说道："岂有此理！快打开殿门，叫那女的出来，俺自己问一个详细。"说罢，拿了他那根浑铁铸就的齐眉短棒，往前就走。

景清知道他性烈如火，不敢遮拦，慌忙带了钥匙，随后赶到降魔殿前来开了锁。里头那女子以为强人前来抓她，吓得又哭了起来。匡胤等门一开，便一脚跨进。那女子躲在神像背后，吓做一团。匡胤放下短棒，近前一看，但见一个标致非常、秀丽绝伦的女子，瑟缩在那儿：

眉扫春山，眸横秋水，

含愁含恨，犹如西子捧心。

欲泣欲啼，宛似杨妃剪发。

琵琶声不响，是个未出塞的明妃。

胡笳调若成，分明强和番的蔡女。

天生一种风流态，便是丹青画不真。

匡胤上前安慰道："小娘子，俺不是坏人，你不要惊慌。你告诉我，你家住在哪儿？被谁拐诱到这里来？如果有什么不平的事，俺赵某人替你解决。"

那女子才擦干了眼泪，从神像背后走出来，向匡胤深深作了一揖，匡胤也还了礼。那女子问匡胤道："先生贵姓？"匡胤还没回话，景清便替他说了："这位是汴京的赵公子。"

那女子才待要说，却似乎余惧犹存，扑簌簌地又流下泪来。匡胤再三抚慰，她才说出原委。原来她也姓赵，小字京娘，家住山西蒲州解梁县小祥村，今年一十七岁，因为随着父亲到阳曲县来还北岳的香愿，结果在半路上遇上了两个强人，将她掳到这清油观中关了起来。幸亏他们还不伤她父亲的性命。这两个强人一个叫满天飞张广儿，一个叫着地滚周进。他们将京娘关在这里，是因为两人都争着要跟京娘成亲，不肯相让，后来怕坏了义气，便决定到别的地方再去掳一个中意的女子，然后同日成亲，当作压寨夫人。强人走了已经一个月了，走的时候吩咐道士们要小心伺候看守。道士们害怕，就只好恭敬不如从命了。

京娘将事情的始末根由说了个清楚，匡胤才知道自己误会了叔父，连忙向景清赔礼："刚才侄儿太过鲁莽，冲撞了叔父，望叔父莫怪。"又说："京娘是良家女子，无端被强人所掳，俺今日既然撞见了，焉有不救之理！"又转身向京娘说："小娘子，不要再伤心了，有俺赵某人在此，无论千难万难，保管你重回故土，再见爹娘。"

京娘说："多谢公子美意，将奴家救出虎口，可是家乡迢迢千里，奴家孤身女流，又怎么回去？恐怕……"

匡胤说："救人须救彻，好事做到底，俺不远千里，亲自送你回去。"

京娘拜谢道："若蒙如此，便是重生父母。"

景清却说："贤侄，这事可千万行不得！那些强人势力强大，连官司都禁捕他不得，你一个人又怎么行？还有，你将小娘子救出去了，他们来找我要人时，你叫我怎么应付？这不是拖累我吗？"

匡胤笑道："大胆天下去得，小心寸步难行。俺赵某一生见义必为，万夫不惧，有什么行不得的？那强人再狠，狠得过潞州王吗？他们如果是有耳朵的，总该听过俺赵某人的名头。既然你们出家人怕事，俺就留个记号给他，叫他们够胆就找俺来。"

说着，抢起浑铁齐眉棒，向那殿上朱红槅子，狠狠地一棒打下，"哗啦"一声，把整个窗棂都打下来了，又再一下，把那四扇槅子打得东倒西歪，吓得京娘战战兢兢，远远地躲在一边。景清面如土色，叫道："你干什么！"

匡胤说："这就是俺留下的记号，那些强人如果再来，你就说是我赵某人打坏窗槅抢去的。冤各有头，债各有主，你叫他们打蒲州一路来找俺。"

景清说:"此去浦州千里,路上到处盗贼生发,你匹马单枪,恐怕都不好走,何况有小娘子牵绊,还是三思而后行。"

匡胤笑道:"三国时代,关云长独行千里,过五关,斩六将,护着两位皇嫂,直到古城和刘皇叔相会,这才是大丈夫所为。今天这么一位小娘子,赵某如果救她不得,还做什么人!"

景清说:"虽然贤侄勇武豪侠,不怕强人,但是还有一件事,贤侄却须再三考虑。古来明训,男女坐不同席,食不同器,贤侄千里相送小娘子,虽然是出于一番义气,别人又哪里知道,人家看到你们少男少女一路同行,嫌疑之际,又将作何感想?被人不明不白地随便一说,岂不反而污了一世英名?"

匡胤呵呵大笑说:"叔父,莫怪俺说,你们出家人惯装架子,里外不一。俺们做好汉的,只要自己血心上打得过,再不管人家怎么说!"

景清见他主意已决,问道:"贤侄什么时候起程?"

匡胤说:"明天一早就走。"

景清说:"只怕贤侄身体还不健旺。"

匡胤说:"不妨事。"

景清知道再也挽留不住,便叫道童准备酒菜送行。匡胤在酒席上对京娘说:"小娘子,刚才叔父说一路同行,恐生非议,俺就借这席面,和小娘子结为兄妹。俺姓赵,小娘子也姓赵,五百年前是一家,从此就兄妹相称好了。"

京娘说:"公子是贵人,奴家怎敢高攀?"

景清说："既然要一路同行，这样再好不过了。"即忙叫道童拿过拜毡，京娘双膝跪在拜毡上，向匡胤一拜："受小妹子一拜。"匡胤在旁还了礼。京娘又拜了景清，叫他"伯伯"。当天晚上，景清让出自己的卧室给京娘睡，自己和匡胤在外厢同宿。

五更鸡唱，景清起身安排早饭，又替他们准备了路上要用的干粮肉脯。匡胤自己也将赤麒麟上稳了鞍，扎缚好了行李。这时京娘也起来了，匡胤对京娘说："妹子，只可做村姑打扮，不可冶容丽服，招惹是非。"

吃过了早饭，匡胤扮作客人，京娘扮作村姑，同样的都戴个雪帽，帽檐压得低低的，向景清作别出门。景清送到门口，忽然想起一事，说："贤侄，我看今天是走不成了……"

不知景清为什么忽然说出这种话来？正是：

鹊得羽毛方高飞，虎无爪牙不成行。

景清说："一匹马不能同时载两个人，京娘弓鞋窄小，怎么跟得上？我看还是等雇了一辆车子，让她乘坐，才好同去。"

匡胤笑着说："俺还以为是什么事哩，原来为的这事。这俺早计划好了，不劳叔父操心。有了车辆，反而多费照顾。俺是要将马让给妹子骑坐，自己随后步行。虽是千里跋涉，又有何烦难？"

京娘说："小妹有累恩人远送，愧非男子，不能执鞭坠镫，心中已是不安，怎敢反占尊骑！这绝难从命。"

匡胤说："你是女流之辈，正需坐骑。俺赵某脚又不小，步行快当，不必再推三阻四。"

京娘再三推辞，匡胤显得不耐烦了，没办法，只好上马。匡胤跨了腰刀，带着那根浑铁杆棒，向景清一揖而别。

景清赶上一步，说："贤侄，一路小心，路上如果遇到那两个强徒，下手斩绝些，不要带累我们观中的人。"

匡胤说："俺理会得！"说罢，把马尾一拍，喝声："快走。"那马拍腾腾便跑，匡胤放开脚步，紧紧相随。

走了几天，他们来到汾州介休县地方的一个土冈下，地名黄茅店。这里原来是个大大的村落，因为世乱人荒，都逃散了，只剩得一两户人家，一间小小店儿。这时日色已经偏西，前途旷野，眼见再无村镇，匡胤对京娘说："今天就在这里安歇，明天再走吧！"京娘说："但凭尊意。"

两人走到那家小店，店小二接了包裹。京娘下马，摘下雪帽，小二一眼瞧见，舌头吐出三寸，缩不进去，心下想道："天底下怎么会有这么漂亮的女孩子！"将马牵到屋后系了。匡胤和京娘自到店房坐下。

小二系好了马，走到客房来站着，呆呆地看着京娘。匡胤问道："小二哥，有什么话要说吗？"

小二这才警觉过来，说："这位小娘子是客官什么人？"匡胤说："是俺妹子。"

小二说："客官，不是小的多嘴，千山万水，在路上行走，不应该带这么漂亮的小娘子出来。"

匡胤说:"为什么?"

小二说:"现在可不是什么太平世界,到处扰攘不安。离这里十五里地界,有一座介山,地旷人稀,就是绿林好汉出没的地方。如果那边的强人知道了,你不只要白白地将这位小娘子送给他们做压寨夫人,怕还要倒贴利息哩!"

匡胤一听大怒,骂道:"你这狗贼,好大的胆子!竟敢虚言恐吓客人。"照着小二面前就是一拳。小二当场口吐鲜血,手掩着脸,跑出去了。只听得店家娘在厨房里不知嘀咕些什么。

京娘说:"恩兄,你性子也太急了些。"

匡胤说:"这家伙说话乱来,大概不会是什么好东西。俺不过先教他晓得厉害!"

京娘说:"我们既然要在这里过夜,就不要得罪他。"

匡胤说:"有什么好怕的!"

京娘便到厨房和店家娘相见,说了一大堆好话,店家娘方才息怒,动手做饭。

这时天色尚未大暗,还没上灯,京娘正回到房中和匡胤讲话,外头忽然进来一个人,在房门口探头探脑。

匡胤大喝道:"什么人?敢来瞧俺脚色!"

那人说:"小的是来找小二的,不干客官的事。"说罢,到厨房里和店家娘唧唧哝哝的,不知讲了些什么才走。

匡胤看在眼里,早有了几分疑心。到了上灯的时候,小二一直没有回来。兄妹二人胡乱吃了些晚饭，匡胤叫京娘掩上房门先睡，自己假说到外头方便，带了刀棒，绕到屋后侦看动静。

大约二更前后，赤麒麟忽然一声惊嘶，匡胤急忙悄步上前细看，只见一个汉子被马踢倒在地。那人见匡胤来了，使劲地挣扎起来，拔腿就跑。匡胤知道是盗马贼，火速追了出去。追赶了好几里，那人转过一道溜水桥边，忽然不见了人影。

匡胤正要转身回来，却见桥的对面有一间小小房屋，透着灯光，匡胤怀疑那人躲在里面，走进去一看，一个白发苍苍、面目慈祥的老翁，端坐在土床之上，并没有什么贼人，匡胤上前问道："老丈有没有看到一个贼人从哪里跑了？"

老者说："这里贼人很多，不知贵人所问的是哪个贼人？"

匡胤说："是个偷马贼。"

老者说："那偷马贼叫陈名，这时已经逃到山寨里去了。"

匡胤说："听老丈一说，好像对贼人甚为熟悉，俺也听说此地贼人甚多，老丈若知其详，可否告知一二？"

老者说："老汉久居此地，所以对贼人动静知道得详细。这里过去便是介山，最近来了两个强人，一个叫满天飞张广儿，一个叫着地滚周进，在此啸聚喽啰，打家劫舍，扰害无数生灵。半月之前，不知哪里抢了一个女子，二人争娶未决，便将那女子寄顿他方，待再寻一个来，才各成婚配。这里一路店家，都是受那强人威逼，入伙做眼线的，但遇上有美貌佳人，便要报他知道。今晚贵人到店上时，那小二便上山去报了。那贼人先差了人去探听虚实，回来之后，知道不但女子貌美，更有一匹骏马，而且是单身客人，不足为惧。强人便又差陈名先去偷马，那陈名第一善走，别号千里脚，所以贵人追他不着。强人这时已率领众喽啰在前面赤松林下屯扎，专等贵人经过，便要抢劫，贵人须要防备。"

匡胤说："多谢指教！不过俺有一事未明，老丈何以深夜独处荒郊？又俺一介武夫，无官无职，何以老丈口口声声称俺贵人？"

老者说："这些事情无关紧要，贵人日后自当明白，此时不必多说。贵人请速回店，免得令妹悬望。"

匡胤谢道："承教了！"拿起杆棒，急忙转身赶回。这时店门还半开着，匡胤悄悄地挨身而入。

原来店小二为接应陈名盗马，早就回到了店中，正在房里和老婆说话，叫老婆暖酒给他吃，一见匡胤回来，一闪身，躲到灯背后去了。匡胤一一看得清楚，心生一计，便去叫京娘向店家讨酒吃。店家娘拿了一个空壶，到房门口的酒缸内舀酒。匡胤出其不意，拿起铁棒，照脑后猛力一敲，只听"哎哟！"一声，登时倒地，酒壶撇得老远。小二听到老婆叫声，忙取了朴刀赶出房来，匡胤早闪在门边，手起棍落，也打翻了，接着再一人一棍，当场结果了二人性命。

京娘大惊，跑过来要救人，已经来不及了，问匡胤为什么无缘无故将二人打死，匡胤便将桥边那位老者所说的话说了一遍。京娘吓得面如土色，说："这该如何是好？"

匡胤说："有俺赵某在，贤妹但可放心。"

两人当下再也无心歇息。匡胤到厨下暖了一大壶酒，吃得半醉，喂饱了马，前后包扎停当，将两个尸首拖到柴堆上，放起火来，看看火势盛了，然后叫京娘上马，匆匆离去。

这时东方已经泛白，经过溜水桥边，要找那老者问路，却已不见了那小小房子。只见旁边土墙砌的一个小小庙儿，供着土地公，方才想道，莫非昨晚所遇的老者，就是土地公现身？又想道："他一直叫我为贵人，并说以后自见分晓，难道我以后果然有个发迹的日子？果真如此，日后当来重修庙宇，再塑金身。"

两人再催马前行，走了数里，望见一座松林，树梢褐红，远望如一片火云。匡胤叫声："贤妹慢走，前面大概就是赤松林了……"话未说完，草丛中忽地钻出一个人来，手执钢叉，一声不吭，望匡胤便搠。有道是会者不忙，忙者不会，匡胤提起铁棒架住，反手就打。那人并不抢攻，且斗且走，明明是要将匡胤引到林子里去。匡胤一时怒起，双手举棒，喝声："着！"活生生地将那人的天灵盖打个稀烂，转过身来，叫京娘将马控住，不要走动："等俺到前面林子里结果了那伙毛贼再走。"

京娘说："恩兄小心！"匡胤放开大步，走进林子去了。

赤松林内正是着地滚周进带着四五十个喽啰在那儿埋伏，听得脚步响，以为是伏在外头的人回来报信，手提长枪，奔了出来，劈面遇着匡胤。匡胤知道是强人，并不打话，举棒便打。周进挺枪来敌。两人一来一往，战了二十余合，喽啰看见周进遇敌，发声喊，一齐上前，将匡胤团团围住。

匡胤全不畏惧，一条铁棒舞得似金龙罩体，玉蟒缠身，迎着棒，似秋叶翻风，近着身，如落花坠地，不过几个回合，将贼人打得三分四散，七零八落。周进一看不敌，胆子发寒，枪法大乱，被匡胤一棒打倒。众喽啰个个抱头鼠窜，落荒乱跑。匡胤再复一棒，结果了周进。

回转身来，却不见了京娘，急忙四下找寻，原来早被四五个喽啰簇拥过赤松林了。匡胤快步赶上，大喝一声："贼徒！哪里走！"

众喽啰见匡胤追来，丢下京娘，没命地跑了。匡胤说："贤妹受惊了。"

京娘说："刚才的喽啰中有两个人曾经和强人到过清油观，是认得我的。他们说：'周大王和客人交手，料可以将这客人解决，我们先将她送到张大王那边去。'前去恐怕更加危险。"

匡胤说："不妨事的，周进已被俺剿除了，只不知张广儿在哪里，俺正要去找他，也为地方除害。"

京娘说："但愿不要遇上的好。"

两人再走了四十余里，来到一个市镇，觉得肚子饿了，想找家饭店吃饭，可是却见店家个个忙碌，竟没一个上前招呼的。匡胤心下起疑，但是因为带着京娘，不愿多生是非，只好牵马慢行。走过许多店铺，但见家家关门闭户。到了街的尽头，一户小小人家也关着门。匡胤好生奇怪，便去敲门，敲了好久，没人答应，转身到屋后，将马拴在树上，轻轻地去敲后门。里面一个老婆婆开门出来，看了一看，脸上掩不住恐惧的形色。

匡胤慌忙跨进门内，向婆婆深深一揖："婆婆不必惊慌，俺是过路客人，带着女眷，因找不到饭店吃饭，想借婆婆家吃顿中餐，吃了就走。"

婆婆四下张望，疑神疑鬼，叫匡胤不要出声。匡胤用手招京娘进门相见，婆婆赶紧将门闭了。

匡胤问道："那边店里好像安排什么酒会，到底是迎接什么官府，众人如此惊慌？"

婆婆说："客人不必管这闲事。"

匡胤说："是什么大不了的事，这么厉害？俺是远方客人，婆婆但说不妨，俺不去管它就是。"

婆婆说："今天是山寨里的满天飞大王从这里经过，镇上的人大家敛钱备饭，买静求安。老身有个儿子，也被店里的人拉去帮忙了。"

匡胤一听，想道："原来如此！俺正找你不着，原来却在这里！一不做，二不休，索性给他个干净，为地方除去大害，也为清油观断了祸根吧！"便对婆婆说："婆婆，既是强徒到来，这是俺妹子，怕她受了强徒惊恐，相烦就在婆婆家藏匿些时，等这大王过去之后，俺们再走，不知可否？"

婆婆说："躲躲不妨事，只是客官不要出头去惹事才好。"

匡胤说："俺男子汉自会躲闪，不烦婆婆操心。俺且先到路旁去打探一下消息。"

婆婆说："既要出去，就得小心，包子是现成的，等你来吃，饭却不方便。"

匡胤提着铁棒，从后门走了出来，本来想乘马直接去找那满天飞，忽然想道："俺在清油观中，许下诺言，说是千里步行，如果骑马去了，不算好汉。"当下心生一计，大踏步奔出路头，走到前头的店家，大剌剌地叫道："大王就要到了，俺是打前站的，你们酒饭做好了没？"

店家说："都准备好了。"

匡胤说："先摆一席给俺吃。"

众人久在强人积威之下，哪个敢去辨个真假，大鱼大肉，热酒热饭，只顾搬了出来。匡胤放怀大嚼，吃到九分九，外面纷纷沸沸传道："大王到了，快摆香案。"

匡胤一听还叫摆香案，心上气加三分，不慌不忙，拿了那根铁棒，出外一看，只见十余对刀枪棍棒在前开路，到了店门，一齐跪下。那满天飞骑着一匹高头大马，趾高气扬，千里脚陈名紧随身后。又有三五十个喽啰，十几辆车簇拥而来，好不威风。匡胤看了，更加几分气。

看看满天飞的马头走近，匡胤大喊一声："强贼看棒！"从人丛中一跃而出，如一只老鹰自空飞下。那马受了惊骇，往前一掀，正好迎着匡胤打来的铁棒，当场打折了一只前蹄，那马负痛倒下，满天飞翻身下马，背后陈名持棍赶来，被匡胤一棍打翻在地。

满天飞舞动双刀，来斗匡胤，匡胤一跳，跳到高阔处，两人一来一往，斗了十余回合。匡胤看得仔细，放个破绽，满天飞一刀砍下，匡胤棍起，将满天飞右臂打折了下来。满天飞见不是势头，拔腿就走。匡胤纵步赶上，大声喝道："你绰号满天飞，今日就送你飞上天去！"举棒朝脑后劈下，登时打做个肉靶。可怜两个强人，一日之内，双双魂飞天外。正是：

三魂渺渺满天飞，七魄悠悠着地滚。

众喽啰见死了大王，个个要逃，匡胤大叫道："俺是汴京赵大郎，张广儿、周进罪大恶极，死有余辜，并不干你等众人之事。"

众喽啰弃了刀枪，一齐拜倒在地，说道："俺们从不见将军如此英雄，情愿服侍将军为寨主。"

匡胤呵呵大笑："高官厚爵，俺尚不稀罕，何况落草！"

匡胤忽然看见陈名也杂在众喽啰中，便叫他出来："昨天晚上来盗马的就是你吗？"

陈名叩头如捣蒜，口称死罪。

匡胤说："且跟我来，赏你一顿饭吃。"

众人都跟到店中，匡胤吩咐店家："俺今天替你们地方除了两害，这些都是被迫入伙的良民，菜饭既然已经备下，就让他们饱餐一顿，俺自有处置。款待张广儿的一席给我留下，俺有用处。"店主人不敢不依。

众人吃罢，匡胤叫过陈名："听说你能日行三百里，是个有用之才，怎么会失身做贼？俺今日有用你之处，不知你肯依否？"

陈名说："但凭将军差遣，虽死不辞！"

匡胤说："俺在汴京，因为打坏了皇家花园，又大闹了皇家戏园，所以逃难到此，麻烦你到汴京去打听一下，看风声如何？半个月之内，再到太原清油观赵知观处等我，不可失信！"

匡胤借了纸笔，写了一封给赵景清的家书，交给陈名，然后将贼人车辆财帛，打开分做三份。一份散给市镇人家，当作偿还贼人骚扰的费用，并叫镇民将贼人尸首及刀枪等物，带去见官请赏。一份散给众喽啰，命他们各自还乡营生。另一份又析作二份，一半给陈名当作路费，一半寄给清油观当作修理降魔宝殿门窗的费用。众人见他如此分派，个个心服口服，当下各自散去不提。

匡胤叫店家将那一桌留下的酒席抬到婆婆家里。婆婆的儿子也来了，向婆婆说起匡胤除害等事，个个欢喜。匡胤向京娘说："愚兄一路让贤妹受惊了，今天借花献佛，替贤妹压惊把盏。"京娘千恩万谢，好不开怀。

酒饭过后，匡胤拿了十两银子送给婆婆，当天晚上，就在婆婆家过夜。

京娘躺在床上，想起匡胤一路舍身护己的大恩，不知何以为报，想到自己女孩儿家，除了以身相许之外，再无他法，可是又难以启口，左思右想，辗转不能成眠，不觉已是天晓。

眼看匡胤一早起身，就备马要走，京娘闷闷不乐，不知如何可将心事表白，忽然心生一计，一路上就假装肚痛，常要下马休息，匡胤只好扶她下马，又扶她上马。一上一下，将身子紧紧偎贴在匡胤身上，搂肩勾颈，真是万种情怀，千般旖旎，晚上睡觉时，又装寒装热，要匡胤替她减被添盖，软玉温香，但愿伊人解语。谁知匡胤生性刚直，竟像铁打心肠一般，全然不以为意。

又走了三四天，离蒲州只有三百多里路了，京娘心下踌躇："已经就快到家了，如果只管害羞不说，事情就不成了。"当晚在一个荒村歇息，四宇无声，微灯明灭，京娘再也不能成眠，翻身坐起，在灯前长叹流泪。

匡胤见她如此光景，起身问道："贤妹为何如此？"

京娘拭泪答道："小妹有句心腹之话，说出来又怕唐突……"

匡胤说："兄妹之间，有什么说不得的话？但说无妨。"

京娘迟疑了一会，说道："小妹不幸，陷于贼人之手，若非恩人相救，恐早已不能重见天日。大恩大德，胜如重生父母，只是无以为报。小妹愧生为女儿身……恕小妹出言无状，如若恩人不嫌貌丑，小妹情愿终身伺候恩人，铺床叠被，以稍尽报效之情，不知……"

匡胤大笑："贤妹，你错了！俺与你素不相识，出身相救，完全是基于一片义气，并不是因为你容貌美丽。更何况同姓不婚，俺与你已是兄妹相称，岂可相乱？这事不许再提，免得惹人笑话。"

京娘给他说得羞惭满面，良久无语，过了一会儿，才又鼓起勇气说："小妹不是淫污下贱之流，深知恩人义气深重，不过想到贱躯余生，都出恩人所赐，此身之外，别无报答，衷心抱恨。小

163

妹也不敢想望能和恩人得成婚配，但愿能为妾为婢，服侍恩人一日，死而无怨。"

匡胤听她又说，不禁有气："俺赵某是个顶天立地的男子汉，你却把俺看作施恩望报的小辈，是何道理？你若再有这种念头，俺即时撒开双手，不管闲事，你却怪不得俺有始无终！"说得声色俱厉。

京娘两泡泪水几乎夺眶而出，强行忍住，说："愚妹是女流之辈，无知无识，冒犯恩兄，望恩兄恕罪。"

匡胤这才息怒，说："贤妹，不是俺不近情理。俺为一番义气，千里步行相送，如果只徇儿女私情，岂不和那两个强人相同？把从前一片豪情，化作假意，空惹天下豪杰笑话！"

京娘说："恩兄义气感人，小妹今生不能报大德，只好来生补报了。"正是：

落花有意随流水，流水无情恋落花。

从此一路无话。看看来到蒲州，京娘在马上望见故乡景物，好生伤感。

却说京娘的爹妈自从京娘被掳已经两个多月，每天都思念啼哭，忽然庄客来报，说京娘骑着马回来了，后面还跟着一个手执棍棒的红脸大汉。赵员外一听，吓得脸色铁青，说："不好了，强人来讨嫁妆了。"

妈妈说："强人怎么会只有一个人？快叫儿子赵文去看个明白。"

赵文说："虎口哪有回来肉？妹子被强人劫走，怎么会再送回来？大概是脸孔相像的，不要错认了……"

话还没说完，京娘已经下马走进了中堂。爹妈见了女儿，相抱痛哭，哭罢，问京娘怎么逃得回来？京娘将被关在清油观中，得赵公子搭救，认作兄妹，千里步行相送，途中剿除两个强人的事，一五一十地说了一遍。"恩人现在外边，不可怠慢。"

赵员外慌忙出堂见了匡胤，拜谢道："如果不是恩人相救，我们父女再不能够有相见的日子，大恩大德，感激不尽。"随即叫妈妈和京娘都出来拜谢一番，叫儿子赵文也出来见了恩人。赵文只是冷冷地谢了一声，便走进去了，匡胤也不以为意。

当天宰猪设宴，款待匡胤。赵文私底下和父亲商议道："好事不出门，恶事传千里，妹子给强人掳去，是家门不幸。今天忽然跟了这个红脸汉子回来，俗话说：'人无利己，谁肯早起？'这个汉子千里相送妹子回来，难道别无所图？必定是和妹子有了什么瓜葛，前来求亲的。妹子经过这许多风波，又和这汉子同行同宿，再有谁肯聘她？不如就将妹子嫁了这个汉子，或者将他招赘入门，两全其美，也省得旁人议论。"

赵员外是个随风倒舵、没主意的老头子，听了儿子的话，便叫妈妈唤京娘来问："你和那公子千里相随，一定是把身子许过他了。如今你哥哥说，要将你匹配给他，你意下如何？"

165

京娘知道匡胤的脾气，说："赵公子是个豪侠义士，正直无私，和孩儿结为兄妹，便如嫡亲一般，从无一句调戏之言。孩儿但望爹妈留他在家，款待他十天半月，稍尽心意。婚配的事，绝不可提起。"

妈妈将京娘的话告诉了员外，员外不以为然。不一会儿，筵席摆出，赵员外请匡胤坐在上席，自己老夫妻下席相陪，赵文在左席，京娘在右席。酒过数巡，员外对匡胤说："老汉有一句不得体的话，望恩人不以为怪：小女余生，皆出恩人所赐，老汉全家感恩戴德，无以为报。幸小女尚未许人，意欲献与恩人，伺候箕帚，伏乞勿拒。"

京娘听她父亲一说，脸色大变。匡胤听了，更如一盆烈火从心底生起，大骂道："老匹夫！俺为义气而来，你却用这种话来污辱我！俺若是贪女色的，在路上早就成亲了，何必千里相送？像你这般不识好歹，枉费了俺一片热心！"说罢，将桌子掀翻，往门外大踏步便走。

赵员外夫妇吓得战战兢兢，出声不得。赵文见匡胤举动粗鲁，也不敢上前。只有京娘心里有如刀割，急急走去扯住匡胤衣袖，哀求着说："恩人息怒，且看愚妹面上，不要计较。"匡胤哪里肯依，一手摔脱了京娘，奔到柳树下，解了赤麒麟，一跃上马，如飞而去。

京娘受这一激，哭倒在地，爹妈说好说歹，好不容易才劝转回房。两老又把儿子赵文着实埋怨了一场。赵文又气又恼，也走出门去了。

赵文的老婆听到爹妈为了小姑的事埋怨了丈夫，心中不平，便假作相劝，走到京娘房中，冷言冷语说："姑姑，离别虽然是苦事，那汉子既然不顾一切地丢下你，我看也是个薄情的，你就不必太伤心了。他如果是个有仁有义的人，就不会如此了。姑姑年轻美貌，还怕没有好姻缘吗？不要太过伤心了。"

这一番奚落，把京娘给气得半死，泪如泉涌，哑口无言，心里想道："只因命违时乖，遭逢强暴，幸遇英雄相救，指望托以终身，谁知好事不谐，反涉嫌猜。自家父母哥嫂都不谅解，何况他人？不能报恩人之德，反累恩人清名。为好成歉，皆因命薄。早知如此，不如死在清油观中，省许多是非口舌，倒落得干净，如今悔之无及。千死万死，总是一死，死了倒还能表白我一番心迹。"

挨到深夜，趁爹妈熟睡，京娘提笔在壁上写了四句诗，表明心迹，再撮土为香，望空拜了匡胤四拜，拿了白罗汗巾，悬梁自尽而死。

可怜闺秀千金女，化作南柯一梦人。

天明，老夫妇起身，不见女儿出房，到房中看时，见女儿缢在梁间，两口儿放声大哭，看壁上有诗云：

天付红颜不遇时，受人凌逼被人欺。

今宵一死酬恩人，彼此清名天地知。

员外读诗会意，才相信自己的女儿果然冰清玉洁，又把赵文臭骂了一顿，免不得买棺成殓，择地安葬，不在话下。

再说匡胤骑着赤麒麟，连夜走到太原清油观，去见叔父赵景清。千里脚陈名已经从汴京探听回来，到了三天了，说汉后主已死，郭威禅位，改国号为周，招纳天下豪杰。匡胤大喜，住了几天，别了叔父，和陈名一同回到汴京来。

回到汴京以后，匡胤先去应募，做了军中一名小校，后来随着周世宗南征北讨，累功至殿前都点检，不久，受周禅，为宋太祖。陈名相从有功，后来也做到了节度使。

匡胤即位为太祖以后，追念京娘以往兄妹之情，派人到蒲州来访消息。来人录了京娘所遗四句诗回报，匡胤甚是嗟叹，敕封为"贞义夫人"，立祠于小祥村。那黄茅店溜水桥的土地公，敕封为"太原都土地"，命当地官府择地建庙，至今香火不绝。

这篇话本，题作"赵公子大闹清油观，千里送京娘"。后人有诗云：

不恋私情不畏强，独行千里送京娘。
汉唐吕武纷多事，谁及英雄赵大郎。

【结语】

本篇选自《警世通言》第二十一卷。这是一篇典型的中国侠义小说，演述的虽然是一般的英雄救美的主题，但是，和后来英雄救美，然后美人必配英雄的故事却大有不同。它充分表现了中国侠士那种刚健而又执拗的个性。侠之所以为侠，就因为他有着和常人不同的人生观和极强烈的自我认定。他们认为义之所在，便当勇往直前，毫不退缩；路见不平，便当拔刀相助。义就是他们自我肯定的一个准则。义是不求回报的，义是一种目标，也是一种奉献的精神。结果，有时候由于太过执拗，毫无妥协的余地，反而常常会产生一些无可弥补的悲剧。这种悲剧有时候是冲着侠士本身而来，有时候却会有另外的牺牲者。宋太祖虽然救了京娘，京娘终于还是落了一个悲惨的下场，就是由此而来。

这一篇大概是明人所作的拟话本，如果以宋人话本的分类来说，应当属于"朴刀杆棒"一类的故事。在描写宋太祖英雄事迹的长篇通俗小说《飞龙传》里，也有送京娘的故事。元代彭伯成的杂剧《金娘怨》和明人的传奇《风云会》，也都谈到京娘的事。

白娘子永镇雷峰塔

山外青山楼外楼，西湖歌舞几时休？
暖风熏得游人醉，直把杭州作汴州。

杭州西湖的胜景，自古天下闻名。不只山光秀丽，水色依人，更多的是名胜古迹，引人幽思。

这些名胜古迹之所以引人幽思，使人流连，是因为在它们的背后，往往有一个悠远的传说或美丽的故事。

譬如金牛寺、涌金门的由来，据说就是因为在晋朝咸和年间，有一次山洪暴发，水势汹涌，如惊涛骇浪般冲入西门。眼见全城即将遭殃，忽然水中涌现一头全身金色的牛，不久洪水即退。而那只金牛随水流到北山之后，便即不见。杭州城的人认为这是神灵显化，便在山腰立了一个寺庙，这就是金牛寺，而西门从此便叫涌金门。

飞来峰的神话也很神奇。听说以前有一位西域来的僧人，名叫浑寿罗，云游到杭州西湖，观赏山景之余，看到这一座突出的山峰，便说："印度灵鹫山前的一座小峰，忽然不见，原来就是飞到这里。"当时的人都不相信，僧人说："我记得灵鹫山前的这座峰岭，叫作灵鹫岭，上面有一个山洞，洞里有只白猿。不信的话，让我呼它出来。"一呼叫，果然跑出了一只白猿。从此，大家便称这座山峰为飞来峰。

而湖中有一座山，叫作孤山，旁边一条路，东接断桥，西接霞岭，叫作孤山路，便是宋朝的隐士林和靖先生筑的。

另外又有白公堤、苏公堤。白公堤就是唐代大诗人白乐天来做刺史的时候筑的，南接翠屏山，北至栖霞岭。苏公堤则是北宋大文学家苏东坡在这儿当太守的时候修的。两座堤上都栽满了桃柳，每当春景融和的时节，桃花飘香，杨柳依依，真是美丽非常，堪描入画。

各位看官，或许你们会说，正经儿的故事不说，却讲这些古迹传说干什么！这有个缘故，且听在下慢慢道来。在下今天要说的这一篇故事，正和西湖一个古迹的传说有关，所以在正题儿未讲之先，便先引这几个有关名人古迹的传说，来做个开场。

我们今天要说的故事，就是西湖雷峰塔的传奇。雷峰塔是杭州有名的名胜，这是各位都知道的。但是，为什么有这雷峰塔？各位恐怕就不一定清楚了。原来雷峰塔的建立，关联着一个稀奇古怪，美丽风流，却又有些悲怨凄怆的故事。

故事就发生在南宋绍兴年间的杭州府。

话说杭州城中官巷口李家草药铺中，有一位年轻的伙计，名叫许宣，今年二十二岁，尚未成亲。这许宣上无兄，下无弟，父母就单单生下他和一个姐姐，按排行来说，也算是老大，因此家人便又叫他小乙。

小乙的爹原也是开草药铺的，不幸在他十五岁那年，父母相继病亡，当时姐姐又已出嫁，家中便落得孤孤凄凄的小乙一个人，好不可怜。亏得姐姐、姐夫怜他一个少年人家，无人照管，便将他接过来同住。

小乙的姐夫姓李名仁，家住城中过军桥黑珠儿巷内，是邵太尉手下一名小小的军需官，平常也替邵太尉管钱粮。这种军需小官在当时又称募事官，所以人家便叫他李募事。

官巷口李家草药铺的主人李员外，就是小乙的表叔。因为小乙从小跟随父亲，耳濡目染，对草药生意这一行倒也懂一些，所以在他住到姐姐家不久之后，李员外便来叫他到铺里当助手。小乙白天到药铺里照管生意，晚上便回姐姐家睡，日子平平淡淡的，倒还过得安稳。如此过了六七年，小乙渐渐长大成人了。

就在这一年的清明节前夕，小乙回家之后，吃过了晚饭，对姐姐说："今天保叔塔的和尚到店里去，叫我明天到寺里烧香，追荐祖宗。我想明天向表叔告个假，去走一趟。"

姐姐说："爹娘过世多年了，这也是应当的。"

小乙第二天早起便先去买了蜡烛、冥钱、纸马、香枝等东西，准备妥当，换了新鞋袜、新衣服，然后才到药铺里来，对李员外说："我今天要到保叔塔去烧香，追荐祖宗，来给叔叔告个假。"

李员外说："那就早去早回。"

小乙离了铺中，走寿安坊、花市街，过井亭桥，经清河街后钱塘门，再上石函桥、放生碑一路，不久便到了保叔塔寺。到寺里礼了佛，烧了香，便到佛殿上看众僧念经。等吃了斋，看看天色尚早，想到西湖各地走走，离了寺，过西宁桥、孤山路、四圣观，来看林和靖旧坟，然后再到六一泉闲走。

谁知这清明天气惯会作弄人，忽然云生西北，雾锁东南，下起微微的细雨来了。不一会，雨渐下渐大，正是清明时节，少不得天公应时，催花雨下，那阵雨下得绵绵不绝，有诗为证：

清明时节雨纷纷，路上行人欲断魂。
借问酒家何处有？牧童遥指杏花村。

眼见得地下湿了，小乙可惜新鞋袜，便脱了下来，赤脚走出四圣观来寻船，却没见到半只。正不知如何是好，只见一个老儿，摇着一只船过来，小乙认得是张阿公，大喜，叫道："张阿公，载我过湖去，拜托。"

张阿公将船摇近岸来，道："小乙官，这下雨天，不知你要到哪里上岸？"

小乙说："涌金门上岸。"

船刚摇离了岸七八丈远，忽然岸上有人叫道："公公，拜托一下，我们要搭船过湖。"原来是一个妇人和一个丫鬟。

张阿公对小乙说："因风吹火，用力不多，就顺便载她们过去吧。"

小乙说："理当如此，你叫她们下来吧。"

张阿公将船又摇过岸边，接那妇人同丫鬟下船。小乙见那妇人头上梳着孝髻，身上穿一件白绢衫儿，下穿一条细麻布裙。丫鬟头上一双角髻，身上穿着青衣服，手中捧着一个包儿。

那妇人上船见了小乙，深深道了一个万福，小乙慌忙起身答礼。那妇人和丫鬟才在舱中坐下。

那妇人坐定之后，不时地秋波频转，看着小乙。小乙虽然是个老实的人，毕竟已是长大成人，见了这么一个如花似玉的美妇人就坐在对面，旁边又是个俊俏的丫鬟，免不了一番心神荡漾，也不时瞧着那妇人。

那妇人说："不敢动问官人，尊姓大名？"

小乙答道："在下姓许名宣。"

妇人道："府上何处？"

小乙道："寒舍住在过军桥黑珠儿巷，白天在一家草药铺帮人做点生意。"

那妇人问过了，小乙想到自己也该问她一下，便说："不敢拜问娘子尊姓？府上哪里？"

那妇人说："奴家白氏，亡夫姓张。亡夫年前不幸过世，就葬在雷岭这边。今天清明带了丫鬟来坟上祭扫，刚要回去，不巧就遇上了这场雨。如果不是搭了官人的便船，不知该如何是好！"

两个一对一答，便不觉如先前生分了，又闲话了些家常，船已靠岸。正要下船，那妇人却对小乙说："真对不起，奴家出来上坟，一时匆忙，忘了带钱，拜托官人先替奴家还了船钱，等上了岸再来送还。"

小乙说："娘子请便，这一点点船钱，不算什么。"算还了船钱，小乙挽那妇人上岸，雨还是淅淅沥沥地下着。

那妇人说："寒舍就在箭桥双茶坊巷口，若不嫌弃，请到寒舍奉茶，一并送还船钱。"

小乙说："这点小事何须挂怀。天色晚了，容改天再来拜望吧！"

说罢，那妇人带着丫鬟去了。小乙走进涌金门，从人家屋檐下到三桥街，看见一家草药铺，正是李员外兄弟的店。小乙走到铺前，李二员外刚好站在门口。

李二员外说："小乙，这么晚了，上哪儿去？"

小乙说："到保叔塔烧香去了，不巧遇上了雨，来向你借把伞。"

李二员外听了，便叫里面："老陈，拿把伞来给小乙。"

老陈将伞拿来，撑开了说："小乙官，这伞是清湖八字桥老实舒家做的八十四骨紫竹柄的好伞，没一点儿破，你拿去要小心，不要弄坏了。"

小乙说："这个我知道，不必吩咐。"接了伞，谢了二员外，便上羊坝头来。

刚走到后市街巷口，忽听得有人叫道："小乙官人！"小乙回头一看，只见沈公巷口小茶坊屋檐下站着一个人，正是搭船的白娘子。

小乙说："娘子怎么一个人在这里？"

白娘子说："雨下个不停，鞋儿都踏湿了，不好走，叫青青回家拿伞和鞋子去了，到现在还没来。天色已经不早，官人如果方便，送奴家一程，不知可好？"

小乙撑着伞，送她到了坝头，说："娘子要到哪儿？"

白娘子说："过了桥，往箭桥去。"

小乙说："我到过军桥去，就快到了，不如把伞借你，明天我到府上去拿。"

白娘子说："这真不好意思！多谢官人厚意。"

小乙沿着人家屋檐下冒雨回家，当天晚上在床上只是想着白娘子，翻来覆去，睡不着。

隔天到了铺里，更是心慌意乱，做生意都觉得心不在焉了，吃过了午饭，想道："不说一个谎，怎么去拿伞来还人家？"便对李员外说："今天姐夫叫我早点回去，说家里有点小事。"

员外说："那就去吧，明天早点来。"

小乙离了店，一路便到箭桥双茶坊巷口来，找白娘子，问了半天，并没一个人认得。

正在那儿不知所措，青青正好从东边走来。小乙说："你家在哪里啊？我来拿伞，找了好久都找不到。"

青青说："官人跟我来。"带着小乙走了一段路，来到一家楼房门前，说："这里便是。"

进了门，屋里摆着十二把黑漆交椅，墙上挂了四幅名人山水古画。看出去，街的对面正是秀王王府。

青青说："官人，请到里面坐。"又向里面悄悄地叫声："娘子，许官人来了。"

白娘子在里头应道："请官人进里面奉茶。"

原来里面还有一个内厅，小乙起初不好意思，青青三回五次地催，才走了进去，揭起青布幕一看，是一间小客厅。桌上放一盆虎须菖蒲，两边也挂四幅美人图，中间一幅神像，神像下的桌上放着一个古铜香炉。

白娘子向前深深地道了一个万福，说："昨天多蒙官人照顾，感激不尽。"

小乙说："一点小事，何须挂齿。"

白娘子说："请坐一会儿，喝些茶。"喝过了茶，又说："等一下有薄酒三杯，聊表谢意。"

小乙才要推辞，青青已将菜肴排满了一桌，只好喝了几杯，看看天色不早，便起身告辞："蒙娘子置酒相待，多谢了。天色不早，在下住的又远，该回去了。"

白娘子说："官人的伞昨天转借给一位舍亲，请再饮几杯，奴家叫人去拿。"

小乙说："在下是必得走了。"

白娘子说："就再喝一杯吧！"

小乙说："实在是喝得够了！"

白娘子说："官人既然一定要走，伞只好麻烦明天再来一趟了。"

隔天，小乙又编造了一个理由，请了半天假，到白娘子家来拿伞。白娘子仍备酒菜相待。

小乙说："娘子，在下只是来拿伞，不敢多扰。"

白娘子说："既然准备了，就吃一杯吧！"

小乙只好坐下。白娘子给他倒了一杯酒，劝他喝了，又倒一杯，带着满面春风，娇滴滴地说："官人，奴家看你是个老实人，真人面前说不得假话。奴家的丈夫过世经年，想必你我宿世有缘，才有这番巧遇。而且一见便蒙错爱，正是你有心，我有意。如不嫌弃，就请央一个媒人，共成百年姻眷，不知意下如何？"

小乙听了，心里想道："能娶到这样的妻子，那是再好不过了，只是我寄人篱下，哪里来的钱结婚？"想到这里，不禁有些难过，便沉吟不语。

白娘子又说："怎么了？"

小乙说："多蒙错爱，只好心领。"

白娘子略显吃惊地说："官人敢是嫌弃奴家再嫁之身？"

小乙说："在下怎敢有嫌，只是在下有难为之处。"

白娘子说："什么难为之事？"

小乙说："实不相瞒，只因在下身边窘迫，不敢从命。"

白娘子说："这倒不须官人烦恼，奴家身边还有些余财，可以用得。"便叫青青："你去取一锭白银下来。"

青青进里面拿来一个包儿，递给白娘子。娘子交给小乙说："官人，这些你先拿去，不够时再来取。"

小乙将包儿打开一看，是五十两雪花花的银子，不好推托，便收了下来。青青把伞拿来还了小乙，小乙便起身告辞。

隔天，小乙把伞送还了李二员外，仍照常到铺里照管生意。到得下午，又给李员外告个假，到市场买了一只烧鹅、鲜鱼、精肉、嫩鸡、果品等，提回家来，又买了一樽酒，吩咐丫鬟安排了一桌酒席，来请姐夫和姐姐吃酒。

那天刚好姐夫也早些回家，听说小乙摆了酒席请他，好生奇怪，想道："小乙平常俭省得不得了，今天不知为了什么事？"

喝了几杯，姐夫憋不住闷葫芦，便说："小乙，无缘无故花钱请客，有什么事吗？"

小乙说："姐夫、姐姐照顾小乙多年，小乙感谢良多。小乙年纪已经不小，长此下去，终不是了局。现在有一头好亲事，小乙不敢自作主张，望姐夫、姐姐给小乙做主。"

姐夫听了，肚里思量道："平常一毛不拔，今天花了一些钱，原来就是要我替他娶亲。"夫妻两人你看着我，我看着你，不发一言。

过了两三天，小乙见姐夫、姐姐从不提起这事，心里奇怪，捉个空便对姐姐说："姐姐，不知和姐夫商量过没有？"

姐姐说："还没。"

小乙说："怎么不和姐夫谈谈呢？"

姐姐说："这种事和其他的不一样，草率不得。我看你姐夫这几天脸色不好，不知有什么事，我怕他烦恼，所以没问他。"

小乙说："姐姐，有什么好烦恼的？是不是怕花钱？"说完，便到自己的房中，拿出白娘子给他的银子，递给姐姐，说："我只要姐夫替我做主，钱已经准备了。"

姐姐说："为了娶老婆，原来你早就积蓄了这么多钱。好，等你姐夫回来，我就告诉他。"

当晚李募事回来，姐姐便对他说："小乙说要娶老婆，原来自己早就省下了一笔钱，我们就替他完了这头亲事吧！"

李募事说："原来如此！共有多少钱，拿来看看。"

姐姐就将钱递给丈夫。李募事拿在手中，翻来覆去地看着，忽然大叫一声："不好了，这下子全家遭殃！"

他的妻子吃了一惊："是什么事？"

李募事说："几天前，邵太尉库里凭空不见了五十锭大银。箱子还是锁得好好的，封条也没坏，门窗也没动，又没有地道，银子不知怎的不翼而飞。现在杭州府正四处缉捕贼人，十分紧急，并且出了告示，如捕获贼人，赏银五十两；知而不报，或窝藏贼人，全家发配边疆充军。每一锭失银的字号写得清清楚楚。小乙这银子与告示上的字号分毫不差，正是邵太尉库内的银子。不管他是偷的、借的，反正'火到身边，顾不得亲眷'，宁可他一人受苦，不要累了我们一家。我现在就去出首。"

他的妻子听得目瞪口呆，出声不得。

李募事当时拿了银子到府里出首，府尹听说有了贼赃，整个晚上再也睡不着，第二天上堂，即刻差缉捕班头何立前去抓人。

何立带了一班衙役，火速赶到官巷口李家药铺，见了小乙，不由分说，绑了就走，一声锣，一声鼓，即刻解到府里来。

府尹见了，也不问话，只喝声："打！"

小乙吓坏了，当厅跪下说："大人明鉴，不必用刑，不知小民身犯何罪？"

府尹气愤愤地说："真赃正贼，获个正着，还说无罪！邵太尉府中门户、封锁不动，凭空丢了五十锭大银。昨天李募事前来出首，说你持有赃银，剩下的四十九锭想必还在你处。封皮不动，就不见了银子，多半你是个妖人。"喝叫："不要打，拿些狗血来！"

小乙听了，才知道为的什么，当下大叫道："我不是妖人，待我分说。"

府尹说："好，你且说这银子从何而来。"

小乙便将遇见白娘子的事情前前后后说了一遍。

府尹说："白娘子现住何处？"

小乙说："住在箭桥边，双茶坊巷口，秀王王府对面的楼房。"

府尹随即叫何立带领从人，押着小乙去捉白娘子。

一行人扰扰攘攘地赶到秀王府对面楼房一看，门前一堆垃圾，也不知堆了多久了，大门一条竹竿横夹着，哪里像是有人住的样子！众人都呆住了，小乙更是惊得张了口合不得。

何立叫过邻人来问，众邻舍说："这房子五六年前是毛巡检一家住的，后来他们全家得疫病死了，便没有人再住过。听说房子常闹鬼，也没人敢进去，已经空下好几年了，哪里有什么白娘子！"

何立叫众人解下横门的竹竿，里面冷冷清清的，有点阴森，没人敢先进去。倒是衙役里头一个叫王二的，平时嗜酒如命，人家都叫他好酒王二，胆子比旁人大些，他说："都跟我来。"

发声喊，大家一哄拥了进去，里头桌椅、板壁都有，却是灰尘满地，没一个人影。

众人再叫王二带路，一齐上楼。楼上的灰尘更多。转到一间房门前，推开房门一看，床上挂着一张帐子，旁边还有一些箱笼，一个如花似玉的白衣娘子坐在床上。众人看了，吓了一跳，没人敢上前。最后还是王二说："大家都不敢向前，公事怎么了结？去拿一坛酒来，我喝了，捉她去见大尹。"

有人便到邻舍去提了一坛酒来，王二开了坛子，一口气喝光，仗着酒气说："是妖怪，我也不怕。"说着，将空坛子朝白娘子打去。只听轰隆一声，有如晴天霹雳，把众人都吓倒了。等到起来看时，床上一个人影也没，只有一堆明晃晃的银子，众人说声："怪，怪！"一齐向前，将银子翻开一看，果然是库中失去的银子。算一算，刚好是四十九锭。何立说："我们将银子带去见大

182

尹。"大家扛了银子，便到府中来。

何立将前事一一禀复了府尹，府尹说："那一定是妖怪无疑。"即刻派人将五十锭银子送还邵太尉，并将破获之事一一禀复清楚。小乙则因为犯了"不应得为而为之事"，发配到苏州牢城营做工。

李募事因为自己出首了小乙，心里过意不去，便将邵太尉发给的赏银五十两全部送给小乙当作路费。李员外则写了两封介绍信，交小乙带去，一封给牢城营的主管，也就是押司范院长，一封给吉利桥下开客店的王主人，请他们照顾小乙。

小乙痛哭一场，拜别姐夫、姐姐，带上刑枷，两个押送的公人押着，离了杭州，往苏州进发。

几天之后，小乙来到苏州，便拿着李员外的信，去拜见范院长和王主人。王主人替他在官府上下使了钱，范院长也看了李员外的情面，不叫他在牢中受苦，由王主人具保，就在王主人的楼上住了。此时小乙的心情，真是感慨万端，有诗为证：

平生自是真诚士，谁料相逢妖媚娘！
抛离骨肉来苏地，思想家中寸断肠。

有话即长，无话即短，不觉光阴似箭，日月如梭，小乙在王主人家住，一晃眼，已是半年。

时当九月下旬，有一天，王主人正在门口闲站，看街上人来人往，忽然一乘轿子，旁边一个丫鬟跟着，来到门前停了下来。

那丫鬟向前问道："借问一下，这里是王主人家吗？"

王主人说："这里就是，不知你找谁？"

丫鬟说："我找杭州府来的许宣官人。"

主人说："你等一等，我去叫他出来。"便走到里面叫着："小乙哥，有人找你。"

小乙听了，急走出来，到门前看时，那丫鬟正是青青，轿里坐的正是白娘子，不禁气往上冲，连声叫道："死冤家！你盗了官库银子，劳累我吃了多少苦！有冤无处伸！如今落得如此下场，你还来干什么？不羞死人么！"

白娘子道："官人，不要怪我，这次来，是特地来给你分辩这件事的。让我们到主人家里面说。"说着，便叫青青取了包裹下轿。

小乙说："你是鬼怪，不准进来！"挡住了门，不放她进去。

白娘子不与他争，转身向主人深深道了个万福，说："主人在上，听奴家一言。我衣裳有缝，对日有影，怎的是鬼怪？岂不冤枉人！"

主人说："有话好说，请进来坐了讲。"

白娘子说："只因先夫早逝，便让我如此受人欺负……"说着，竟自呜咽起来。

主人看了，好生过意不去，便叫青青搀了白娘子进去。此时工妈妈也出来了，白娘子正要开口，小乙抢着说："我今天落此下场，都是她害的。"便将前因后果从头说了一遍。"现在她又赶到

184

这里，会有什么好事！"

白娘子说："其实都是冤枉，那些银子是先夫留下的，我好意拿来给你，怎么知道会出事？我根本不知道那些银子他怎么弄来的！"

小乙说："可是那天我被公差押去抓你时，那些稀奇古怪的事又怎么说？"

白娘子说："什么稀奇古怪的事？"

小乙说："你还装哩！我们到了你家，门前满是垃圾，屋里满是灰尘，邻居们说那屋子闹鬼，早就没人住，他们根本就不认识你。而且……而且，众人明明看见你坐在床上，怎么轰然一响，却不见了人影。你说你不是鬼怪，又是什么？"说时，两眼直瞪着白娘子，似乎有些疑惧。

白娘子说："你说我是鬼怪，好没道理！鬼怪能白天见人吗？我千里迢迢来寻你，却被你再三冤枉，也罢！事情分说清楚了我走，免得人家说我来缠你。"说着，竟掉下泪来，呜呜咽咽的。

王主人说："别伤心了，先把话说清，再作道理。"

白娘子擦了眼泪，继续说："当初我听人说，你为银子的事被捉了，我怕你说出我来，把我也捉去出乖露丑，无可奈何，便跑到华藏寺前姨妈家躲了，走时叫人担了垃圾堆在门前，将银子放在床上，央邻居们替我说谎。事情只是如此，你却说看到我坐在床上，莫不是眼花了？"

小乙说："是不是眼花我不知道，反正是众人亲见，他们说的，当时我又没上楼。千不该万不该，我这官司总是你害的。"

白娘子说："我将银子放在床上，只望就此没事，哪里晓得会有这许多事情？后来听说你发配到这里，我便千里迢迢地搭船到这里来寻你。既然有这许多误会，如今总算说清楚了，我也可以走了。怪只怪你我生前没这夫妻的缘分！"

王主人听她说要走，便说："娘子老远来到这里，难道就这样走了？好歹在这里先住几天再说。"又转身对小乙说："事情是眼见为凭，别人的话有时是作不得准的，平白说人鬼怪，岂不过分！娘子为你也受够了苦，你就不要再说了。"

青青说："主人家既然再三劝解，娘子就住几天吧！当初总算是许嫁给官人的。"

白娘子说："这不羞死人了吗！终不成奴家是没人要的！事情既然已说清楚，人家不领情，也就算了。"

王主人说："既然当初曾许嫁小乙哥，那就更不用回去了，你就留下来吧！"说完，打发了轿子回去，不在话下。

白娘子从此便住在王主人家，与小乙也算朝夕相见，只是彼此不大攀话。王妈妈与白娘子倒是相处甚欢，一团融洽。过不了几天，王妈妈便劝王主人替小乙说合，小乙也肯了，择定十一月十一日成亲，共谐百年。

光阴一瞬，早到吉日良时。白娘子取出银两，央王主人备办喜筵，二人拜堂成亲。异地完婚，别是一番情味，新婚之乐，自不必说。以后生活，都是白娘子拿钱出来用度。日往月来，自从两人成亲，又是几个月过去。时当春景融和，花开似锦，街坊上车马往来，热闹非常。小乙问主人家道："今天是什么日子？怎的如此热闹？"

主人说："今天是二月半，大家都去承天寺看卧佛。你也好去逛逛。"

小乙说："我和妻子说一声。"便上楼来对白娘子说："今天二月半，大家都去看卧佛，我也去逛逛，一会儿就回来。"

白娘子说："有什么好看的？在家里不是很好吗？去看做什么！"

小乙说："我去走走，马上就回来，反正在家也是闲着没事。"出了店，便往承天寺来。到了寺里，各处闲走了一回，刚要回家，寺外一个道士在那儿卖药，散施符水，小乙便也挤到人丛中去看。

只听那道士说道："贫道是终南山道士，到处云游，散施符水，救人病患灾厄。有事的，向前来。"忽然在人丛中看见了小乙，便叫他近前，对他说："近来有一个妖怪缠你，为害不轻！我给你两道灵符，救你性命。一道符三更烧，一道符放在你的头发内。"

小乙自己也想道："我也有几分怀疑她是妖怪，听他说来，毕竟是了。"接了符，纳头便拜，回到家中，只装作平常一样，不动声色。

等到晚上三更，小乙料想白娘子和青青都睡熟了，便起身将一道符放在头发内，正要将另一道符烧化，忽听得白娘子叹了一口气："小乙哥，做夫妻这么久，一向我待你也不薄，为什么你老是疑神疑鬼，随便就相信别人的话？半夜三更，你烧符干什么？是不是要来镇压我？你就烧吧！"

说罢，也不等小乙回答，一把夺过符来，就灯前烧化了，却全无动静，白娘子说："我是妖怪吗？"

小乙说："这不干我事，是承天寺前一个云游道士教我的，他说你是妖怪。"

白娘子说："我以前未嫁时，也学了些道术，明天便同你去看，是怎么样的一个道士。"

第二天清早，夫妻两人梳洗罢，白娘子穿了素净衣服，吩咐青青在家，便一同到承天寺前来。那个道士仍在那儿散施符水，旁边围了一群人。

白娘子对小乙说："我先试试他道行看看。"走到道士面前，大喝一声："你好无礼！出家人怎么随便说人家是妖怪！你画符来我看看！"

那道士说："我行的是五雷天心正法，凡有妖怪，吃了我的符，即刻便现出原形。"

白娘子说："众人在此，你且画符来让我吃吃看！"

那道士画一道符，递给白娘子。白娘子接过来，一口吞了下去。众人看看并没些影响，便起哄说："一个好好的妇人家，怎么说是妖怪呢？"大家你一言我一语地骂那道士。道士被骂得目瞪口呆，说不出话来，惶恐满面。

白娘子说："他欺骗无知便罢，还血口喷人，实在可恶！我从小也学了些戏法，就和他玩玩试试。"

只见白娘子口中喃喃的，不知念些什么，那道士忽然好像被人擒住一般，缩作一团，悬空而起。众人看了，都吃一惊，小乙却呆住了。

白娘子说："如果不是看众位面上，我便吊他一年半载！"喷口气，那道士立刻恢复原状，只恨爹娘少生了两条腿，飞也似的走了。众人看完好戏，也就散了。他夫妻两人回家，仍如以往度日，不在话下。

不觉光阴似箭，又是四月初八日，释迦佛诞辰，街市上有人抬着柏亭浴佛，家家布施。小乙对王主人说："这里的习俗和杭州一样。"

这时邻居一个年轻的家伙，绰号叫铁头的，走过来对小乙说："小乙哥，今天承天寺里做佛会，要不要去看？"

小乙转到里面，对白娘子说了，白娘子说："有什么好看，去干什么！"

小乙说："去闲走一下，解解闷。"

白娘子说："你要去，就换件新的衣服，我给你打扮打扮，早去早回。"叫青青拿了一件时新的衣服出来，给小乙穿了，并给他戴一顶黑漆头巾，脑后一双白玉环，脚上是一双皂鞋，手中一把细巧百折描金美人珊瑚坠上样春罗扇。

小乙打扮得一身齐整光鲜，便和铁头一齐到承天寺来。一路上人人喝彩，个个叫好："好个官人！"忽听得人丛中有人说道："咋天晚上周员外典当库内，不见了四五千贯金珠细软，现在告到官里，开列失单，到处侦缉，却还没一点声息。"小乙听了，也不在意。

那天烧香的男男女女来来往往，十分热闹，小乙看了一会，想要回去，一转身，却不见了铁头，只好独自一个走出寺来。

忽然有五六个衙役打扮的人，腰里挂着牌儿，走了上来。其中一个看了小乙的打扮，便对其余的人说道："这人身上穿的，手中拿的，好像就是那些东西。"

里头一个认得小乙，对小乙说："小乙哥，扇子借我看一下。"小乙不知就里，便将扇子递给那人。

那人看了说："你们看，这扇子扇坠，正是失单上的东西！"

众人喝声："拿了！"不由分说，拿出绳子，就把小乙绑了。好似：

数只皂雕追紫燕，一群恶虎啖羊羔。

小乙说："你们不要抓错人，我又没犯罪！"

众公差说："有没有犯罪，只要一对证便知分晓！周员外家丢了四五千贯金珠细软、白玉绦环、细巧百折扇、珊瑚坠子，失单开得明明白白，现在人赃俱获，还有什么话说！你也太把我们这些做公差的看扁了，居然敢穿着偷来的东西，公然外出！"

小乙一听，傻住了，半晌才说："原来如此。冤有头，债有主，东西倒不是我偷的。"

众人说："是不是你偷的，你自己到苏州府衙去说。"

第二天一早，府尹升厅，衙役便押着小乙当厅跪下。府尹问道："你如何偷盗周员外家财物？藏在何处？从实招来，免受刑法拷打！"

小乙说："禀上相公，小人穿的衣物，都是妻子白娘子给的，小人实不知从何而来，望相公明察！"

府尹喝道："你的妻子在什么地方？"

小乙说："在吉利桥下王主人楼上。"

府尹立刻差缉捕押着小乙，到吉利桥下王家捉人。来到王主人店中，主人吃了一惊，连忙问道："干什么？"

小乙说："白娘子在楼上么？"

主人说："早上你和铁头到承天寺去，走不多时，白娘子便对我说：'丈夫去了这么久还没回来，我和青青到寺里找他去。'说着，就出门去了，到现在还没回来。我还以为你到亲戚朋友家去了。"

缉捕要王主人寻白娘子，前前后后，遍寻不见，便将王主人捉了，来见府尹。府尹问道："白娘子到哪里去了？"

王主人平白无故地被拘来府中问话，心中有气，便将小乙如何从杭州被害，到现在的种种缘故，从头到尾述说了一遍，并说："白娘子一定是妖怪。"

府尹听他说得明白，料想此事有些蹊跷，便下令："暂将许宣监了。"王主人则用了些钱，交保在外，等候调问。

且说当天下午，周员外正在他家对门的茶坊内闲坐，忽然家人来说："丢失的金珠细软都找到了，在库房阁子上的空箱子里。"

周员外听了，急忙回家一看，果然并没遗失，只是不见了头巾、绦环、扇子并扇坠。周员外说："眼见许宣是冤枉的了，平白无故地害了一个人，道理上说不过去。"便暗地里到巡捕房去说明了原委，希望从轻发落。

刚好这时候邵太尉派李募事到苏州来办公事，也到王主人家来住。王主人把小乙吃官司的事情，说了一遍。李募事想道："无论如何他是我的内弟，总得替他想个办法。"便到处央人情，上下使钱，想法出脱小乙的罪名。

等到再审的那天，府尹便依照小乙的口供和王主人的证词，把罪过都归到白娘子身上，将小乙只判了"明知妖怪而不出首"的罪名，杖一百，发配三百六十里外的镇江府牢城营做工。

李募事说："到镇江去无妨，我有一个结拜的叔叔，姓李名克用，在针子桥下开药店。我写一封介绍信，你就去投奔他。"

小乙向姐夫借了些路费，拜谢了王主人，两个防送的公人押着，便往镇江而去。

几天之后来到镇江，三个人一齐先到针子桥下找李克用。走到药店门前，李克用刚好从里面走出来。小乙向前打了招呼，问道："这里可是李家药铺？不知员外在家吗？"

李克用说："在下便是药店主人，不知何事相寻？"

小乙说："小的是杭州李募事家里人，有信在此。"说着，将信递给李克用，李克用拆开看了，问道："你就是许宣？"

小乙说："是。"

李克用款待三人吃了饭，叫人陪着他们到府中下了公文，用了些钱，将小乙保领回家。

小乙和那人回到李克用家，拜谢了克用，参见了老安人。李克用知道小乙原在药铺当伙计，便留他在店中帮忙，晚上则住在五条巷卖豆腐的王公楼上。小乙在店中十分仔细，李克用心里也自高兴。

药铺里原来有两个伙计，一个姓张，一个姓赵。老赵为人老实本分，老张则刻薄奸诈。这个老张年纪大些，平时就常倚老卖老，欺侮晚辈，现在眼看又多了小乙，恐怕主人会将自己辞退，心里老大不高兴，便想要弄奸计，陷害小乙。

有一天，李克用到店里闲坐，顺便问起老张小乙做买卖的情形。老张不慌不忙地说："生意会做是会做，只是有一件……"

克用说："有一件什么？"

老张说："他只肯做大主买卖，小主儿就打发走了，我想生意不是这种做法，也劝过他几次，就是不听。"

克用说："这倒不要紧，我自己对他说好了，不怕他不依。"

老赵在旁听了，私底下对老张说："做人还是和和气气的好。许宣是新来的，理应照顾他才是，有什么不对，宁可当面讲，怎么可以在背后说他？让他知道了，只说我们在嫉妒他。"

老张说："你们年轻人，懂得什么！"

当天铺子打烊以后，老赵便到小乙住的地方来，对小乙说：

"老张在员外面前说你不是，以后可要小心些，大主小主的买卖，一样要做。"

小乙说："多谢指点，以后我自小心就是。天色还早，我们到外面喝一杯。"

两人到酒店喝了几杯，老赵说："时候不早了，改天再聊。"小乙算还了酒钱，各自回家。

小乙觉得有些醉了，走路不稳，怕在路上冲撞了人，便走屋檐下回去。走了半条街，忽然从一家楼上的窗口倒出来一盆熨斗灰，刚好都撒在小乙的头上。小乙真个是气在"头上"，立住了脚便骂："是哪个不长眼睛的混蛋！莫名其妙！"

骂声未了，只见一个妇人慌忙走了下来，笑盈盈地说："是奴家不是，一时不小心，对不起！"

小乙抬起半醉的眼睛一看，登时变成了四目相觑，正是白娘子，也张着两眼看他。小乙不禁怒从心上起，恶向胆边生，无名火焰腾腾冒起三千丈，按捺不住，开口便骂："你这贱人，你这妖精，害得我好苦！连吃了两场官司！你现在来得正好！"正是：

恨小非君子，无毒不丈夫。

小乙大步向前，一把就将白娘子揪住，说："看是要见官去，还是私下了断，随你挑！"

白娘子不慌不忙，赔着笑脸说："丈夫，这事说起来可就话长了，你听我慢慢地说。那些衣服本来都是我先夫留下来的，那天你要外出，我怕你穿得寒酸，便拿出来给你穿。谁知那么巧，竟会和人家的衣服一样，被认为偷的。说来只怪时运不好，怎能怪我！"

小乙说："巧？怎么就有那么多的巧事？都是你自己说的！"

白娘子说："你要不信也就算了！人家说：'一夜夫妻百世恩'，想不到你竟然全不顾夫妻之情，处处怀疑我！"说着，眼中便掉下泪来。

小乙说："那我再问你，那天官府押着我回去找你，你怎么不见了？王主人说你和青青到承天寺去找我，怎么又会住在这里？"

白娘子说："我到寺前，听说你被捉了，叫青青去打听，却问不到消息，以为你脱身走了，又怕来抓我，也不敢回家，和青青雇了一条船，便到南京娘舅家去。后来知道你在这儿，我便赶了来，是两天前才到的。想要去见你，又怕你怪我，正在犹豫，谁知道却这样碰面了。夫妻之情，誓同生死，我是没有什么好说的了，你要怪我，就怪吧！"

小乙听她这么一说，心却软了，想到她千里相随，原是夫妻情重，自己虽然两番受冤，却不是她的本意，沉吟了半晌，说："你就住在这里？"

白娘子说："是两天前租下的，要不要进来坐坐？"

小乙这时已回嗔作喜，便和白娘子上楼，当晚也不回住处，就在白娘子屋里过夜，夫妻团圆了。

第二天，小乙回到五条巷对王公说："我的妻子和丫鬟从苏州来了，我想叫她们也搬到这里，一家团圆，不知可方便否？"

王公说："这是好事，何必客气。"

当天白娘子和青青就退了那边的房子，搬过来王公的楼上。

不觉光阴迅速，日月如梭，转眼就是一个月过去。有一天，小乙忽然提起，说要带白娘子去见主人李员外和李妈妈。白娘子说："你是他家的伙计，两家认识了，日后也可常常走动，该当要去的。"

隔天，小乙便去买了几盒礼物，请王公挑了，白娘子坐着轿，青青跟随，一齐到李克用家来。李克用听说小乙带了家眷来，慌忙出来相见，李妈妈也随后出来。白娘子深深地道了万福，拜了两拜。相见已毕，李妈妈携着白娘子到里头坐下，然后大家一齐都进屋里去。

白娘子这一番拜见，原只是平常往来礼数，并没什么特异之处，谁知竟把老员外拜得目瞪口呆，晕头转向。你道为何？原来李克用年纪虽大，却是个老不羞，专一好色，见了白娘子倾国之姿，倾城之色，竟然两眼发直，忘其所以，早已飘飘然了，正是：

三魂不附体，七魄在他身。

当下忙叫人安排酒饭，款待客人。席上李妈妈不胜赞叹，对丈夫说："好个伶俐标致的姑娘！又是温柔和气，本分老成，小乙哥不知哪世修来的福，娶了这么一房好媳妇。"

老员外说："妈妈说得是，还是人家杭州的娘子长得俊！"话虽是对着妈妈说，两眼却不住地瞅着白娘子。

席终人散，老员外不觉怅然若失，很不是滋味，想着："一定得想个法子……"

有什么法子可想呢？对方是自己伙计的妻子，总不能做得太露骨，想着，想着，终于给他想出了一个没有破绽的方法。

这个老员外虽然好色，却是个吃虱子留后腿的人，小气得要命。因为舍不得花钱，所以往往对着美色，只有干瞪眼的份儿，想的时候多，做的时候少，因此在这方面并没什么劣迹。这番为了白娘子，他倒是用了一番心计。

他活了一大把年纪了，统共也没做过几次寿，可是就在见了白娘子之后不久，他忽然对李妈妈说："妈妈，今年我的寿诞想摆几桌酒席，请亲戚朋友过来玩玩，大家乐乐。"做老婆的听丈夫说要做寿，当然没话说。

老员外的生日是六月十三，日子过得很快，不知不觉就到了。亲眷、邻友、伙计等早就收到了请帖，当天，家家户户都送了烛面手帕等礼物过来。

老员外说因为家中狭窄，所以十三日那天只请男宾，十四日再宴女客。

十四日那天，白娘子也来了，打扮得十分入时：上着青织金衫儿，下穿大红纱裙，戴一头百巧珠翠金银首饰，带了青青，先到里面拜了老员外，参见了老安人，然后随众入席。

筵席摆在东阁下，因为都是女眷，老员外不便相陪，只躲在后面，却预先吩咐心腹丫鬟，多敬白娘子几杯酒："若是她要出来净手，你就引她到后面僻静房内去。"设计已定，便耐心在后面等。

酒至半席，白娘子果真要净手，丫鬟便引她到后面那间僻静的房里。老员外虽然心中淫乱，把持不住，却不敢就撞进去，只在门缝里窥看。谁知不看还好，这一看，却几乎老命不保。

那员外一看之下，大吃一惊，眼中不见了如花似玉体态，只见房中盘着一条似吊桶粗的大白蛇，两眼犹如灯盏，放出金光来，当下惊得半死，回身便走，一绊一跤，往后倒了。正是：

不知一命如何？先觉四肢不举。

众丫鬟跑过来扶起，只见老员外面青口白，两眼发呆，忙用安魂定魄丹服了，方才醒来。老安人和众人也都来了，问道："你慌慌张张的，到底为了什么？"

老员外一似哑巴吃黄连，有苦不能说，只得打了一个谎："我今天起早了，几天来又辛苦了些，头风病发，晕倒了。"丫鬟将他扶到房里休息，众亲眷重又入席，饮了几杯，才各自告辞回家。

白娘子回到家里一想，恐怕明天李克用对小乙说出真相，便心生一计，一边卸妆，一边叹气。小乙说："今天出去吃酒，怎么回来就叹气？"

白娘子说："丈夫，这事儿不说也不行，要说又怕惹你生气。

原来你那主人家说做生日是假，心怀不轨是真。筵席上叫丫头不住地劝我吃酒，等到我要起身净手，丫头带我到后面去，他却躲在里面，想要奸骗我，拉拉扯扯的来调戏。当时本来想要声张起来，又怕众人都在那儿，不好看相，便一头将他推倒，他怕羞，不好意思，对人假装说晕倒了。这口怨气叫人如何咽得下！"

小乙说："他既然没有坏了你的身子，大家又不知觉，我们是靠他吃饭的，没奈何，也只好忍了，以后不要再去就是了。"

白娘子说："你不替我做主，还要做人吗？"

小乙说："我被发配到这里，本来是要在牢城营做工的，多亏他看了姐夫一面，保我出来，收留在他家做事，这恩情着实不小，你叫我怎么办才好呢？"

白娘子说："男子汉大丈夫，妻子被他这样欺负，亏你还有脸到他家去！"

小乙说："不去他家，你叫我上哪儿去？我们一家生活又怎么办？"

白娘子说："老是做人家伙计，也是没出息的事，我们不会自己也开一家？"

小乙说："说得倒是简单，我们哪里去筹本钱？"

白娘子说："这个你放心，银子我有，明天你先去租了房子再说。"

第二天，小乙拿了银子，约了隔壁的蒋和做伴，到镇江渡口码头上去租了一间房子。这蒋和也没什么正经职业，平常就帮人打杂，算得上是个帮闲。小乙叫他帮忙，很快地置办了药橱、药柜，到十月前后，种种药材都陆续采办齐全，便择吉开张，做起自家的生意了。李克用因为心中有鬼，小乙不去，便也不来招惹，从此两相无事。

小乙开店以后，生意倒是不错，一天比一天兴旺。不觉冬尽春来，眼见夏节又至，有一天，一个和尚拿了化缘簿子进来说："小僧是金山寺和尚，七月初七是英烈龙王生日，希望官人到寺烧香，布施些香钱。"

小乙说："不必记名字了，我有一块上等的好降香，就舍给你去烧吧。"

和尚谢了，说："到时还希望官人来寺里烧香。"念声佛号走了。

白娘子看见，说："你倒真大方，把这么一块好香送给那贼秃去换酒肉吃！"

小乙说："我一片诚心施舍给他，他要不正经地用了，是他的罪过。"

一转眼，不觉已是七月初七，小乙刚开店门，只见街上人来人往，好不热闹。那帮闲的蒋和走过来说："小乙哥，你前天不是布施了香吗？今天何不到寺里走走？"

小乙说："你等一下，我收拾好了和你一道去。"

忙忙地收拾了，进去对白娘子说："我和蒋和去金山寺烧香，家里你照顾一下。"

白娘子说："人家说，无事不登三宝殿，你没来由放着生意不做，去干什么？"

小乙说："我来镇江这么久了，金山寺是怎么样的，连看都没看过，趁着这个机会，去看一看。"

白娘子说："你既然要去，我也阻挡不了，只是要答应我三件事。"

小乙说："哪三件？"

白娘子说："第一，不要到住持的房里去。第二，不要与和尚说话。第三，早去早回。如果你稍晚一点回来，我就来找你。"

小乙说："三件都没问题，我去一下就回。"

立刻换了新鲜衣服鞋袜，带了香盒，和蒋和到江边搭船，往金山寺来。

到龙王堂烧了香，寺里各处走了一遍，随着众人信步走到住持所住的方丈门前，忽然猛省道："娘子叫我不要到里面去。"立住了脚，只在外面张望。

蒋和说："进去瞧瞧，不碍事的，她在家里，怎么会知道你进去了没有？回家不说就是了。"说着，拉着小乙进去看了一会，便又出来，却也没什么事。

却说方丈里面当中座上坐着一个和尚，方面大耳，一派庄严，看那样子，倒像是个有道行的高僧，一见小乙走过，便叫侍者："快叫那年轻人进来！"侍者看了一会，人千人万，乱滚滚的，又不认得他，便来回复道："不知走到哪里去了？"那和尚急忙持了禅杖，自己出来找，却也找不到。

原来小乙早就走出寺外，在那儿等船。这时候风浪颇大，大家都不敢上船，要等风停了才走。忽然江心里一只船，飞也似的，来得好快。小乙对蒋和说："风浪这么大，这里的船家没人敢开船，那只船却怎么来得那么快？"正说之间，那艘船已将近岸，看时，是一个穿白的妇人和一个穿青的女子，来到岸边，仔细一认，原来就是白娘子和青青。小乙这一惊非同小可。白娘子来到岸边，对小乙说："你怎么还不回去？快上船来！"

小乙正要上船，忽听得背后有人大喝一声："孽畜！想要干什么！"小乙回头一看，是一个大和尚。旁边的人说："法海禅师来了。"

禅师说："孽畜，敢再来残害生灵，老僧手下便不留情！还不快走！"

白娘子见了禅师，不敢逞强，摇开船，和青青把船一翻，两个都翻到水底下去了。

小乙回身看着禅师便拜："求师尊救弟子一命！"

禅师说："你怎么遇上这妇人？"

小乙将事情前后说了一遍。禅师说："这妇人正是妖怪，现在你就回杭州去。如果再来缠你，你便到西湖南岸净慈寺来找我。"

有诗四句：

本是妖精变妇人，西湖岸上卖娇声。

汝因不识遭他计，有难湖南见老僧。

小乙拜谢了禅师，和蒋和下了渡船回家。回到家时，白娘子和青青都不见了，小乙更相信她们就是妖精。到了晚上，独自一个人不敢睡，便叫蒋和相伴过夜，可是心里烦闷，哪里睡得着，整夜辗转反侧。

第二天早起，叫蒋和看家，他一个人走到李克用家来，把昨天的事说了一遍。李克用说："我生日那天，她去净手，我无意中撞了进去，就撞见这妖怪，当时把我吓昏了，我又不敢告诉你。既然如此，你那里也住不得了，还是搬过来我这里住，大家有个照应。禅师叫你现在就回杭州，可是刑期未了，还是不能走的。"

小乙依了李克用的话，把那边的店收拾了，便搬到他家来住，白天仍到铺里相帮。

两个月后，正值高宗册立孝宗为太子，大赦天下，除了人命大事，其余小事尽行赦放回家。小乙遇赦，欢喜不胜，拜谢了李克用、李妈妈一家以及东邻西舍，央蒋和买些土产，便兴冲冲地作别回乡。

一路饥餐渴饮，夜住晓行，不几天便已到家，见了姐姐、姐夫，拜了几拜，却见姐姐、姐夫脸上并无喜色，好生奇怪，正不知发生了什么事，只见姐夫绷着脸说："你这个人也太欺负人了，我们一向怎么待你，谅你心里明白！怎么你在镇江娶了老婆，连写封信来通知一下都没有，难道我们是外人吗？真是无情无义！"

小乙听了这没来由的话，如堕五里雾中，忽然想到白娘子，心中一阵忐忑，硬着嘴皮说："我没有娶老婆呀！"

李募事说："亏你说得出口！你的妻子和丫头现在就在家里，难道会假！你的妻子说你七月初七那天到金山寺烧香，却一去不回，害她找了好久，找不到人。后来听说你遇赦回乡，她才赶了来，已经等你两天了。"说着，便叫人请出小乙的妻子和丫头。

小乙顿时目瞪口呆，两脚发软——果然是白娘子和青青，心中无限惶恐，又无限委曲，欲待要说，舌头却似乎结住了，一句话也说不出来。李募事看此情形，更认为他是心虚，说不得话，着着实实地埋怨了他一场。

当晚，李募事叫小乙和白娘子同住一房。小乙心中只是害怕，站在房门口，不敢进去，僵持了一会，看着白娘子笑吟吟的，不由得向前一步，跪在地下，说："不知娘子是何方神圣？乞饶小人一命！"

白娘子面带笑容，无限温柔地上前扶了他起来，说："小乙哥，你莫不疯了吗？我们多年的恩爱夫妻，难道我有什么地方做错了？你讲这些是什么话？"

小乙说："以前的种种，也不必说了。那禅师说你是妖怪，你见了禅师，便跳下江去，我只道你死了，想不到你又好端端的。我到什么地方，你便到什么地方，如果我有什么地方冲犯了你，也是无心，求你慈悲，饶我一命！"

白娘子听了，登时变脸，说："小乙，这样说来，你是信了那妖僧的话了？你也不想想，我和你做了夫妻，有什么亏待你之处？一切的一切，还不都是为了你好！谁知你一再相信别人的闲言闲语，一再地怀疑我！我如果真的另有他图，又何必如此苦苦跟着你？"

说得小乙半晌无言可答，怔在当地。白娘子的话句句是实，自己孑然一身，她即使是妖是怪，跟定了自己，又有什么好处？可是，大江中风浪涛涛的那一幕，法海禅师一再交代的那些话……难道是我小乙前生罪孽，今生冤孽……

青青看着两人僵持不下，走上前来说："官人，娘子对你是一片痴情，一番真心，你们夫妻也一向恩深情重，听我说，不必再有什么疑虑，和睦如初，一切便都没事了。"

小乙还是发怔，对青青的话好像全无知觉。

白娘子忍不住气，圆睁怪眼说："是妖也好，不是妖也好，反正大家扯开了。我老实对你说，如果你愿意听我的话，喜喜欢欢，大家没事。如果你要动歪念头，我叫你满城波涛，人人手攀洪浪，皆死于非命，让你后悔不及。我不知我对你好，是犯了什么罪过，要人家屡次来破坏！"

这些话，小乙听得句句扎实，大吃一惊，不禁叫了起来："我真是苦啊！"

这时小乙的姐姐正在天井里乘凉，听得小乙叫苦，以为他们吵架，连忙走到房前，将小乙拉了出来。白娘子也不来辩解，关了房门自睡。

小乙把前因后果一一向姐姐说了一遍，只说自己心中的疑惑，并不说她是妖是怪。刚好李募事在外面乘凉回来，姐姐说："他们两口儿吵架了，不知她睡了没？你去看一看。"

李募事走到房前看时，门窗关得紧紧的，只好将舌头舔破窗纸，朝缝里看。不看万事皆休，这一看，连李募事这种胆大的人，都吓得半死。原来房里不见了白娘子，只见一条吊桶大的蟒蛇睡在床上，伸头在天窗上纳凉，鳞甲内放出白光来，照得房内一闪一闪的。

李募事大吃一惊，回身便走，当着小乙姐姐的面，暂不说破，只说："睡了，丫头也睡了。"当晚小乙就躲在姐姐房中，不敢过去，姐夫也不问他。

第二天一早，李募事将小乙叫到一个僻静的所在，问他："你妻子从什么地方娶来的？实实在在对我说，不要瞒我。昨天晚上我过去看，亲眼看见她是一条大白蛇，我怕你姐姐害怕，所以不提。你要实实在在地告诉我！"

小乙将前后因缘详详细细说了一遍。李募事说："这样说来，她是蛇精无疑了。这里白马庙前有一个捉蛇的戴先生，捕蛇最有办法，我们去找他来。"

两人便直接来找戴先生。小乙说："我们家里有一条大白蛇，麻烦先生来捉一下。"

戴先生问："宅上何处？"

小乙说："过军桥黑珠儿巷内李募事家，一问便知。"取出一两银子，说："请先生先收了这银子，等捉了蛇，另外相谢。"

戴先生收了，说："两位请先回去，我等会儿就来。"他们两人不知戴先生何时来，李募事便先到城里去办一件小事，叫小乙回家将姐姐哄出来，免得她见了害怕。

却说戴先生在李募事和小乙走后，随即装了一瓶雄黄药水，往黑珠儿巷来，问李募事家，邻居说："前面那楼子内便是。"先生来到门前，揭起帘子，咳嗽一声，并无一个人出来。敲了半晌门，只见一个小娘子出来问道："找谁？"

先生说："这是李募事家吗？"

小娘子说："就是。"

先生说："听说宅上有一条大蛇，我是来捉蛇的。"

小娘子说："你别弄错了，我家哪有大蛇？"

先生说："我不会弄错，刚才两位官人来请我捉蛇，先给了一两银子，说捉了蛇再另外重谢，哪会弄错！"

小娘子说："没有就是没有！多半他们骗你！"

先生说："怎么会开这种玩笑？"

那小娘子就是白娘子，她见这位捉蛇的先生似乎是赖着不走，便气起来："你真的会捉蛇？只怕你见了就跑！"

先生说："我祖宗七八代捉蛇为生，我怎会见了蛇就跑？岂不笑话！"

白娘子说:"那就进来吧!"

随着白娘子走到天井内,白娘子转个弯,走到里面去。那先生提着瓶子,站在空地上等。

不多时,忽地刮起一阵冷风,风过处,一条吊桶来大的蟒蛇连射了过来。那先生吃了一惊,往后便倒,瓶子也打破了。那条蛇张开血红大口,露出雪白牙齿,往先生便咬。先生连滚带爬,只恨爹娘少生两只脚,一口气跑过桥来,正撞着李募事和小乙。小乙忙问道:"怎么了?"

先生上气不接下气地将刚才的事说了一遍,取出那一两银子送还李募事,还说:"差点连性命都没了,这钱我无法赚,你去照顾别人吧!"说着,急急地走了。

小乙说:"姐夫,现在该怎么办?"

李募事说:"唯一的办法,就是你住到别处去,不让她知道。她不见了你,自然就离开了。西湖南岸赤山埠前张成家欠我一千贯钱,你就先到他那儿去,租间房子住下,慢慢再想法子。"

小乙无计可施,只得答应,和李募事回到家里,静悄悄的,没些动静。李募事写了信,和借据封在一起,叫小乙拿了去见张成。

这时白娘子却出来了,将小乙叫到房中,气愤愤地说:"你好大胆!你把我当成什么了?你叫捉蛇的来干什么?我昨天告诉你的话,你得好好地想一想,别到时后悔!"

小乙听了,心寒胆战,不敢作声,袖里藏了书信借据,踱出房来，走到门外，三步并作两步地便往赤山埠来找张成。见了张成，正要去袖中拿借据，却不见了，这一惊非同小可，心中叫苦，慌忙转身来找。一路上来会，走遍了赤山埠路，却哪里找得到，正气闷不已，来到一个地方，想坐下休息，抬头一看，是一座寺庙，上写"净慈寺"三字。小乙登时心中一亮，想起了法海禅师吩咐的话："如果那妖怪再来缠你，你就来净慈寺找我。"

小乙急忙跑进寺中，问寺里的和尚："请问，法海禅师到宝刹来了没？"

那和尚说："没有。"

小乙听说禅师没来，心里越闷，折身出来，有气无力地，一步一步走到长桥，自言自语说："时衰鬼弄人，像这样活下去有什么意思！"望着一湖清水，便要往下跳。正是：

阎王判你三更到，定不留人到五更。

小乙正要往湖里跳，忽听得背后有人叫道："男子汉何故轻生？有什么看不开的事？"

回头一看，正是法海禅师——背驮衣钵，手提禅杖，原来真个才到——也是小乙命不该绝，若再迟一步，早做湖底游魂了。

小乙见了禅师，如获救星，纳头便拜，道："师尊救命！"

禅师说："孽畜今在何处？"

小乙将最近的事向禅师说了。禅师听了，从袖中拿出一个钵盂，递给小乙说："你现在回去，这个东西不要让那孽畜看见，等她不注意，悄悄地往她头上一罩，紧紧按住，不要害怕，我随后就来。"小乙将钵盂藏在袖中，拜谢了禅师，先自回家。

回到家中，白娘子正坐在房里，口中喃喃地不知说些什么。小乙走到她背后，趁她不注意，拿出钵盂，往她头上一罩，用尽平生力气按了下去。随着钵盂慢慢地按下，不见了女子身形。小乙不敢松手，紧紧地按着。只听得钵盂内道："和你多年夫妻，你怎么如此无情！求你放松一些！"

小乙正不知如何是好，忽听得外面有人说："一个和尚说要来收妖。"小乙连忙叫李募事去请那和尚进来。小乙见了法海禅师，说："救救弟子！"不知禅师口里念的什么，念毕，轻轻地揭起钵盂，只见白娘子缩做七八寸长，如傀儡一般大小，双眸紧闭，蜷做一团，伏在地下。

禅师喝道："是何方孽畜妖怪？怎敢出来缠人？详细说来！"

白娘子答道："祖师，我是一条大蟒蛇，因为风雨大作，便来到西湖安身，同青青一处，不想见了许宣，就动了凡心，化作人形，一时冒犯天条，也是出自一片痴情，却从不曾杀生害命，望祖师慈悲！"

禅师又问青青来历。白娘子说："青青是西湖内第三桥下潭内千年成精的青鱼，是我拉她做伴，诸事与她无干，并望祖师怜悯。"

禅师说："念你千年修炼，免你一死，可现本相！"

白娘子不肯，抬头呆呆地望着小乙。禅师勃然大怒，口中念念有词，大喝道："护法尊神何在！快与我把青鱼怪擒来，并令白蛇现形，听吾发落！"

禅师话刚说完，庭前忽起一阵狂风，风过处，豁刺刺一声响，半空中坠下一条青鱼，有一丈多长，在地上拨刺刺地跳了几跳，缩作尺多长的一条小青鱼。看那白娘子时，也现了原形——变了一条三尺长白蛇——依然昂着头瞧着小乙。

禅师将白蛇、青鱼收了，放入钵盂内，扯下长袖一幅，封了钵盂口，拿到雷峰寺前，将钵盂放在地下，令人搬砖运石，砌成一塔。

后来小乙也看破红尘，随了禅师出家，到处化缘，将原来的小塔改砌成七层宝塔，这便是雷峰塔。禅师见宝塔砌成，留偈四句：

西湖水干，江湖不起；
雷峰塔倒，白蛇出世。

从此千年万载，白蛇和青鱼永不能出世，只除非雷峰塔倒！

【结语】

本篇选自《警世通言》第二十八卷。白娘子的故事是流通很广的一个民间故事，几乎家喻户晓。关于白蛇化身为人，蛊惑男人的故事虽然可以上溯到唐代的传奇小说，但是，真正将白蛇写成一个很有人性的女妖，却是从这一篇《白娘子永镇雷峰塔》才开始。在《六十家小说》所收的话本《西湖三塔记》里，白蛇也仍然只是个专门吃人的可怕妖怪。从《白娘子永镇雷峰塔》这篇以后，所有的白蛇故事，才都将白蛇写成一个善体人意的可爱女性。由这一点来说，本书所收的这篇白蛇的故事，便有着它特殊的意义和价值，因为它正是白蛇故事衍化的一个转折点。

本篇也是一篇拟话本，后来《西湖佳话·雷峰怪迹》一篇，和清人的传奇《雷峰塔》，以及种种白蛇的小说和弹词《义妖传》，便都是由这一篇衍化而来。如果以宋人话本的分类来说，它应当是"灵怪类"的小说。

卖油郎独占花魁

年少争夸风月，场中波浪偏多。

有钱无貌意难和，有貌无钱不可。

就是有钱有貌，还须着意揣摩。

知情识趣俏哥哥，此道谁人赛我！

这首词名叫《西江月》，讲的是风月场中的行走妙诀。常言道："妓爱俏，鸨爱钞"，如果你有十分容貌，万贯钱财，自然上和下睦，做得烟花寨内的大王，鸳鸯会上的主盟。话虽这样说，却还有两个不可少的字儿，就是帮衬。帮，就是像鞋之有帮；衬，就是如衣服之有衬。

但凡小娘子们，如有一分长处，有人为她衬贴，便显得有若十分。如有一些短处，得人替她曲意遮护，便似无瑕。如果更能够低声下气，嘘寒问暖，逢其所喜，避其所讳，那小娘子哪有不爱你的道理！这便叫作"帮衬"。风月场中，只有会帮衬的朋友最讨便宜。

话说北宋末年，汴梁城外安乐村有一户人家，主人姓莘名善，妻子阮氏，家中开个杂货铺儿。虽非富厚之家，家道也颇得过。夫妇年过四十，只生了一个女儿，叫作瑶琴。瑶琴从小生得清秀无比，并且资性聪明。

莘善因为只生了这么一个女儿，十分宠爱，七岁的时候，便送她到村中学读书。瑶琴也十分向学，不久便能日诵千言，十岁的时候，已能吟诗作赋，到了十二岁，更是琴棋书画，无所不通，若提起女红针指，飞针走线，更不是常人所能及。总的说来，这些都是天生伶俐，不是教教学学就能做到的。

莘善因为没有儿子，原想早日为瑶琴招个女婿，以便终身有靠，却因为女儿灵巧多能，莘善也不愿太委屈了瑶琴，所以求亲的虽然不少，莘善总看不上眼，一时之间，竟找不到合适的对象。谁知事情一蹉跎，便误了女儿终身。

这时北宋朝纲不振，奸臣用事，搞得民不聊生。北方的金人趁机南侵，把花锦般的一个世界，弄得七零八落，不久便围困了汴梁。各地勤王之师虽多，但是因为奸相主张议和，不许厮杀，因此金人日益猖狂，不久便攻破了京城，将宋徽宗、钦宗掳劫北去。那时城内城外的百姓一个个亡魂丧胆，扶老携幼，弃家逃命。

莘善这时也顾不得家业了，带着妻子阮氏和十三岁的瑶琴，伙同一般逃难的，背着包裹，结队南行。

忙忙如丧家之犬，急急如漏网之鱼，

214

担渴担饥担劳苦，步行家乡何处？

叫天叫地叫祖宗，唯愿不逢鞑虏。

正是：

宁为太平犬，莫作乱离人。

成群结队的难民走到半路上，不见了鞑子的影子，大伙儿正暗自庆幸，谁知道却忽然遇上了一伙残败的官兵。这些官兵看见逃难的百姓都带有包裹，便故作惊慌地大喊："鞑子来了！鞑子来了！"并沿路放起火来。这时天色将晚，吓得众百姓落荒乱窜，谁也顾不得谁了。这些官兵趁机抢掠，如果有谁不肯将包裹给他的，便将那人杀害。正是：

甲马丛中立命，刀枪队里为家，

杀戮如同戏耍，抢夺便是生涯。

无辜的百姓们遇上这种乱兵，简直就是遇上了强盗。许多原以为逃得了性命的，却冤冤枉枉的半路上死在乱兵之手。这才真叫作乱中生乱，苦上加苦。

瑶琴随着爹娘在人群中走着，被乱军一冲，大家没命地狂奔，忽然跌了一跤，爬起来，已不见了爹娘。她是个机灵的孩子，这时虽然害怕到了极点，却不敢叫唤，就躲在路旁的古墓之中，过了一夜。等到天亮出来一看，但见满目风沙，尸横遍野。昨天一同逃难的人，都不知到哪里去了。

瑶琴孤孤单单一个人，心中害怕，又想着父母，不禁痛哭失声，遥望前路茫茫，不知往哪儿走才好，只好认定南方一路走去，挨一步，哭一步，大约走了二里多路，心上又苦，肚中又饥，看见前面一所土房，心想是有人住的，要上前去乞讨些吃的东西。谁知走近一看，却是一所破败的空屋，一个人影也没，只得坐在土墙之下，哀哀地哭。

自古道："无巧不成书"，这时恰好有一个人从墙下经过。那人正是莘善的近邻，姓卜名乔，一向是个游手好闲，不守本分，惯吃白食，用白钱的主儿，人家都叫他卜大郎，也是逃难之中被乱军冲散了同伴，落了单的。他一听到啼哭之声，慌忙来看。瑶琴是从小就认得他的，这时候患难之际，举目无亲，见到了近邻，便如见了亲人一般，连忙收泪起身相见，问道："卜大叔，有没有看到我爹妈？"

卜乔心中暗想："昨天给官军抢去了包裹，正愁没钱用，老天有眼，今天就送了这个宝物给我，正是奇货可居。"便扯个谎说："你爹和你妈找不到你，十分伤心，现在他们已到前头去了。他们遇到我的时候，告诉我说，如果见到了你，就带着你去找他们。我们现在就走吧！"

瑶琴虽然聪明，可是正当无奈的时候，便也不怀疑什么，跟着卜乔就走。正是：

情知不是伴，事急且相随。

卜乔将随身携带的干粮，拿了一些给瑶琴吃，并对她说："你爹妈是连夜走的，如果在路上碰不上他们，便要等过了江，到建康府才能相会。我们一路上同行，为了方便，我就把你当作女儿，你就叫我做爹。不然，人家会以为我随便收留迷失的孩子，可不大好。"

瑶琴不疑有他，便照着他的话做，从此陆路同步，水路同舟，一路上便爹女相称，到了建康府，本来以为可以停留，却又听说金兵即将渡江，风声紧急，眼看建康也将不得安宁，这时候又听人说宋高宗已在杭州即位，将杭州改名为临安，于是又是水路赶行，直到临安府来，找了一家客店住下。

卜乔带着瑶琴，从汴京直到临安，三千余里路程，身边所带的散碎银两都用光了。他之所以肯不惮其烦地携带瑶琴同行，原来就不是安的什么好心，而今银钱花光，便马上动起瑶琴的念头。他探听得西湖上烟花王九妈家要讨个女孩，便亲自去带九妈来到客店，看货还钱。九妈见瑶琴生得标致，讲定身价五十两。卜乔兑足了银子，便将瑶琴送到九妈家来。

这件买卖的勾当，瑶琴根本就被蒙在鼓里。原来卜乔这个机灵鬼，在九妈面前说的是："瑶琴是我的亲生女儿，现在不幸卖入了你们行户人家，请你务必慢慢地开导教训，不要太亏待了她，她自然顺从。万事不要性急。"说得哀哀切切。在瑶琴面前，又说是："九妈是我的至亲，你暂时住到她家，等我找到了你爹妈，再来带你。"因此瑶琴便高高兴兴地跟他到九妈家去。正是：

可怜绝世聪明女，堕落烟花罗网中。

王九妈和瑶琴各被卜乔的话哄住了。九妈只道卜乔卖的是亲生女，瑶琴只道九妈是卜乔的亲戚。所以瑶琴一到九妈家，九妈就替她购置新衣服，并将她安置在曲楼深处，瑶琴还以为九妈是个难得的好人，会照顾人。九妈也不提那事儿，每天给她吃的是好茶好饭，让她听的是好言好语，瑶琴只是感激，也不以为怪。

住了几天，不见卜乔的影子，瑶琴心中挂念爹妈，便噙着两行珠泪，问九妈道："卜大叔怎么不来看我？"

九妈说："哪个卜大叔？"

瑶琴说："就是带我到你家住的那个卜大郎。"

九妈说："他说他是你的亲爹。"

瑶琴说："他姓卜，我姓莘，怎么会是我亲爹？"于是，便把汴梁逃难和爹妈失散，中途遇见卜乔，带她到临安和卜乔哄她的话，细述了一遍。

九妈这才知道自己也受了卜乔的蒙骗，对瑶琴说："原来如此。现在你已经是个孤身女儿，没脚蟹，我索性将事情的真相告诉你吧。那个姓卜的把你卖到我家，我给了他五十两银子。我们是行户人家，家里虽然有三四个养女，却没有一个出色的。我因为爱你生得标致，所以特别对你好，把你就当作亲生女儿一样看待。如果你听我的话，等你长大的时候，包你穿好吃好，一生受用无穷。"

瑶琴听九妈这么一说，才知道自己被卜乔拐骗了，放声大哭。九妈劝解了老半天才止。从此以后，九妈便将瑶琴改名为王美，一家都叫她美娘，教她吹弹歌舞，样样出色。

长成一十五岁，美娘越发出落得娇艳非常。临安城中那些富豪公子，个个想慕她的美貌才华，人人备着厚礼求见。一些爱清标的，听说她写作俱高，来求诗求字，附会风雅的，日不离门。不久，便弄出了天大的名声，大家不叫他美娘，都叫她"花魁娘子"。西湖上的子弟，为她编了一支《挂枝儿》曲，赞美她的好处：

小娘子，谁似得王美儿的标致？
又会写，又会画，又会作诗，吹弹歌舞都余事。
常把西湖比西子，就是西子比她还不如。
哪个有福的，汤着她身儿，也情愿一个死。

就因为王美有了盛名，所以十五岁的时候就有人来讲梳弄。一来王美执意不肯，二来九妈把她当作金子一样看待，看她心中不允，也不相强。又过了一年，王美十六岁了，来讲这事的人更多，九妈拗不过利诱，也开始劝王美接客了。王美却是个有志气的孩子，无论如何不肯，说道："要我接客，除非见了亲生爹妈。他们肯做主时，方才使得。"

九妈心里又恼她，又不舍得为难她，这事就这样挨了好些时候。过了不久，有一个大富翁金二员外来对九妈说，情愿出三百两银子梳弄美娘。九妈听了，想到那明晃晃的一大堆银子，恨不得马上就搬了过来，再也顾不得美娘肯不肯了，便暗地里和金二员外商议："若要做成这件事，就得用点心计……"金二员外当下心领神会，微笑着去了。

八月十五日那天，九妈假说带美娘到湖上看潮，将美娘请到了船上。早有三四个帮闲的惯家，伙着美娘猜拳行令，做好做歉，将美娘灌得烂醉如泥，不省人事。

九妈叫人将美娘扶回家中。这时金二员外已在家中等候多时，一手交钱，一手交货，九妈拿着三百两沉甸甸的银子，笑眯眯地走出卧房，任凭金二员外胡搞。等到美娘梦中觉得痛，醒了过来，早被金二员外要得够了，想要挣扎，无奈手脚酸软，动弹不得。正是：

雨中花蕊方开罢，镜里娥眉不似前。

五更时分，美娘酒退，已知是鸨儿用计，破了身子，自怜红

220

颜薄命，遭此不幸，起来穿了衣服，走到床边的斑竹榻上，朝着壁里卧下，暗自垂泪。金二员外不知好歹，走来亲近，被她劈头劈脸抓了几道血痕。金二员外讨了一场没趣，挨到天明，匆匆对九妈说了一声，便出门去了。

金二员外梳弄美娘，第二天一大早就出门回家，在行户中人来说，是从来没有的事。向来梳弄小娘子的子弟一起床，鸨儿便进房贺喜，接着便是左右相熟的行户人家来道喜，大家还要哄着吃几天的喜酒。那子弟多则住一两个月，最少也住半月二十天。

九妈见金二员外不等贺喜，一大早就绷着脸儿出门，好生诧异，连忙披衣上楼。只见美娘卧在榻上，满脸泪痕。九妈为了要哄她从此入门上行，便低声下气地连招自己的许多不是。但是，无论九妈说好说歹，美娘只是不开口，九妈只好自己下楼去了。美娘整整哭了一天，茶饭不沾，从此托病，再不下楼，连一般的客人也不肯会面了。

九妈看她如此模样，心里气得不得了，想要威逼凌虐，又怕她烈性不从，反冷了她心肠，想要由她任性，却又没这道理。鸨儿养小娘，本来为的是要她赚钱，如果她不接客，一番心思岂不白费？想来想去，踌躇了好几天，无计可施。忽然间让她想起了一个人，就是她的结义妹子，同行的刘四妈："她能言快语，一向和美娘也很谈得来，何不接她来，下个说辞，如能说得美娘回心转意，再好好地请她一顿，送她个大红包。"

当下便叫人去请刘四妈过来，告诉她这件事情。刘四妈义不容辞地答应了，说："老身是个女苏秦，雌张仪，说得罗汉思情，嫦娥想嫁，这件事包在老身身上。"

九妈说："如果说得成，我这个做姐姐的就给你磕头。你且再吃一杯茶，免得说话的时候口干。"

刘四妈说："老身天生这副海口，就是说到明天也不会口干。"

刘四妈吃了几杯茶，转到后楼，只见楼门紧闭。四妈轻轻地叩了一下，叫声："侄女。"

美娘听见四妈的声音，便来开门。两人相见了，四妈靠桌朝下而坐，美娘坐在旁边相陪。四妈看见桌上铺着一幅细绢，刚画了一个美人的头儿，还没着色。

四妈便抓住了话头，称赞着说："画得好！真是巧手！九阿姐不知怎生福气，能够遇上你这么一个伶俐女儿。人物又好，技艺又高，就是堆上几千两黄金，找遍整个临安城，恐怕再也找不出一个这样的人出来。"

美娘说："休得见笑。今天是什么风把姨娘吹到这里来了？"

四妈说："老身时常想来看你，就是家务缠身，不得空闲。刚听说你梳弄了，便特地偷空过来，给九阿姐叫喜。"

美娘一听到"梳弄"两字，满脸通红，低着头不来答应。四妈知道她害羞，便把椅儿掇上一步，将美娘的手儿牵着，叫声："我儿，做小娘的，不是个软壳鸡蛋，怎的这般嫩得紧？像你这样怕羞，怎能赚到大注银子？"

美娘说："我要银子做什么？"

四妈说:"我儿,你自己不要银子,难道做娘的就不要银子了?她养得你长大成人,不是要费些本钱吗?自古道:'靠山吃山,靠水吃水',九阿姐家养了你们几个小娘子,为的何来?另外那几个粉头,又哪一个赶得上你的脚跟来?一园瓜,只看得你是个瓜种。九阿姐对你也不比其他。你是个聪明伶俐的人,这个你是该知道的。听说你自从梳弄以后,一个客人也不肯接,那是什么意思?如果大家都像你的话,一家大小,像蚕一样,谁把桑叶喂它?做娘的抬举你,你也要替她争口气,不要反讨众丫头们批批点点。"

美娘说:"批点就由他批点,怕什么!"

四妈说:"话可不能这么说!批点倒还不是小事,你知道行户人家的行径?"

美娘说:"行径又怎么样?"

四妈说:"我们行户人家,吃着女儿,穿着女儿,用着女儿。如果侥幸讨得一个像样的,便有如大户人家置了一份良田美产。女儿年纪幼小时,就巴不得风吹得大。等到梳弄过后,便是田产成熟,天天指望收成了。前门迎新,后门送旧,张郎送米,李郎送柴,热热闹闹,才算是个出色的姊妹行家。"

美娘说:"这种羞死人的事,无论如何,我就是不做。"

四妈掩着口咯咯地笑了出来,说道:"不做?这可是由得你的?一家之中,做主的是妈妈。做小娘的如果不听她的话,动不动就是一顿皮鞭,打得你死去活来,到时候,不怕你不上路。九阿姐一向不为难你，是因为惜你聪明标致，从小娇生惯养的，她要惜你的廉耻，存你的体面，所以才不逼你。她刚才在我面前说了许多话，说你不识好歹，放着鹅毛不知轻，顶着磨子不知重，对我发了好多牢骚，要我来劝劝你。你如果再执意不从，惹得她性起，一时翻过脸来，骂一顿，打一顿，你又能够怎么样？飞上天去不成？凡事只怕起了头，你若惹到她真的动粗打了，那是朝一顿，暮一顿，再不留情的。到时你熬不过痛苦，还是得接客，却不是把千金的声价弄得低微了？而且还惹人笑话。我看还是听我说，如今你是吊桶落在她井里，挣不起的了，倒不如欢欢喜喜地倒在娘的怀里，顺她的意，落得自己快活。"

美娘说："我是好人家儿女，不幸误落风尘，姨娘如果能够有个主张，帮我从良，岂不是一场功德，胜造七级浮屠？怎么倒反要推我下海？要我做那倚门卖笑、送旧迎新的事，我宁愿一死，决不情愿。"

四妈说："我儿，从良是件有志气的事，我怎么会说不好呢？不过，从良也有好几等不同。"

美娘说："有哪几等不同？"

四妈说："有个真从良，有个假从良，有个苦从良，有个乐从良，有个趁好从良，有个无奈何的从良，有个了从良，有个不了的从良。我慢慢说给你听。

"什么叫真从良呢？大凡人间姻缘，才子必须佳人，佳人必须才子，才是佳配。但是好事往往多磨，这种事却只可遇不可求。如果天公作美，有幸两人相逢了，你贪我爱，再也割舍不下，一个愿讨，一个愿嫁，好像捉对的蛾儿，死也不放。这便叫作真从良。

"什么叫做假从良呢？有的子弟爱着小娘，小娘却不爱那子弟。本来就无心嫁他，却把个嫁字儿哄得他心热，好让他撒漫使钱，等到目的已达，便又推故不就。又有一种痴心子弟，明晓得小娘心肠不对着他，却偏要娶她回家，拼着一注大钱，动了妈儿的火，不怕小娘不肯。勉强娶进了门，小娘心中不顺，便故意不守家规，小则撒泼放肆，大则公然偷汉，闹得人家收容不得了，多则一年，少则半载，仍旧放她出来为娼接客。这种从良，实在只是小娘们赚钱的另一个题目而已。这便叫做假从良。

"什么叫做苦从良呢？同样的是子弟爱小娘，小娘却不爱那子弟，可是为着恶势力所逼，妈儿惧祸，早就千肯百肯。做小娘的身不由己，也只得含泪而行。从此侯门一入深似海，家法又严，哪有你抬头的日子？只好半妾半婢，身份不明地忍死度日。这便叫做苦从良。

"什么叫做乐从良呢？做小娘的正当要选个人从良的时候，恰巧交上了一个性情温和的子弟，那子弟家道富有，家中的元配大娘又和气，没生个一男半女，指望娶个小妾过门，替她生育，传宗接代。小娘子嫁了过去，不只目前安逸，以后也有个出头的日子。这便叫做乐从良。

"什么叫做趁好的从良呢？做小娘的，风花雪月，受用已够，就趁着声名正盛，求她的人多的时候，从中挑选了一个十分满意的嫁了，急流勇退，及早回头，不致受人怠慢。这便叫做趁好的从良。

"什么叫做没奈何的从良呢？做小娘的原无从良之意，或是因为官司逼迫，或是由于强横欺压，又或者负债太多，将来赔不起，种种无可奈何的缘故，只好憋口气，不论好歹，逮着便嫁，这是买静求安，逼不得已的藏身之法。这便叫做没奈何的从良。

"什么叫做了从良呢？小娘年华老去，风波历尽，刚好遇上了一个老成的客人，两下志同道合，便收绳卷索，终能白头到老。这便叫做了从良。

"又什么叫做不了的从良呢？同样的是你贪我爱，小娘火热地跟定了恩客，却只是一时作兴，并没有长远的打算，匆匆过了门，或者为人家尊长所不容，或者为大娘所忌妒，结果是大闹几场，发回妈家，追取原价。又有的是过了门之后，才发现原来所嫁的是个空心大老倌，家业凋零，养她不活，结果苦守不过，只好依旧出来接客。这便叫不了的从良。"

美娘说："那么我现在要从良，该当怎么办？"

四妈说："我儿，你如果要听我的话，我便教你一个万全之策。"

美娘说："如蒙姨妈教导，得以脱身，死生不忘。"

四妈说："从良这件事，讲究的是入门为净。你如今身子已经被人捉弄过了，就算今夜嫁人，也不能说是黄花闺女了。千错万错，就是不应当落到这种地方来。这也只好说是你命中所招了。九阿姐费了一片心机，你如果不帮她几年，趁过千把银子，她怎么肯放你出门？还有一件：你就是要从良，也要拣个好的。像这些臭嘴臭脸的，难道随便就跟了他不成？你如果一个客也不接，又怎么晓得哪个可从，哪个不可从？到时候，你娘看你老是不接客，没奈何，随便找个肯出钱的主儿，把你卖了过去，这也叫作从良。那主儿或许是个年老干瘪的，或许是个貌丑不堪的，或许是个大字不识一个的村牛，那你不是肮脏了一辈子？要这样的话，倒不如就把你撂到水里，还有扑通的一声响，别人还会叫一声‘可惜！’所以依老身的愚见，你还是得顺着九阿姐的意接客。像你这样的才貌，等闲的料想他也不敢相扳。能够来的，无非是王孙公子、豪门贵客。我想这也不辱没了你。你如果肯做，一来风花雪月，正好趁着年少受用，二来可做成妈儿起个家事，三来你自己也可积攒些私房，免得日后求人。等过了十载五载，遇个知心着意的，说得来，话得着，那时老身替你做媒，好模好样地嫁过去，做娘的也放得下你，还不是两全其美的事吗？”

美娘听她说得句句中肯，再也说不出话来。四妈知道美娘心中已经活动了，便说：“老身说的句句是好话，你如果照着我的话去做，到时候还要来感激我哩！”说罢，便起身出去。

王九妈早就伏在楼门之外，她们的对答听得句句确实。美娘送四妈出房，劈面撞着了九妈，满面羞惭，连忙缩身进去。王九妈便陪着四妈到前楼坐下。

四妈说："侄女原来执意不肯，被我左说右说，好不容易一块硬铁才熔作了热汁。你现在就去替她找个体面的主儿，包管她再不拒绝。那时做妹子的再来贺喜。"

九妈连连称谢，连忙备饭相待，尽醉而别。

后来西湖上的弟子们，又作了支《挂枝儿》曲，单说那刘四妈口嘴厉害：

刘四妈，你的嘴儿好不厉害！

便是女苏秦，雌张仪，不信有这大才。

说着长，道着短，全没些破败。

就是醉梦中，被你说得醒。

就是聪明的，被你说得呆。

好个烈性的姑娘，也被你说得她心地改。

再说美娘听了四妈的一席话儿，觉得句句是道理，以后有客求见，便欣然相接，不再拒绝。门限一开，从此宾客如市，挨三顶五，再不得空闲。身价也随着名声越来越高，每一晚白银十两，还是你争我夺。九妈每天银钱滚滚，好不兴头，美娘一心一意只是想要拣个心满意足的主儿，一时之间却哪里就能遇上。正是：

易得无价宝，难得有情郎。

话分两头。再说临安城清波门里有个开油店的朱十老，三年前过继了一个小厮，姓秦名重，也是汴京逃难来的。母亲早丧，父亲秦良，十三岁的时候，将他卖了，自己到上天竺去做香火。朱十老因为年老无子，妻子又早过世，便把秦重像亲生儿子一样的看待，将他改名为朱重，就叫他在店中学做卖油生意。刚开始的时候，父子两人坐店买卖，日子过得倒是惬意。谁知不久十老便得了腰痛的病，十眠九坐，劳碌不得，只好另招个伙计叫作邢权的，来店里相帮。

　　光阴似箭，不觉之间，四年就这样过去了，朱重已是十七岁的少年郎，长得一表人才，人人喜爱。那朱十老家原来有个使女，叫作兰花，已经二十几岁了，尚未嫁出。她看着朱重是个可爱的人儿，便想法子要勾搭他。谁知道朱重是个至诚老实的人，偏偏兰花又生得丑，实在无法叫人看得上眼，因此落花虽有意，流水却无情，只好吹了。

　　那兰花见勾搭朱重不上的，只好另寻主顾，就去勾搭那伙计邢权。邢权是个年将四十的人，却没有老婆，所以一拍就上。两个人暗地偷情，已不止一次，反怪朱重在他们面前碍手碍脚，便想法要把朱重弄开。两个里应外合，使心设计，有一天，兰花便在十老面前假撇清："小官人屡次调戏我，好不老实！"

　　十老以前和兰花也有过一手，听她这么一说，未免便有几分拈酸吃醋。邢权又将店里卖下的银子偷偷藏过，却对十老说："朱小官人好不长进，老是在外赌博，柜子里的银子丢了好几次！都是他偷的。"

开始的时候十老还不信，接连几次，年老糊涂的人便没了主意，就将朱重叫来责骂了一顿。朱重是个聪明的孩子，已知这是邢权和兰花搞的鬼，想要当场分辩，又怕多惹是非，万一十老听不进去，事情反而更糟，于是心生一计，对十老说："近来店里的生意清淡了许多，不必要两个人手，我想就让邢主管坐店，孩儿挑着担子出去卖油，卖多卖少，每天清点，等于做了两重生意。"

十老本来就要答应了，谁知朱重那一番话却刚好成了邢权的把柄。邢权当下对十老说："他不是要挑担出去做生意！我看他是偷够了银子，身边有了积蓄了，又怪你不给他做亲，心中怨恨，不愿在店里相帮，想要趁机讨个出场，自己去娶老婆，成家立业哩！"

十老早先听了邢权和兰花的谗言，已是有气，当下不辨黑白，恨恨地长叹一声："我把他当作亲儿子看待，他竟如此不安好心！皇天不佑，罢！罢！不是亲生骨肉，到底粘连不上。就由他去吧！"于是拿了三两银子，打发朱重出门。冷暖两季的衣服和被窝，也都叫他拿去——这还是十老看在多年父子情分的一番好处。朱重料想再也不能留下了，便向十老拜了四拜，大哭而别。

朱重出了十老家门，举目无亲，孤零零一个好不凄凉，到众安桥下租了一间小小房子，放下被窝等物，买了一把锁将门锁了，便往长街短巷，访求生父。原来朱重父亲秦良到上天竺做香火的事，并没让儿子知道。朱重连找了几天，都没消息，没奈何，只好将找父亲的事暂且搁下。

朱重是个老实不过的人，在十老家四年，赤心忠良，并没一毫私蓄，身上总共只有临行时十老打发他的三两银子，根本就不够本钱做什么生意，想来想去，除了油行以外，什么也不熟，当初出来之前，既曾经说过要做挑油买卖，想来也还是去挑个卖油担子，才是本等的道路，当下朱重就去置办了一副油担子，剩下的银两便当作买油的本钱。城里的油坊多半和他相识，知道他是个老实的好人，而且一听说他是被邢权挑拨出来的，看他小小年纪就要挑担上街，自谋生理，心中都为他感到不平，有心要扶持他，所以只拣上好的净油给他，秤斤两的时候，也多让些给他。朱重得了这些便宜，自己转卖的时候，也放宽些，从不斤斤计较，所以他的油总比别人的好卖些，每天总有个小小的利头。而且他又省吃俭用，积下一点钱，除了买些日用家伙和衣物之类，从不浪费，日子倒还过得稳当。只是他心中一件事未了，牵挂着父亲的下落，想着："一向人家都只道我叫朱重，谁知道我姓秦？如果父亲要找我的话，又从何问起？"因此便想到应当复归本姓。一个卖油的要复姓，倒是简单的事，不必像官宦人家，还要奏过朝廷，有种种复杂的手续。他只把盛油的桶子，一面大大地写个"秦"字，一面写"汴梁"两字，就算完成了。从此，临安市上的人都叫他为秦卖油。

是二月初的时候，秦重听说昭庆寺的僧人要做九天九夜的大功德，他想，这时候寺里的用油一定要很多，便挑了油担到寺中来卖。那些和尚们早就听说过有个秦卖油，他的油比别人的好，价钱又公道，因此便只买他的油。一连九天，秦重便只在昭庆寺走动。正是：

刻薄不赚钱，忠厚不折本。

这最后一天是个天气晴朗的日子，游人往来如织。秦重到寺里卖了油，挑着空担子走出寺来，绕河而行，遥望十景塘，一片桃红柳绿。湖内画船箫鼓，往来游玩，好一派繁华景象。秦重走了一回，觉得身子困倦，便转到昭庆寺右边，找了一个空地，将担儿放下，坐在一块石头上歇脚。刚好就在左近有一户人家，面湖而居，金漆的篱门，里面的朱栏内栽着一丛细竹，门面很是清整雅致。一会儿只见里面走出来三四个戴方巾的官家子弟，另外一个女娘在后面相送。到了门前，两下把手一拱，那女娘就转身进去了。

秦重把那女的看了个仔细，但见她容颜娇丽，体态轻盈，实实是有生以来所未见过的标致女子，当下整整呆了半晌，整个身子都酥麻了。他原本是个老实的少年郎，从来就不知道风花雪月、灯红柳绿的这桩事儿。正在那儿疑惑，不知道这是什么一个人家，忽然从门内又走出个中年的妇人和一个小小的丫鬟，在那儿倚门闲看。那妇人一眼瞧见了油担子，便叫道："啊呀，刚想要去买油，正好有油担子在这里，就向他买好了。"那丫鬟便进去取了油瓶出来，走到油担子边，叫声："卖油的！"

秦重这才警觉过来，说："油卖完了，妈妈要用油时，我明天送来。"

那丫鬟也认得几个字，看见油桶上写个"秦"字，就对那妇人说："那卖油的姓秦。"

那妇人也常听人说有个秦卖油，做生意很是忠厚，便对秦重说："如果你肯挑到这里来卖，我家每天要用的油，就都向你买。"

秦重说："从明天起，我就挑过来。"

那妇人和丫鬟进去了，秦重心里想道："这妈妈不知是刚才那女娘的什么人？我每天到她家卖油，别说赚她的钱，能够看那女娘一回，倒是真的一桩妙事。"

正要挑着担子起身，只见两个轿夫抬着一顶青绢缦的轿子，后边跟着两个小厮，飞也似的跟来。到了那妇人家门口，歇下轿子，那小厮走进里面去了。秦重心中纳闷："好奇怪！看他接什么人？"

一会儿，只见两个丫鬟，一个捧着猩红的毡包，一个拿着湘妃竹攒花的拜匣，交给轿夫，放在轿座下面。那两个小厮手中，一个抱着琴囊，一个捧着几卷手卷，腕上挂着一枚碧玉箫，跟着刚才送客的女娘出来。女娘上了轿，轿夫抬着，往原路去了。丫鬟、小厮跟在轿后步行。

秦重又一次将那女娘看了个仔细，当真是美艳无比，难以形容，一时心神恍恍惚惚的，怔了好一会，才挑起油担子，迷迷惑惑地走了。刚走了几步，抬头看见临河一个酒馆，迟疑了一下，便放下担子走了进去。

秦重平常是不喝酒的，可不知怎么来着，今天一见了这女娘，心里就老是怪怪的，定不下来，说兴奋好像也是兴奋，说气闷又好像有点气闷，进到酒馆，拣个小座头坐了。

酒保问道："客人是请客？还是独酌？"

秦重说："我独饮三杯，有上好的酒拿来，时新的果子来一两碟，不用荤菜。"

秦重看着酒保替他斟酒，这也是他从来没有过的经验，两眼傻傻地望着酒保。酒保问："客人还要什么？"

秦重说："喔……不要什么了。请问，那边金漆篱门内是什么人家？"

酒保说："以前是齐衙内的花园，现在是王九妈一家住着。"

秦重说："王九妈是什么人？刚才看见有个漂亮的小娘子上轿，是她的什么人？"

酒保笑着说："王九妈是个有名的老鸨，那个小娘子便是她手下最出色、最有名的粉头，叫作王美娘，大家都叫她花魁娘子。客人既然有兴，我就给你说个详细。她原来是汴京人，因逃难流落在此。不仅人长得标致，琴棋书画、吹弹歌舞，更是件件皆精。来往的都是大头儿，宿一夜，要十两放光哩！不是大有来头的，要近她的身也还不是一件容易的事。当初她们住在涌金门外，因为楼房狭窄，齐舍人和她颇有交情，半年前便把这个花园借给她们住。"

秦重听酒保如数家珍地说了一大堆，心上七旋八转的，分不出是什么滋味儿，闷闷地吃了几杯，还了酒钱，挑着担子，一路走，一路思潮起伏，心中老是那个小娘子的影儿。

"世间怎么会有这么美的女孩子？既然这么美，为什么偏偏又在娼家？不是太可惜了吗？""我想的是什么啊！如果不是流落娼家，她这么一个绝色的美人儿，又怎么会让我一个卖油的有瞧见的机会？""她是汴京人，我也是汴京人，她做娼，我卖油……唉，又想哪里去了！"想着想着，脚下蹴起一颗石子，将那石子踢得老远。

心中仍是那小娘子美艳的影子，这下子觉得越发的清晰。"人生一世，草生一秋，难道我卖油的就不是人？这么美的女子，怎么会有这么美的女子！如果……如果能够搂抱着睡一夜，大概死也甘心了！""呸！我整天挑这油担子，再赚也是几文钱，怎会想到这上头？这不是癞蛤蟆想吃天鹅肉，想入非非了吗？白银十两，那酒保说，宿一夜要十两放光……""她相交的想必都是王孙公子，我卖油的就算有了银子，大概她也不肯接。""听说做老鸨的就是死要钱，如果有了银子，就是个乞丐，她也会要的。老鸨要她接客，她会不接吗？我是个做生意的！清清白白，有了银子，怕她不接？只是哪里来这许多银子？"

一路上胡思乱想，心绪不得安宁，走着走着，又将一块石子踢得老高，噗的一声，掉到路旁的河里。他终于下定决心，无论如何，要想法去亲近那小娘子一次。"从明天开始，每天将本钱和费用扣除，剩下的就积攒上去。一天如果能积一分，一年就有三两六钱，只要三年，这事便成了。如果一天能积二分，只要年半。再多些，一年也差不多了。""自古道，有志者事竟成，我卖油的总也是个人，为什么就不能……"

你说，一个挑担子做小买卖的，连个家业都没有，本钱总共只有三两，却想要拿十两银子去一夜风流，这到底为的什么，恐怕就连他自己也说不清楚吧！

不知不觉，已是走到家里，开门进去，看着萧条四壁，孤零零的旧硬板床，惨然无欢，连晚饭也不吃，就往床上一躺，躺在床上，翻来翻去，却哪里睡得着，眼前就只是美娘的影子。

只因花容月貌，引起心猿意马。

挨到天明，爬起来，胡乱吃了早饭，就装了油担，锁了门，匆匆往王九妈家跑，一到她家，却不敢进去，伸着头，往里面张望。这时王九妈才刚起床，还蓬着头，正叫人去买菜，秦重认得她的声音，叫声："王妈妈。"九妈往外一看，见是秦卖油，笑道："好忠厚人，果然不失信。"便叫他把担子挑进来，称了一瓶，约有五斤多重，公道还钱，秦重并不争论，九妈很是欢喜，说："这瓶油只够我家两天用，以后每隔一日，你就送来，我不到别处买了。"

秦重答应，便挑着担子出来，只是不曾看见花魁娘子，心里怅怅的，若有所失。"反正已经扳下了这个主顾，少不得一次不见二次见，二次不见三次见，终会有见着的时候。""不过，要是每次特为她们一家挑这许多路来，也是冤枉。昭庆寺是顺路，难道他们平常不做功德就不用油？如果能够扳得寺里各房头也做个主顾，以后只要走钱塘门这一路，一担油也就可以出脱了。"

想着，便挑到寺里来。原来寺里各房和尚用过他的油，都觉得他的油好，价钱又公道，正想着以后都买他的油用，看见他来了，多少不等，个个买他的油。秦重同样的和各房约定，也是隔一日便送油来。这一天是双日。从此以后，遇单日，便到别地方做买卖；遇双日，就走钱塘门这一路。

每当双日的时候，秦重一出钱塘门，就先到王九妈家，以卖油为名，重要的还是要看花魁娘子，有时候见得着，有时候见不着。见不到时，费了一场相思；见到了时，也只是添了一层相思。正是：

天长地久有时尽，此恨此情无尽期。

时光迅速，转眼一年过去了。秦重每天三分二分的，日积月累，小块换大块，零星凑集，终于有了一包不多不少的银子。这一天是个单日，又遇上大雨，不出去做买卖，看了这一大包银子，心中也自欢喜："趁今天空闲，拿去上一上天平，看是多少。"便打把油伞，拿着那包银子，走到对面银铺里，要借天平兑银。

那银匠看他一个小油担子也要借天平称银子，觉得有点好笑："卖油的能有多少银子，要架天平？"

秦重把银包解开，一大堆散碎银两。银匠见了许多银子，别是一番面目，想道："人不可貌相，海水不可斗量。"慌忙架起天平，搬出大大小小许多砝码。秦重将整包银子兑上去，一厘不多，一厘不少，刚好是一十六两，上秤便是一斤。秦重心下想道："扣掉三两本钱，剩下的拿到那儿用，也还有多的。"又想道："这样散碎银子，怎么好出手？拿出来也被人看低了。就在这儿把它倾成锭儿，还觉冠冕。"

当下兑足了十两，倾成一个足色大锭，再把一两八钱倾成一个水丝小锭。剩下的四两二钱，拈了一小块，还了工钱。然后拿了几钱银子，到市里买了新鞋新袜，又新折了一顶万字头巾，回到家中，把衣服浆洗得干干净净，买几根安息香，熏了又熏，拣个晴朗的日子，一大早便打扮起来。俗话说："佛要金装，人要衣装。"这一打扮，果然有一番新气象。正是：

虽非富贵豪华容，也是风流好后生。

秦重打扮得齐齐整整，袖了银两，兴冲冲地便往王九妈家来，可是一到了她家门口，却又傻住了，心中忐忑不安，惶惶惑惑，不知如何是好！"平常挑了担子到她家卖油，今天忽然来做嫖客，这该怎么说？"正在那儿进也不是，退也不是，只听得"呀"的一声门响，王九妈走了出来，一看秦重那身打扮，便说："秦小官，今天怎么不做生意？打扮得这样齐整，往哪儿贵干？"

秦重给她这么一问，脸上一阵红，一阵白，一下子不知如何作答，只好老着脸皮，上前深深地作了一揖。王九妈觉着几分奇怪，不免也还了一礼。

秦重这才说："小可并无别事，特地来拜望妈妈。"

王九妈是个老世故，老积年，见秦重如此装扮，又说特来拜望，见貌辨色，早就了然于胸："一定是看上我家哪个丫头，要风流了。虽然不是个大财主菩萨，'搭在篮里便是菜，捉在篮里便是蟹'，赚他钱把银子买葱菜也是好的。"便堆下满脸的笑说："秦小官拜望老身，必有好处。"

秦重说："小可有句不识进退的话，只是不好开口。"

九妈说："但说何妨！且请到里面客厅里细讲。"

秦重为着卖油，虽然到过九妈家已不下百次，但是，这客厅里的交椅，却还不曾与他的屁股做个相识，直到今天才真正地会了面。两人分宾主坐下，九妈即叫里面泡茶。一会儿，丫鬟捧出茶来，一看是秦卖油，不知为什么，打扮得齐齐整整，和平常不大相同，妈妈又像接待恩客一般地相待，低了头，咯咯的只管笑。九妈看见了，喝道："有什么好笑！对客完全没些规矩！"

丫鬟止住笑，收了茶盘进去。九妈才开口问道："秦小官，有什么话要对老身说？"

秦重讷讷地说："没别的事，要在妈妈宅上请一位姐姐吃杯酒儿。"

九妈说："难道单吃寡酒？一定是要风流了。我看你是个老实人，什么时候动了这风流兴头？"

秦重说:"小可的积诚,已不止一日。"

九妈说:"我家这几个丫头,你都认得的,不知你中意哪一位?"

秦重涨红了脸,单刀直入地说了出来:"别个都不要,单单要与花魁娘子相处一宵。"

九妈一听,以为秦重和她说要取笑,当下变了脸道:"你说话也太过分了点,不是开玩笑吧!"

秦重说:"小可是个老实人,怎么会是开玩笑?"

九妈说:"就是粪桶也有两个耳朵,你难道不晓得我家美儿的身价,倒了你卖油的灶,还不够歇半夜的钱哩!我看不如还是将就点,其他的拣一个吧!"

秦重把头一缩,舌头一伸:"这么厉害!不敢动问,你家花魁娘子一夜歇钱要几千两?"

九妈以为他真的是在开玩笑,便不再生气,笑着说:"哪里就要那么多,只要十两足色纹银,其他东道杂费,不在其内。"

秦重笑着说:"原来如此,也不是什么大不了的事。"便从袖中摸出那秃秃的一大锭放光细丝银子,递给九妈,说:"这一锭十两重,足色足数,请妈妈收着。"又摸出一小锭来说:"这一小锭重有二两,相烦为我备个小东。望妈妈千万作成小可这件好事。生死不忘,以后另外再有孝顺。"

九妈见了这锭大银,便如苍蝇见了蜜糖,早已黏着不放,可是又怕他是一时高兴,以后若没了本钱,懊悔走来,终不是一件好玩的事,为保万无一失,便说:"这十两银子不是个小数目,你做小买卖的人积攒不易，我看你还是要三思而后行。"

秦重说："小可早就立定主意，不烦你老人家费心。"

九妈把这两锭银子收在袖中，说："好便好了，可是还有许多烦难的事儿哩！"

秦重说："妈妈是一家之主，会有什么烦难的事儿？"

九妈说："我家美儿，往来的都是王孙公子、富室豪家，可以说是'谈笑有鸿儒，往来无白丁'，她当然认得你是卖油的秦小官，怎么肯接你？"

秦重说："一切但凭妈妈委曲婉转，若能成全小可一桩好事，大恩不敢有忘。"

九妈见他十分坚心，眉头一皱，计上心来，扯开笑口说："老身替你好好地安排安排，成与不成，就看你自己的缘法了。做得成不要喜，做不成不要怪。美儿昨天到李学士家陪酒，到现在还没回来。今天是黄衙内约她游湖，明天是张山人一班清客邀她做诗社，后天是韩尚书的公子几天前就送下的东道在这里。你大后天来看看。还有句话对你说，这几天你暂时不要到我家来卖油，预先留下个体面。另外说一句不中听的话，你穿着一身布衣布裳，不像上等的客人，再来时，换件绸缎衣服，让这些丫头认不出你是秦小官，老身也好替你装谎。"

秦重说："小可一一听妈妈吩咐。"说罢，作别出门。

回家之后，便打定这三天都不去卖油，拿了剩下的碎银子，到当铺里买了一件现成的半新不旧的绸衣，穿在身上，每天到街坊闲走，演习斯文模样。正是：

未识花院行藏，先习孔门规矩。

到了第四天，起个清早，便到王九妈家去。谁知去得太早，门还没开，只好转到十景塘去走了一圈，再走回来时，门已开了，却看到门前停着轿马，门内有许多仆从在那儿闲坐。秦重虽然老实，却是个乖巧的人，且不进门，悄悄地招那马夫问道："这轿马是谁家的？"

马夫说："韩府来接公子的。"

秦重已知是韩公子昨晚上在这儿留宿，还没走，便转身找一家饭店坐了一会，才又回到王家探信。这时，门前的轿马已经走了，王九妈迎着便说："真对不起，今天又没有时间了。刚刚韩公子拉她去东庄赏早梅。他是个常客，老身不好得罪。听他们说，明天还要到灵隐寺访个棋师赌棋哩。齐衙内又来约过两三次了，他是我家房东，也是辞不得的。他一来，就是三五天地住着，连老身也定不了日子。秦小官，你若真的要，只好耐心再等几天。不然的话，所赐银两，原封奉还，分毫不动。"

秦重说："就怕妈妈不作成，如果能够成就，就是一万年，小可也等得。"

九妈说："既是这样，老身便好安排。"

秦重刚要起身作别，九妈又说："秦小官人，老身还有句话。

你下次来探消息，不要太早了，大概黄昏前后刚好。有客没客，老身给你个实在的消息。能晚些来总是比较好。这是老身的妙用，千万不要错怪了。"

秦重连声说："不敢，不敢。"

秦重已经好几天没做买卖，第二天整理了油担，挑到别处做生意，不走钱塘门一路，每天生意做完，傍晚的时候就打扮齐整到九妈家来探消息，总是不巧，又空走了一个多月。

那一天是十二月十五日，刚下完大雪，西风一吹，积雪成冰，好不寒冷。还好地下干燥，秦重做了大半天生意，如前装扮，又到九妈家来探消息。九妈笑容可掬，迎着说："今天是你造化，已有九分九厘了。"

秦重说："这一厘是欠着什么？"

九妈说："这一厘么……正主儿不在家。"

秦重说："不在家？那不又空跑一趟了？她会回来吗？"

九妈说："是要回来的。今天是俞太尉请去赏雪，筵席就备在湖船内。俞太尉是七十岁的老人家，那档子事已是没份儿。本来说黄昏就要送她回来，我看也快了。你且到新人房里吃杯酒，慢慢地等她。"

秦重说："烦妈妈引路。"九妈引着秦重，弯弯曲曲，走过许多房头，到了一个地方，不是楼房，却是平屋三间，很是宽敞。左一间是丫鬟的空房，右一间是花魁娘子的卧室，门锁得紧紧的。两旁又有耳房，中间客座上面，挂一幅名人山水。香儿上博山古铜炉，烧着龙涎香饼。两旁书桌，摆设些古玩，壁上贴许多诗稿。秦重自愧不是文人，不敢细看，心下想着："外房如此整齐，内室的铺陈，必然华丽。今晚尽我受用，十两一夜也不算多。"

九妈让秦重坐在客位，自己主位相陪。不一会儿，丫鬟掌灯过来，摆下一张八仙桌儿，六碗时新果子，几盘美味佳肴。美酒未曾到口，已觉香气扑人。九妈举杯相劝："今天众小女都有客，只好老身自己相陪，请开怀畅饮几杯。"

秦重酒量本就不好，更兼正事未办，不敢多喝，只吃了半杯，便推故不饮。

九妈说："秦小官，想必饿了，且用些饭再吃酒。"

丫鬟捧着雪花花白米饭，放在秦重面前。九妈酒量好，不用饭，以酒相陪。秦重吃了一碗就放下筷子，九妈说："夜长哩！请再用些。"

秦重又添了半碗。丫鬟提个行灯来，说："浴汤热了，请客官洗浴。"

秦重原是洗过澡来的，不敢推托，只得又到香堂，肥皂香汤，又洗了一遍，重穿衣入座。这时天色已暗，昭庆寺的钟都撞过了，美娘却尚没回来。正是：

玉人何处贪欢耍？等得情郎望眼穿。

常言道："等人心急。"秦重不见美娘回家，好生气闷，却被九妈夹七夹八，说些风话劝酒，要走也不是，要坐又难挨。整整又等了一个更次，只听外面热闹闹的，原来是美娘回来了。丫头先来报知，九妈连忙起身出迎，秦重也离座而立，只见美娘吃得大醉，侍女扶了进来。到了门前，醉眼蒙眬，看见房中灯烛辉煌，杯盘狼藉，立住脚，问道："谁在这里吃酒？"

九妈说："我儿，就是我以前告诉你的那秦小官人。他心中慕你已久，不时地送礼过来。因你不得工夫，耽搁他一个多月了。今天你幸而有空，做娘的留他在此伴你。"

美娘说："临安城中并没听说过有什么秦小官人，我不接他。"转身便走。

九妈即忙拦住："他是个挚诚的好人，娘决不会误你的。"

美娘只好转身，才跨进房门，抬头一看，那人有些面熟，一时醉了，急切叫不出来，便说："娘，这个人我认得的，不是有名称的子弟，接了他，被人笑话！"

九妈说："我儿，这是涌金门内开缎铺的小官人。当初我们住在涌金门时，大概你也曾见过，所以面熟。做娘的见他来意至诚，已经答应了他，不好失信。你看做娘的面上，胡乱留他一晚。做娘的若有不是，明天给你赔礼。"一面说，一面将美娘推了进去。美娘拗九妈不过，又且醉了，脚步不稳，便进了房里。正是：

千般难出虔婆口，万般难脱虔婆手。

饶君纵有千万般，不如跟着虔婆走。

九妈的话，秦重当然句句听在肚里，只好佯作不闻。美娘万福过了，坐在侧首，仔细看着秦重，好生疑惑，心中甚是气闷，只好一句不吭，叫丫鬟拿热酒来，斟了一大杯。九妈以为她要敬客，却自己一饮而尽。九妈说："我儿，你醉了，少吃些。"

美儿哪里依她，说："我不醉！"

一连吃了十几杯。这是酒后之酒，醉中之醉，自觉头昏脑涨，立脚不住，叫丫鬟开了卧房，点上灯，也不卸头，也不解带，踩脱了绣鞋，便和衣上床，倒身而卧。

九妈见她如此做作，很觉得过意不去，对秦重说："小女平日娇养惯了，专会使性。今天她心中不知为了什么，有些不自在。这却完全不干你事，休得见怪。"

秦重说："说哪里话，这不妨事的。"

九妈又劝了秦重几杯酒，然后送入卧房，附耳低声说："那人醉了，放温存些。"又对美娘叫道："我儿，起来脱了衣服，好好地睡。"

美娘已在梦中，哪里听得。丫鬟收拾了杯盘桌椅，叫声："秦小官人，歇息吧！"

秦重说："有热茶要一壶。"

丫鬟泡了一壶浓茶，送进房里，带转房门，自去耳房中安歇了。

秦重转身看美娘时，面对里床，睡得正热，把锦被压在身下。秦重想着，酒醉的人必然怕冷，又不敢惊醒她，忽见栏杆上放着另一床被子，轻轻地取下，盖在美娘身上，把灯挑得亮亮的，取了热茶，脱鞋上床，挨在美娘身边，左手将茶壶抱在怀中，右手搭在美娘身上，眼也不敢闭一闭。正是：

　　未曾握雨携云，也曾偎香倚玉。

　　美娘睡到半夜醒来，觉得不胜酒力，胸中翻腾不已，爬起来，坐在被窝中，垂着头，只管打干噎。秦重慌忙也坐起来，知道她要吐，便放下茶壶，用手按抚她的脊背。一会儿，美娘喉间忍不住了，说时迟，那时快，放开喉咙便吐。秦重怕污了被窝，忙把自己长袍的袖子张开，罩在她嘴上。美娘不知所以，尽情一呕，呕过了，还闭着眼，讨茶漱口。秦重下床，将袍子轻轻脱下，放在地上，摸茶壶还是暖的，便倒了一杯香喷喷的浓茶，递给美娘。美娘连吃了两杯，仍旧倒下，向里睡去了。秦重将放在地下的一袖肮脏重重裹着，放到床侧，依然上床拥抱如初。

　　美娘这一睡，直到天明方醒，覆身转来，见旁边睡着一人，问道："你是谁？"

　　秦重答道："小可姓秦。"

　　美娘想起昨晚的事，却恍恍惚惚，记不大清楚，便说："我昨晚醉得厉害？"

　　秦重说："也没怎么醉。"

　　又问："可曾吐吗？"

秦重说："没有。"

美娘说："这样还好。"又想一想，觉得不大对，"我记得曾吐过的，又记得曾吃过茶来，难道做梦不成？"

秦重这才说道："是曾吐过一些。小可见娘子多吃了几杯，也防着要吐，便把茶壶暖在怀里。娘子果然吐后讨茶，小可斟上，蒙小娘子不弃，饮了两杯。"

美娘大惊："脏巴巴的，吐在哪里？"

秦重说："小可怕小娘子污了被褥，把袖子盛了。"

美娘说："如今在哪里？"

秦重指着说："连衣服裹着，藏过在那里。"

美娘说："真对不起，弄脏了你的衣服。"

秦重说："这是小可的衣服有幸，得沾小娘子的余沥。"

美娘听他这么一说，心下想道："有这般温柔识趣的人！"心里已是有几分感激。

这时天色大明，美娘起身下床小解，看着秦重，猛然想起是秦卖油，便问道："你实在对我说，你是什么人？为什么昨天晚上在这儿？"

秦重说："承花魁娘子下问，小可怎敢妄言！小可实是常来宅上卖油的秦重。"于是便将第一次看见她送客以来的种种想慕之情，以及如何积攒银两以求亲近的事，细细地说了一遍。"夜来得亲近小娘子一夜，三生有幸，心满意足。"

美娘认出他是秦卖油的时候，心中多少原有些不像意，听他一番痴情言语，却已深深感动，又见他处处温柔体贴，更生怜惜，便说："我昨晚酒醉，不曾好好地招待你，你干折了这许多银子，不懊悔吗？"

秦重说："小娘子是天上神仙，小可服侍唯恐不周，只要不责怪小可唐突，已是心满意足，怎敢有其他念头？"

美娘说："你做小买卖的人，好不容易存了这点银两，为什么不留着家用？这种地方不是你来的。"

秦重说："小可是单身过活，并无妻小。"

美娘顿了一顿，说道："你今天走了，以后还来吗？"

秦重说："只这昨宵相亲一夜，已足慰平生仰慕，岂敢又作痴想！"

美娘两眼不住地打量着他，想道："难得有这么好的人，又忠厚，又老实，又且知情识趣，隐恶扬善，千百人中也遇不到一个。可惜是个卖油的，如果是衣冠人家子弟，情愿委身相随。"

正在沉吟之际，丫鬟捧着洗脸水进来，又是两碗姜汤。秦重洗了脸，因昨夜并没脱下头巾，不用梳头，呷了几口姜汤，便要告别。美娘说："再坐一下，我还有话说。"

秦重说："小可仰慕花魁娘子，就是在旁多站一刻也是好的。但做人怎可不自明身份？昨夜来此，已是大胆唐突，若被人家知道了，恐怕有损芳名，还是早些走的好。"

美娘点了一下头，打发丫鬟出房，忙忙开了化妆箱盒，取出二十两银子，送给秦重，说："昨晚难为了你，这点银两权奉为资本，不要对别人提起。"

秦重哪里肯受，美娘说："我的银子来路容易，这一点小意思感谢你夜来的照顾之情，不必太过客气。如果你本钱短少，以后还有帮你的时候。那件污秽的衣服，我叫丫鬟洗干净了再还你吧！"

秦重说："粗布粗衣，不烦小娘子费心，小可自会湔（jiān）洗。只是所赐不敢领受。"

美娘说："说哪里话！"将银子塞到秦重袖内，推他转身。秦重料想再难推却，只好受了，深深作了一揖，卷了脱下的那件肮脏袍子，走出房门。

经过九妈房前，丫鬟看见，叫声："妈妈，秦小官去了。"

九妈从房里叫道："秦小官，怎么一大早就走？"

秦重说："有些小事要做，改天再来拜谢妈妈。"说着，就走了。

美娘见秦重一片诚心，送他走后，竟然有一种恍然若失的感觉。这一天因为害酒，辞了所有客人，在家休息，奇怪的是千万个公子豪客都不想，倒把秦重这个小卖油整整想了一天。有《挂枝儿》曲为证：

俏冤家，须不是串花家的子弟，

你是个做经纪本分人儿，

哪匡你会温存，能软款，知心知意。

料你不是个使性的，料你不是个薄情的，

几番待放下思量也，又不觉思量起。

话分两头，再说邢权用计逼走了秦重以后，在朱十老家再无顾忌，和兰花打得火热。十老知道了，着实发作了几场。两人便趁着更深人静的时候，席卷了店中财物，逃之夭夭，走得不知去向。十老卧病在床，到了第二天才知道，只好拜托邻里写了失单，寻访了几天，全无下落，深悔当初不应当误听邢权谗言，逐走了朱重，日久见人心，这时才想起了朱重的种种好处，听说他现在住在众安桥下，仍旧挑担卖油，便想叫他回来，老死也好有个依靠，又怕他记恨在心，叫邻舍们好生劝他回家："但记好，莫记恶。"

秦重一听这消息，当天就收拾了家伙，搬回十老家里。父子重见，不禁痛哭了一场。十老将身边剩下的银两，尽数交给了秦重。秦重自己身上又有二十两本钱，重整店面，一如当初，秦重仍旧坐柜卖油。因为在朱家，所以复称朱重，不用秦字。

谁知不上一个月，十老的病情转重，医治无效，竟然一命呜呼。朱重捶胸大哭，殡殓成服，一如自己亲父一般。朱家祖坟就在清波门外，朱重举丧安葬，事事成礼，邻里莫不称其厚道。丧事料理完毕，仍旧开店。朱家油铺原本是老店，生意一向就不错，虽然被邢权刻薄小气弄断了不少主顾，大家一看到邢权走了，老实的朱小官回来坐店，便又回来照顾，所以生意反而比以前更好。

朱重独自一个人，生意实在忙不过来，便急着要找个老成的帮手。有一天，一个中人带了一个五十多岁的人来，朱重一问，是个汴京人，曾开过杂货铺，对卖油一事，颇为在行，便留下了他。

这个人不是别人，便是莘善，莘瑶琴的父亲。当初南来避难，被官兵冲散了女儿，夫妻两口，栖栖惶惶，东逃西窜，胡乱地过了几年，最近局势稍定，听说临安好不兴旺，南渡人民大都在那儿安插，诚恐女儿也流落到那儿，才特来寻访。谁知他们找了一个多月，全没消息，身边的银两早已用完，无可奈何，偶然听见中人说起朱家油铺要个帮手，便求那中人引荐。朱重听了莘善一路辛酸，不觉伤感："既然没处投奔，你老夫妻两口便都住到我这儿来，大家就当个乡亲相处，慢慢地再寻访令爱消息。"当下叫莘善去带了他妻子，收拾了一间空房，让他们夫妻居住。莘善夫妻两口也尽心尽力，内外相帮，朱重甚是欢喜。

光阴似箭，不觉一年又过去了。一年来，多有人见朱重年长未娶，家道又好，做人又老实，情愿白白把女儿送给他当妻子的。只是朱重因为见过了花魁娘子那等天下的绝色美人，等闲的不看在眼里，一心只要找个出色的女子，才肯成亲，所以就一直耽搁了下来。正是：

曾经沧海难为水，除却巫山不是云。

再说美娘在九妈家，表面上虽然朝欢暮乐，内心却并不快活。

252

尽管你有多大的盛名，落了婊子一行，终究只是有钱人家取乐的对象。美娘虽然有从良之意，却偏无缘，总遇不上一个真能怜香惜玉的，因此每每有不如意的时候，或是看到子弟们任情使性，吃醋跳槽，或是自己病中醉后，半夜三更，无人疼热，就不由得想起秦小官的好处来，只恨无缘再会。

却说临安城中有个吴八公子，父亲现任福州太守。这吴八公子刚从父亲任上回来，广有金银，平常最喜欢的无过赌钱吃酒，风花雪月，回来之后，听到了花魁娘子大名，便屡屡差人来约。美娘听说他气质不好，不愿相接，托故推辞，已不止一次。那吴公子也曾带着几个吃闲饭的，亲到九妈家几次，却都不曾会面。清明节那天，美娘因为连日游春困倦，要趁着人家扫墓上坟的时候，好好歇息，一概客人都不见。关了房门，刚要躺下床来，谁知吴八公子领着十几个狠仆，找上门来了。因为九妈每次回他不在，气愤不过，在中堂行凶，打烂了许多家伙，直闹到美娘房前，只见房门从外锁着——原来妓家有个回客法儿，小娘躲在房内，把房门反锁，却支吾客人，只说不在，那老实的就被他哄过了。吴八是个惯家，这些套子怎么瞒得过他，马上吩咐家人扭断了锁，把房门一脚踢开。美娘躲避不及，被公子看见，不由分说，叫两个家人左右拉住，从房内直拖了出来，口中兀自乱嚷乱骂。九妈看见势头不好，只好躲过。家中大小躲得没半个人影。吴家的狠仆牵着美娘，出了王家大门，也不管她弓鞋窄小，拉着她满街飞跑。吴八公子跟在后面，扬扬得意，一直到西湖口，将美娘推下湖船，方才放手。

美娘从小受父母钟爱，后来到了王家也是锦绣中养成，珍宝般供奉，何曾受过这般凌贱，下了船，对着船头掩面大哭。吴八公子全不放下面皮，气愤愤的，一把交椅朝外而坐，一面吩咐开船，一面数一数二地发作个不住："小贱人！小娼根！不受人抬举！再哭时，就讨打了。"

美娘哪里管他叱喝，还是哭个不停。船到了湖心亭，吴八公子先上去，吩咐家人："叫那小贱人来陪酒！"

美娘抱住了栏杆，哪里肯去，只是号哭。吴八公子自觉没趣，自己吃了几杯淡酒，便叫人收拾下船，自己来扯美娘。美娘急得双脚乱跳，越哭越大声。吴八公子大怒，叫狠仆将美娘簪珥扯下。美娘蓬着头，跑到船头上，就要投水，被家童们扶住。公子喊着："你撒赖，我便怕你不成？告诉你，就是真的死了，也只费得我几两银子，没什么大不了的事！只是平白送了你一条性命，也是罪过。你不要再哭再闹，我就放你回去，不难为你。"

美娘听说要放她回去，真的就不哭了。吴八公子便叫移船到清波门外，找个僻静无人的地方，将美娘绣鞋脱下，连裹脚也扯了下来，然后叫狠仆扶她上岸，骂道："小贱人，你有本事自走回家，我无法相送。"说罢，将船撑向湖中去了。正是：

焚琴煮鹤从来有，怜香惜玉几个知？

美娘赤了脚，一对小小金莲，如两条玉笋相似，如何走得半步，无端受此折辱，只为身不由己，不禁悲从中来，感慨万端："自己才貌两全，只为命运坎坷，堕落风尘，便受人轻贱。平日结识的许多王孙贵客，急切中又有谁人顾得？无端受了这般凌辱，就是回去，如何做人？倒不如死了干净……只是死得不明不白，未免不甘。一向枉自享有盛名，到了这种地步，又有何用？倒不如那村庄妇人，虽然粗衣淡饭，一夫一妇，好不自在，也胜我万分！这都是刘四妈这个花嘴，哄我落坑堕堑，才落得今天的下场。虽然说自古红颜多薄命，又有哪个像我这般凄惨的！"越想越伤心，想到苦处，不禁又放声大哭。也是因缘凑巧，恰好那天朱重到清波门外朱十老的坟上祭扫，祭扫过了，打发祭物下船，自己步行回家，刚刚从此经过，听到哭声，上前一看，虽然蓬头垢面，那玉貌花容早在心底铸了模，怎会不认得！吃了一惊："花魁娘子，你怎么会在这里？"

美娘听得声音厮熟，抬头一看，不正是自己心心念念的那知情识趣的秦小官吗？顿时之间，如见亲人，便倾心吐胆，原原委委地诉说了一番。朱重听了，心中无限怜惜，无限疼痛，泪水竟也扑簌簌地掉了下来。刚好袖中带得有白绫汗巾一条，约有五尺多长，连忙取出，劈半扯开，拿给美娘裹脚，又亲手替她擦干了泪水，替她挽起了青丝，再三用好话劝解。等美娘止住了哭声，忙忙去叫了一乘暖轿，请美娘坐了，自己随后步行，直送到王九妈家。

九妈正四处打探美娘消息，慌做一团，见秦重将她送了回来，分明像给她送还了一颗夜明珠一般，欣喜若狂，并且一向听得人说，秦重已经承受了朱家的店业，手头活动体面，已经不比从前，自然更加地刮目相待，又知道女儿今番吃了大苦，全亏了秦重，当下深深拜谢，设酒相待。秦重略饮数杯，见时候已经不早，便要起身作别。美娘哪里肯让他走，说："一向想得你好苦，就是等不得你来，怎么一见面就要走？今天晚上无论如何就在这里过夜！"

　　九妈也来相留，秦重喜出望外，反正店中有莘善夫妇照管，不必费心，便高高兴兴地留了下来。当天晚上，美娘吹弹歌舞，曲尽平生之技，奉承秦重。秦重好似做了一场游仙好梦，喜得魄荡魂销，手舞足蹈。夜深酒阑，二人相挽就寝，美娘说："我有句心腹的话要对你说，希望你不要推托。"

　　秦重说："小娘子若用得着小可时，就是赴汤蹈火，也在所不辞，怎敢推托？"

　　美娘说："我要嫁你！"

　　秦重原以为她有什么烦难的大事，谁知竟是"我要嫁你"，不禁笑道："小娘子就是要嫁一万个，也还轮不到小可头上。休得取笑，枉自折了小可的食料。"

　　想不到美娘却一板一眼地说："我说的话是真心实意，怎么说是取笑？我从十六岁被妈妈灌醉梳弄了以后，一心便要从良，只是相处的人虽多，却都是浮华子弟、酒色之徒，但知追欢买笑，哪懂怜香惜玉！看来看去，实在只有你是个志诚的君子。自从上次和你见面，一心想的就只有你。听说你还没结婚，如果不嫌弃我这烟花贱质，情愿终身侍奉，白头相随。你如果以为我说的是戏言，再三推托，我只好三尺白罗，死在你的面前，表白我这片诚心。再怎么说，也总比昨天不明不白地死在那恶人手中来得光明爽快。"说罢，呜呜地哭了起来。

秦重实在是意想不到，原来他心目中至高无上的花魁娘子，竟然对自己如此的情深义重，一则以喜，一则以惊，说道："小娘子，不要再伤感了，小可承小娘子错爱，等于将天就地，正是求之不得，怎敢推托？只是……小娘子千金身价，小可家贫力薄，又有什么办法？"

美娘说："如果你真的不嫌弃，赎身之费，不烦操心。不瞒你说，我为了从良一事，早就预先积攒了些东西，寄顿在外头。这个一毫不费你心力。"

秦重说："虽然小娘子可以自己赎身，但是一向住的是高堂大厦，用的是锦衣玉食，在小可家又如何过活？"

美娘说："布衣蔬食，死而无怨。我并不是那种虚华的人。"

秦重说："难得小娘子有此心意，只怕妈妈不答应。"

美娘说："这个我自有道理。"两个人如此如此，这般这般，滴滴嗒嗒地直说到天明。

原来美娘存心从良已久，早就将积攒下来的一些宝贝分装成箱，寄顿在韩尚书的公子、齐太尉的舍人、黄翰林的衙内等几个相好的人家了。这时，美娘只推说要用，即陆陆续续，一箱一箱取回，暗地里约好了秦重，将这些箱笼都收藏在他家，然后自己捉个空，乘了轿子，抬到刘四妈家，解铃原须系铃人，来和刘四妈商讨从良之事。

刘四妈说："这事老身前日原说过的，只是你现在还年轻，不知道你要从的是哪一个？"

美娘说："姨娘，你且先不要管我要从的是什么人，少不得是照着姨娘的话，是个真从良、乐从良、了从良，不是那个不真不假、不了不绝的勾当。只要姨娘肯开口时，不愁妈妈不允。做侄女的别无什么孝顺，这里有十两金子，先奉与姨娘，胡乱打些钗子，万望姨娘在妈妈前做个方便。事成之后，媒礼在外。"

四妈看见闪闪发亮的金子，笑得两眼儿没了缝，说道："自己的侄女，从良又是美事，怎么好拿你的东西？既然你带来了，我只好暂时收下，就当作替你收藏好了。这事都包在老身身上。不过，你可想到没有？你娘一向把你当作摇钱树，恐怕不会轻易地放你出去，千把银子大概少不了。你那主儿是肯出手的吗？我想，也先得老身和他见见，和他讲通了才好。"

美娘说："姨娘，你就别管这些闲事了，就当作是你侄女自己赎身好了。"

四妈说："你妈妈可晓得你到我家来？"

美娘说："不晓得。"

四妈说："那你就在我家吃个便饭，等我消息。我先到你家和你妈妈讲，讲得通的话，马上回来告诉你。"

两个说过了，刘四妈便雇了轿子，直往王九妈家来。九妈迎了进去，四妈先问起吴八公子的事，九妈前后向她说了一遍。

四妈说："看来我们行户人家还是养个半低不高的丫头好赚钱，又且安稳，不论什么客人她都接，算起来倒是日日不空的。偏女就是声名太大了，好似一块香鱼落地，蚂蚁儿都要钻她。虽然热闹，却也不得自在。说好听点，一夜就有许多银子，实在也只是个虚名。那些王孙公子来一趟，动不动总有几个帮闲，通宵达旦，好不费事。跟随的人又那么多，个个都要奉承得他到，稍有不到之处，口里就出粗哩嗹啰嗹地骂人，还要暗损你的家伙，我们又不好告诉他家主，只有枉生闷气。还有那些山人墨客、诗社棋社，少不得一个月之内，你总得应付几次，好不啰嗦。这些富贵子弟们，一个个你争我夺，依了张家，又违了李家，一边喜，一边就少不得怪你了。像吴八公子这一个风波，真是吓煞人的！万一有了差错，岂不连本都送了？官宦人家，难道你能和他打官司不成？也只好忍气吞声了。今天还亏着你家时运高，太平没事，一个霹雳就空中过去了。如果有个三长两短，恐怕就无可收拾了。妹子听说吴八公子不怀好意，还要来与你纠缠。偏女又是生成的偏脾气，不肯奉承人，到时没完没了，我倒为你担着心哩！"

九妈说："我也是为了这事，好不担忧。人家这位八公子，也是个有名有称的人，又不是什么下贱之辈，这丫头就是抵死不肯接他，才会惹出这个事端。当初她小的时候，还听人教训，如今

259

有了个虚名，动不动就自作自主了。客人一来，她要接便接，她若不接，就是九牛也别想拉得她转。"

四妈说："做小娘的稍有了身份，都是这样的。"

九妈说："我现在倒有个想法，如果能够找个肯出钱的，干脆就把她卖了，省得整天担着鬼胎。不知你的看法如何？"

四妈说："这是对的。卖了她一个，就可以讨得五六个——如果凑巧机缘来了，说不定还可以讨得十来个，又免得为她担惊受怕，有什么不好？还犹豫什么呢？"

九妈说："这个我也曾经算过。可是，那些有势有力的，不肯出钱，只会讨人便宜。那些肯出几两银子的，女儿又嫌好道歉，说什么也不肯。你若是有什么好主儿，倒是替我做个媒人要紧。如果这丫头不肯的时候，还要你帮着说她几句。这丫头，做娘的话她偏不听，就只听你的。"

四妈呵呵大笑说："做妹子的这次来，正是要为侄女做媒。你要多少银子，才肯放她出门？"

九妈说："妹子，你是明理的人。我们行户人家，只有贱买，哪有贱卖？何况美儿几年的盛名，临安城中谁不知她是花魁娘子？难道三百四百就放她走？至少也要千金。"

四妈说："既有了数目，妹子这就去讲，如果对方肯时，妹子即来回复。若合不着时，就不来了。"

临行时，又故意问道："侄女到哪儿去了？"

九妈说："不要说了，自从那天吃了吴八公子的亏，怕他再来死缠，整天的轿子抬着，各家去分诉，前天到齐太尉家，昨天在黄翰林家，今天又不知到哪家去了。"

四妈说："有了九阿姐你老人家做主，也不容侄女不肯。万一不肯时，做妹子的自会劝她。只是找来了主顾，九阿妹你却不要反悔，让我下不了台。"

九妈说："就这么说定了，再无变卦的。"

九妈送出门口，四妈搭着轿子走了。正是：

数黑论黄是虔婆，说长话短是虔婆。
若还都像虔婆口，尺水能兴万丈波。

四妈回到家中，对美娘说道："我和你妈妈说了，你妈妈已经答应，只要银子见面，这事便马上可办。"

美娘说："银子已都准备好，明天姨娘千万到我家来玉成其事，不要冷了场，改天又费事。"

四妈说："既然约定了，老身自然过去。"

美娘别了四妈回家，一字不提。

第二天中午，刘四妈果然来了，九妈问道："所谈的事情怎样？"

四妈说："十有八九，就是还没和侄女说过。"

四妈来到美娘房中，打过了招呼，讲了一些话，然后轻声地说："你的主儿到了没？那话儿在哪里？"

美娘指着床头说："在这几只皮箱里。"说着，把五六只皮箱都开了，五十两银子一封，搬出十三四封来。又把一些金珠宝玉折价计算，足够了千金价款，把个刘四妈看得眼中出火，口内流涎，想道："小小年纪，就有这等计较，不知怎么就有办法积下这许多东西？我家那几个粉头，同样的也是接客，连人家的脚跟儿都赶不上，不要说不会赚钱，就是荷包里有几文钱，还不是拿去买了瓜子嗑，买了糖儿吃，两条脚带破了，还要我做妈的替她买布哩！偏偏人家九阿姐好造化，讨了这么一个会出油水的小娘，替她赚了大把大把的钱钞不说，临出门还有这一主大财。"

美娘见四妈沉吟不语，怕她嫌前番谢礼少了，临时又生刁难，慌忙取出四匹上等的潞绸，两股金钗，一对凤头玉簪，放在桌上，说："这几件东西奉与姨娘，作为玉成之敬。"

四妈平白又得了许多礼物，欢天喜地的便走出房来对九妈说："侄女说她情愿自己赎身，一般的身价，并不短少分毫。依妹子看，这倒比外面找来的主儿更好，省得闲汉们从中说合，不但费酒费菜，还要加一加二地谢他。"

九妈听得说原来是美儿皮箱里有许多珠宝银两，要自己赎身，脸色便有些难看。你说这是为了什么？原来世间最狠的就只有老鸨。做小娘的无论弄到了什么东西，总得送到她手里，她才会快活。如果箱笼内有了什么私房，给鸨儿知道了，等小娘出了门，鸨儿便撬开锁，翻箱倒柜，取了个空。美娘因为有着盛名，相交的都是大头儿，替老鸨赚了大笔大笔的钱钞，性子又有些古怪，九妈不好随便去惹她，她的卧房也不轻易进去，因此这些箱笼才藏得过，哪里知道她竟有这许多财宝。

四妈见九妈脸色不对，早就猜着了她的心意，连忙说："九阿姐，你不要三心二意了。这些东西即便是侄女自己积下的，也不是你应得的钱。如果她要花的话，早也花了。如果她要拿去津贴了中意的小白脸，你又哪里知道！这还都是她乖巧的地方。并且，小娘自己手中如果没有钱钞，临到从良的时候，难道赤身赶她出门？少不得你还要拿出钱来，替她头上脚下，收拾个光鲜好看，也才好让她去别人家做人。如今侄女既然自己拿得出这些东西，想来一丝一线，再不费你的心。这一注银子，是完完全全装在你腰胯里的。再说她赎了身出去，难道就不是你女儿了？如果她挣得体面了，岁朝月节，怕她不来孝敬你？就是嫁了人，她又没有亲爹亲娘，你也还是一个外婆，受用处正多哩！"

只这一番话，说得九妈心中爽然，再无话说。四妈就去搬出银子，一封封兑过，交付给九妈，又把这些金珠宝玉，一件件估给九妈："这还都是做妹子的故意折下她些价钱，如果拿去让别人估时，恐怕还不止这些钱哩！"

九妈虽然也是鸨儿，倒是个老实头，四妈怎么说，她就怎么算。四妈见九妈收了东西，忙叫王八写了具结书，交给美娘，从此还了美娘一个自由身。

美娘说："趁姨娘在此，女儿就此拜别了爹妈，到姨娘家住一两天，然后择吉从良，不知姨娘可答应否？"

四妈得了美娘许多谢礼，生怕九妈反悔，巴不得美娘早点出了她家门，了却一桩心事，便说："这是应当的。"

　　当下美娘收拾了自己的皮箱、铺盖之类，但是九妈家中的东西，一毫不动。收拾好了，随着四妈出房，拜别了假爹假妈，九妈照例假哭了几声。美娘叫人挑了行李，欣然上轿，和四妈一同到刘家去。四妈挪出一间幽静的房间，安顿了美娘，刘家的众小娘都来给美娘贺喜。

　　当晚，朱重差莘善到四妈家讨消息，知道美娘已经赎身出来，便选了吉日良时，笙箫鼓乐的到刘家来娶亲。刘四妈就做大媒送亲。

　　朱重和花魁娘子花烛洞房，欢喜无限。正是：

　　虽然旧事风流，不减新婚佳趣。

　　第二天，莘善老夫妇请新人相见，相认之下，吃了一惊，个个叙起分散后的情由，至亲三口，抱头大哭了一场。朱重这才知道原来莘善夫妇就是自己的丈人丈母，慌忙请两老上坐，夫妻两人重新拜见。一家骨肉团圆，好不快乐。左右邻居知道了，无不惊为奇遇。

　　三朝过后，美娘叫丈夫准备了几份厚礼，分送到各旧相知家里，感谢他们寄顿箱笼的一番情义，并告知他们自己从良的消息。这也是美娘做人有始有终的地方。

过了满月，美娘叫丈夫将原先从黄翰林的衙内等处搬寄过来的箱笼一一打开，箱箱都是黄白之物、吴绫蜀锦，何止百计，总共三千余金。美娘将钥匙交给丈夫，叫他慢慢地买房置产，整顿家当，把油铺生意交给丈人莘公管理。不到一年，便挣起一个花锦般的家业，甚有气象。

不久，朱重到上天竺烧香，又巧遇了失散八年之久、现做香火工人的父亲，便将他接回家中，与媳妇相见。两家团圆，一处欢乐，好不欢喜。从此朱重又复归本姓，仍叫秦重。

后来，秦公因喜爱清净，不惯家居，想要到上天竺出家，秦重便在上天竺另造净室一所，让父亲居住，每十天就和妻子同往问候一次。那秦公活到八十几岁，才端坐仙化。莘善夫妇也都年登七十，才终老天年。

秦重夫妻后来也白首偕老，生了两个男孩，都读书成名。这便是《卖油郎独占花魁》的故事。至今风月场中，凡夸人善于帮衬，都叫他"秦小官"，又叫他"卖油郎"，就是由此而来。有诗为证：

春来处处百花新，蜂蝶纷纷竞采春。
堪笑豪家多子弟，风流不及卖油人。

【结语】

本篇选自《醒世恒言》第三卷。这是一篇充满喜剧气氛的恋爱小说。故事中男女主角流落异乡，一者为挑担卖油的小贩，一者为卖笑的娼女，本来就应当是一种悲惨的事情，但是作者为了配合后来大团圆的完满结局，在行文之中，却充分运用了谐谑的语法，使全篇充满了轻快的气息，因而也就自然冲淡了那种感伤的调子。本篇可以说是我国小说中不可多得的喜剧作品。它和一般的悲喜剧，一定先是哀哀苦苦，然后才大团圆的俗套，大不相同。所以本书特以选录。

本篇也是明人所作的拟话本，如果以宋人话本的分类来说，它应当是传奇一类的作品。宋代话本所谓的传奇和唐人传奇小说的传奇有些不同，它是专门指男女爱情故事的一类。

卖油郎的故事后来也成了民间文学一个很流行的主题，清朝李玄玉的传奇《占花魁》演述的就是这个故事。

附录 原典精选

白娘子永镇雷峰塔（《警世通言》）

山外青山楼外楼，西湖歌舞几时休？

暖风熏得游人醉，直把杭州作汴州。

话说西湖景致，山水鲜明。晋朝咸和年间，山水大发，汹涌流入西门。忽然水内有牛一头，见浑身金色。后水退，其牛随行至北山，不知去向。哄动杭州市上之人，皆以为显化，所以建立一寺，名曰金牛寺。西门即今之涌金门，立一座庙，号金华将军。当时有一番僧，法名浑寿罗，到此武林郡云游，玩其山景，道："灵鹫山前小峰一座忽然不见，原来飞到此处。"当时人皆不信。僧言："我记得灵鹫山前峰岭唤做灵鹫岭，这山洞里有个白猿，看我呼出为验。"果然呼出白猿来。山前有一亭，今唤做冷泉亭。又有一座孤山，生在西湖中，先曾有林和靖先生在此隐居，使人搬挑泥石，砌成一条走路，东接断桥，西接栖霞岭，因此唤做孤山路。又唐时有刺史白乐天筑一条路，南至翠屏山，北至西霞岭，唤做白公堤。不时被山水冲倒，不只一番，用官钱修理。后宋时苏东坡来做太守，因见有这两条路被水冲坏，就买木石、起人夫，筑得坚固。六桥上朱红栏杆，堤上栽种桃柳，到春景融和，端的十分好景，堪描入画，后人因此只唤做苏公堤。又孤山路畔起造两条石桥，分开水势，东边唤做断桥，西边唤做西灵桥。真乃：

隐隐山藏三百寺，依稀云锁二高峰。

说话的只说西湖美景，仙人古迹。俺今日且说一个俊俏后生，只因游玩西湖，遇着两个妇人，直惹得几处州城，闹动了花街柳巷，有分教，才人把笔，编成一本风流话本。单说那子弟姓甚名谁？遇着甚般样的妇人？惹出甚般样事？有诗为证：

清明时节雨纷纷，路上行人欲断魂。
借问酒家何处有，牧童遥指杏花村。

话说宋高宗南渡，绍兴年间，杭州临安府过军桥黑珠巷内有一个宦家，姓李名仁，现做南廊阁子库募事官，又与邵太尉管钱粮。家中妻子有一个兄弟许宣，排行小乙，他爹曾开生药店，自幼父母双亡，却在表叔李将仕家生药铺做主管，年方二十二岁。那生药铺开在官巷口。

忽一日，许宣在铺内做买卖，只见一个和尚来到门首，打个问讯，道："贫僧是保叔塔寺内僧，前日已送馒头并卷子在宅上，今清明节近，追修祖宗，望小乙官到寺烧香，勿误。"许宣道："小子准来。"和尚相别去了。许宣至晚归姐夫家去。原来许宣无有老小，只在姐姐家住。当晚与姐姐说："今日保叔塔和尚来请烧筶（yǎn）子，明日要荐祖宗，走一遭了来。"次日早起，买了纸马、蜡烛、经幡、钱垜一应等项，吃了饭，换了新鞋、袜、衣服，把筶子、钱马使条袱子包了，径到官巷口李将仕家来。李将仕见了，问："许宣，何处去？"许宣道："我今日要去保叔塔烧筶子，追荐祖宗，乞叔叔容暇一日。"李将仕道："你去便回。"

许宣离了铺中，入寿安坊、花市街，过井亭桥，往清河街后钱塘门，行石函桥，过放生碑，径到保叔塔寺。寻见送馒头的和尚，忏悔过疏头，烧了筶子，到佛殿上看众僧念经。吃斋罢，别了和尚，离寺迤逦闲走。过西宁桥、孤山路、四圣观来看林和靖坟，到六一泉闲走。不期云生西北，雾锁东南，落下微微细雨，渐大起来。正是清明时节，少不得天公应时催花雨下，那阵雨下得绵绵不绝。许宣见脚下湿，脱下了新鞋袜，走出四圣观来寻船，不见一只。正没摆布处，只见一个老儿摇着一只船过来。许宣暗喜，认时，正是张阿公。叫道："张阿公，搭我则个！"老儿听得叫，认时，原来是许小乙，将船摇近岸来，道："小乙官着了雨，不知要何处上岸？"许宣道："涌金门上岸。"这老儿扶许宣下船，离了岸，摇近丰乐楼来。

摇不上十数丈水面，只见岸上有人叫道："公公，搭船则个！"许宣看时，是一个妇人，头戴孝头髻，乌云畔插着些素钗梳，穿一领白绢衫儿，下穿一条细麻布裙。这妇人肩下一个丫鬟，身上穿着青衣服，头上一双角髻，戴两条大红头须，插着两件首饰，手中捧着一个包儿，要搭船。那老张对小乙官道："因风吹火，用力不多，一发搭了他去。"许宣说："你便叫他下来。"老儿见说，将船傍了岸边。那妇人同丫鬟下船，见了许宣，起一点朱唇，露两行碎玉，向前道一个万福。许宣慌忙起身答礼。那娘子和丫鬟舱中坐定了，娘子把秋波频转，瞧着许宣。许宣平生是个老实之人，见了此等如花似玉的美妇人，旁边又是个俊俏美女样的丫鬟，也不免动念。那妇人道："不敢动问官人，高姓尊讳？"许宣答道："在下姓许，名宣，排行第一。"妇人道："宅上何处？"许宣道："寒舍住在过军桥黑珠儿巷，生药铺内做买卖。"那娘子问了一回，许宣寻思道："我也问他一问。"起身道："不敢拜问娘子高姓？潭府何处？"那妇人答道："奴家是白三班白殿直之妹，嫁了张官人，不幸亡过了，现葬在这雷岭。为因清明节近，今日带了丫鬟，往坟上祭扫了方回，不想值雨。若不是搭得官人便船，实是狼狈。"又闲讲了一回。迤逦船摇近岸，只见那妇人道："奴家一时心忙，不曾带得盘缠在身边，万望官人处借些船钱还了，并不有负。"许宣道："娘子自便，不妨，些许船钱，不必计较。"还罢船钱，那雨越不住，许宣挽了上岸。那妇人道："奴家只在箭桥双茶坊巷口，若不弃时，可到寒舍拜茶，纳还船钱。"许宣道："小事何消挂怀。天色晚了，改日拜望。"说罢，妇人共丫鬟自去。

许宣入涌金门，从人家屋檐下到三桥街，见一个生药铺，正是李将仕兄弟的店。许宣走到铺前，正见小将仕在门前。小将仕道："小乙哥，晚了哪里去？"许宣道："便是去保叔塔烧篓子，着了雨，望借一把伞则个。"将仕见说，叫道："老陈，把伞来与小乙官去。"

不多时，老陈将一把雨伞撑开，道："小乙官，这伞是清湖八字桥老实舒家做的八十四骨紫竹柄的好伞，不曾有一些儿破，将去休坏了。仔细！仔细！"许宣道："不必吩咐。"接了伞，谢了将仕，出羊坝头来。到后市街巷口，只听得有人叫道："小乙官人。"许宣回头看时，只见沈公井巷口小茶坊屋檐下立着一个妇人，认得正是搭船的白娘子。许宣道："娘子如何在此？"白娘子道："便是雨不得住，鞋儿都踏湿了。教青青回家取伞和脚下。又见晚下来，望官人搭几步则个。"

许宣和白娘子合伞到坝头，道："娘子到哪里去？"白娘子道："过桥投箭桥去。"许宣道："小娘子，小人自往过军桥去，路又近了，不若娘子把伞自去，明日小人自来取。"白娘子道："却是不当，感谢官人厚意。"许宣沿人家屋檐下冒雨回来，只见姐夫家家人王安拿着钉靴、雨伞来接不着，却好归来。到家内吃了饭。当夜思量那妇人，翻来覆去睡不着。梦中共日间见的一般情意相浓，不想金鸡叫一声，却是南柯一梦，正是：

　　心猿意马驰千里，浪蝶狂蜂闹五更。

到得天明起来，梳洗罢，吃了饭，到铺中，心忙意乱，做些买卖也没心想。到午时后，思量道："不说一谎，如何得这伞来还人？"当时许宣见老将仕坐在柜上，向将仕说道："姐夫叫许宣归早些，要送人情，请暇半日。"将仕道："去了，明日早些来。"许宣唱个喏，径来箭桥双茶坊巷口寻问白娘子家里。问了半日，没一个认得。正踟蹰间，只见白娘子家丫鬟青青从东边走来。许宣道："姐姐，你家何处住？讨伞则个。"青青道："官人随我来。"许宣跟定青青，走不多路，道："只这里便是。"许宣看时，见一所楼房，门前两扇大门，中间四扇看街槅子眼，当中挂顶细密朱红帘子，四下排着十二把黑漆交椅，挂四幅名人山水古画，对门乃是秀王府墙。那丫鬟转入帘子内，道："官人请入里面坐。"许宣随步入到里面，那青青低低悄悄叫道："娘子，许小乙官人在此。"白娘子里面应道："请官人进里面拜茶。"许宣心下迟疑，青青三回五次催许宣进去。许宣转到里面，只见四扇暗槅子窗，揭起青布幕，一个坐起，桌上放一盆虎须菖蒲，两边也挂四幅美人，中间挂一幅神像，桌上放一个古铜香炉花瓶。那小娘子向前深深地道一个万福，道："夜来多蒙小乙官人应付周全，识荆之初，甚是感激不浅。"许宣道："些微何足挂齿。"白娘子道："少坐拜茶。"茶罢又道："片时薄酒三杯，表意而已。"许宣方欲推辞，青青已自把菜蔬、果品流水排将出来。许宣道："感谢娘子置酒，不当厚扰。"饮至数杯，许宣起身道："今日天色将晚，路远，小子告回。"娘子道："官人的伞，舍亲昨夜转借去了，再饮几杯，着人取来。"

许宣道："日晚，小子告回。"娘子道："再饮一杯。"许宣道："饮馔好了，多感！多感！"白娘子道："既是官人要回，这伞相烦明日来取则个。"许宣只得相辞了回家。

至次日，又来店中做些买卖，又推个事故，却来白娘子家取伞。娘子见来，又备三杯相款。许宣道："娘子还了小子的伞罢，不必多扰。"那娘子道："既安排了，略饮一杯。"许宣只得坐下。

那白娘子筛一杯酒递与许宣，启樱桃口，露榴子牙，娇滴滴声音，带着满面春风，告道："小官人在上，真人面前说不得假话。奴家亡了丈夫，想必和官人有宿世姻缘，一见便蒙错爱。正是你有心，我有意。烦小乙官人寻一个媒证，与你共成百年姻眷，不枉天生一对，却不是好？"

许宣听那妇人说罢，自己寻思："真个好一段姻缘，若娶得这个浑家，也不枉了。我自十分肯了，只是一件不谐，思量我日间在李将仕家做主管，夜间在姐夫家安歇，虽有些少东西，只好办身上衣服，如何得钱来娶老小？"自沉吟不答。只见白娘子道："官人何故不回言语？"许宣道："多感过爱！实不相瞒，只为身边窘迫，不敢从命。"娘子道："这个容易，我囊中自有余财，不必挂念。"便叫青青道："你去取一锭白银下来。"只见青青手扶栏杆，脚踏胡梯，取下一个包儿来，递与白娘子。娘子道："小乙官人，这东西将去使用，少欠时再来取。"亲手递与许宣。许宣接得包儿，打开看时，却是五十两雪花银子，藏于袖中，起身告回。青青把伞来还了许宣，许宣接得相别，一径回家，把银子藏了，当夜无话。

明日起来，离家到官巷，只把伞还了李将仕。许宣将些碎银子，买了一只肥好烧鹅、鲜鱼、精肉、嫩鸡、果品之类，提回家来，又买了一樽酒，吩咐养娘、丫鬟安排整下。那日却好姐夫李募事在家，饮馔俱已完备，来请姐夫和姐姐吃酒。

李募事却见许宣请他，倒吃了一惊，道："今日做什么子坏钞！日常不曾见酒盏儿面，今朝作怪。"三人依次坐定饮酒。酒致数杯，李募事道："尊舅，没事教你坏钞做什么？"许宣道："多谢姐夫，切莫笑话，轻微何足挂齿。感谢姐夫、姐姐管顾多时，一客不烦二主人，许宣如今年纪长成，恐虑后无人养育，不是了处。今有一头亲事在此说起，望姐夫、姐姐与许宣主张，结了一生终身也好。"姐夫、姐姐听得说罢，肚内暗自寻思，道："许宣日常一毛不拔，今日坏得些钱钞，便要我替他讨老小。"夫妻二人，你我相看，只不回话。吃酒了，许宣自做买卖。

过了三两日，许宣寻思道："姐姐如何不说起？"忽一日，见姐姐，问道："曾向姐夫商量也不曾？"姐姐道："不曾。"许宣道："如何不曾商量？"姐姐道："这个事不比别样的事，仓卒不得，又见姐夫这几日面色心焦，我怕他烦恼，不去问他。"许宣道："姐姐，你如何不上紧？这个有甚难处？你只怕我教姐夫出钱，故此不理。"

许宣便起身到卧房中，开箱取出白娘子的银来，把与姐姐，道："不必推故，只要姐夫做主。"姐姐道："吾弟多时在叔叔家中做主管，积攒得这些私房，可知道要娶老婆。你且去，我安在此。"

却说李募事归来，姐姐道："丈夫，可知小舅要娶老婆，原来自攒得些私房，如今教我倒换些零碎使用，我们只得与他完就这亲事则个。"李募事听得，说道："原来如此，得他积得些私房也好。拿来我看。"做妻的连忙将出银子，递与丈夫。李募事接在手中，翻来覆去，看了上面凿的字号，大叫一声苦："不好了，全家是死！"那妻吃了一惊，问道："丈夫，有什么利害之事？"李募事道："数日前邵太尉库内封记锁押俱不动，又无地穴得入，平空不见了五十锭大银。见今着落临安府提捉贼人，十分紧急。没有头路得获，累害了多少人。出榜缉捕，写着字号、锭数，有人捉获贼人、银子者，赏银五十两；知而不首及窝藏贼人者，除正犯外，全家发边远充军。这银子与榜上字号不差，正是邵太尉库内银子。即今捉捕十分紧急，正是火到身边，顾不得亲眷，自可去拨。明日事露，实难分说。不管他偷的、借的，宁可苦他，不要累我。只得将银子出首，免了一家之害。"老婆见说了，合口不得，目睁口呆。

当时拿了这锭银子，径到临安府出首。那大尹闻知这话，一夜不睡。次日，火速差缉捕使臣何立。何立带了伙伴，并一班眼明手快的公人，径到官巷口李家生药店提捉正贼许宣。到得柜边，发声喊，把许宣一条绳子绑缚了，一声锣，一声鼓，解上临安府来。正值韩大尹升堂，押过许宣，当厅跪下，喝声："打！"

许宣道："告相公，不必用刑，不知许宣有何罪？"大尹焦躁道："真赃正贼，有何理说！还说无罪？邵太尉府中不动封锁，不见了一号大银五十锭，现有李募事出首，一定这四十九锭也在你处。想不动封皮，不见了银子，你也是个妖人！不要打！"喝教："拿些秽血来！"许宣方知是这事，大叫道："不是妖人，待我分说。"大尹道："且住，你且说这银子从何而来？"

许宣将借伞、讨伞的上项事，一一细说一遍。大尹道："白娘子是什么样人？现住何处？"许宣道："凭他说，是白三班白殿直的亲妹子，如今现住箭桥边双茶坊巷口，秀王墙对黑楼子高坡儿内住。"那大尹随即便叫缉捕使臣何立押领许宣，去双茶坊巷口捉拿本妇前来。

何立等领了钧旨，一阵做公的径到双茶坊巷口秀王府墙对黑楼子前看时，门前四扇看阶，中间两扇大门，门外避藉陛，坡前却是垃圾，一条竹子横夹着。何立等见了这个模样，倒都呆了。当时就叫捉了邻人，上首是做花的丘大，下首是做皮匠的孙公。那孙公摆忙的吃他一惊，小肠气发，跌倒在地。众邻舍都走来，道："这里不曾有什么白娘子，这屋不五六年前有一个毛巡检合家时病死了，青天白日常有鬼出来买东西，无人敢在里头住。几日前，有个疯子立在门前唱喏。"

何立教众人解下横门竹竿，里面冷清清的，起一阵风，卷出一道腥气来。众人都吃了一惊，倒退几步。许宣看了，则声不得，一似呆的。做公的数中，有一个能胆大，排行第二，姓王，专好酒吃，都叫他做好酒王二。王二道："都跟我来。"发声喊，一齐开将入去。看时，板壁、坐起、桌凳都有。来到胡梯边，教王二前行，众人跟着，一齐上楼，楼上灰尘三寸厚。

众人到房门前，推开房门一望，床上挂着一张帐子，箱笼都有，只见一个如花似玉身着白的美貌娘子坐在床上。众人看了，不敢向前。众人道："不知娘子是神是鬼，我等奉临安府大尹钧旨，唤你去与许宣执证公事。"那娘子端然不动。好酒王二道："众人都不敢向前，怎的是了！你可将一坛酒来，与我吃了，做我不着，捉他去见大尹。"众人连忙叫两三个下去，提一坛酒来与王二吃。王二开了坛口，将一坛酒吃尽了，道："做我不着！"将那空坛望着帐子内打将去，不打万事皆休，才然打去，只听得一声响，却是晴天里打一个霹雳，众人都惊倒了。起来看时，床上不见了那娘子，只见明晃晃一堆银子。众人向前看了，道："好了。"计数四十九锭。众人道："我们将银子去见大尹也罢。"扛了银子，都到临安府。

何立将前事禀复了大尹。大尹道："定是妖怪了。也罢，邻人无罪宁家。"差人送五十锭银子与邵太尉处，开个缘由，一一禀复过了。许宣照"不应得为而为之事"，理重者决杖，免刺，配牢城营做工，满日疏放。牢城营乃苏州府管下，李募事因出首许宣，心上不安，将邵太尉给赏的五十两银子，尽数付与小舅作为盘费。李将仕书二封，一封与押司范院长，一封与吉利桥下开客店的王主人。

许宣痛哭一场，拜别姐夫、姐姐，带上行枷，两个防送人押着，离了杭州，到东新桥，下了舵船。不一日，来到苏州，先把书去见了范院长并王主人。王主人与他官府上下使了钱，打发两个公人去苏州府下了公文，交割了犯人，讨了回文，防送人自回。范院长、王主人保领许宣不入牢中，就在王主人门前楼上歇了。许宣心中愁闷，信笔题诗一首：

独上高楼望故乡，愁看斜日照纱窗。
平生自是真诚士，谁料相逢妖媚娘。
白白不知归甚处，青青哪识在何方？
抛离骨肉来苏地？思想家中寸断肠。

有话即长，无话即短。不觉光阴似箭，日月如梭，又在王主人家住了半年之上。忽遇九月下旬，那王主人正在门前闲立，看街上人来人往，只见远远一乘轿子，旁边一个丫鬟跟着，道："借问一声，此间可是王主人家吗？"王主人连忙起身，道："此间便是。你寻谁人？"丫鬟道："我寻临安府来的许小乙官人。"主人道："你等一等，我便叫他出来。"这乘轿了便歇在门前。王主人便入去，叫道："小乙哥，有人寻你。"

许宣听得，急走出来，同主人到门前看时，正是青青跟着，轿子里坐着白娘子。许宣见了，连声叫道："死冤家！自被你盗了官库银子，连累我吃了多少亏，有屈无伸。如今到此地位，又赶来做什么？可羞死人！"那白娘子道："小乙官人，不要怪我，今番特来与你分辩这件事。我且到主人家里面与你说。"白娘子叫青青取了包裹下轿。许宣道："你是鬼怪，不许入来！"挡住了门不放他。

那白娘子与主人深深道了个万福，道："奴家不相瞒，主人在上，我怎的是鬼怪，衣裳有缝，对日有影。不幸先夫去世，教我如此被人欺负！做下的事是先夫日前所为，非干我事。如今怕你怨畅，我特地来分说明白了，我去也甘心。"主人道："且教娘子入来，坐了说。"那娘子道："我和你到里面，对主人家的妈妈说。"门前看的人自都散了。

许宣入到里面，对主人家并妈妈道："我为他偷了官银子事，如此如此，因此教我吃场官司。如今又赶到此，有何理说？"白娘子道："先夫留下银子，我好意把你，我也不知怎的来的。"许宣道："如何做公的捉你之时，门前都是垃圾？就帐子里一响，不见了你？"白娘子道："我听得人说，你为这银子捉了去，我怕你说出我来，捉我到官，妆幌子羞人不好看，我无奈何，只得走去华藏寺前姨娘家躲了，使人担垃圾堆在门前，把银子安在床上，央邻舍与我说谎。"

许宣道："你却走了去，教我吃官事！"白娘子道："我将银子安在床上，只指望要好，哪里晓得有许多事情！我见你配在这里，我就带了些盘缠，搭船到这里寻你。如今分说都明白了，我去也。敢是我和你前生没有夫妻之分！"那王主人道："娘子许多路来到这里，难道就去？且在此间住几日，却理会。"青青道："既是主人家再三劝解，娘子且住两日。当初也曾许嫁小乙官人。"

白娘子随口便道："羞杀人！终不成奴家没人要？只为分别是非而来。"王主人道："既然当初许嫁小乙哥，却又回去！且留娘子在此。"打发了轿子。不在话下。

过了数日，白娘子先自奉承好了主人的妈妈，那妈妈劝主人与许宣说合，选定十一月十一日成亲，共百年偕老。光阴一瞬，早到吉日良时，白娘子取出银两，央王主人办备喜筵，二人拜堂结亲。酒席散后，共入纱厨，喜得许宣如遇神仙，只恨相见之晚。正好欢娱，不觉金鸡三唱，东方渐白。正是：

欢娱嫌夜短，寂寞恨更长。

自此日为始，夫妻二人如鱼似水，终日在王主人家快乐，昏迷缠定。

日往月来，又是半年光景。时临春气融和，花开如锦，车马往来，街坊热闹。许宣问主人家道："今日如何人人出去闲游，如此喧嚷？"主人道："今日是二月半，男子妇人，都去看卧佛。你也好去承天寺里闲走一遭。"许宣见说，道："我和妻子说一声，也去看一看。"许宣上楼来，和白娘子说："今日二月半，男子妇人都去看卧佛，我也看一看就来。有人寻说话，回说不在家，不可出来见人。"白娘子道："有甚好看，只在家中却不好？看他做什么！"许宣道："我去闲耍一遭就回，不妨。"

许宣离了店内，有几个相识同走，到寺里看卧佛，绕廊下各处殿上观看了一遭。方出寺来，见一个先生穿着道袍，头戴逍遥巾，腰系黄丝条，脚着熟麻鞋，坐在寺前卖药，散施符水，许宣立定了看，那先生道："贫道是终南山道士，到处云游，散施符水，救人病患灾厄，有事的向前来。"

那先生在人丛中看见许宣头上一道黑气，必有妖怪缠他，叫道："你近来，有一妖怪缠你，其害非轻！我与你二道灵符，救你性命。一道符三更烧，一道符放在自头发内。"许宣接了符，纳头便拜，肚内道："我也八九分疑惑那妇人是妖怪，真个是实。"谢了先生，径回店中。

至晚，白娘子与青青睡着了，许宣起来道："料有三更了。"将一道符放在自头发内，正欲将一道符烧化，只见白娘子叹一口气，道："小乙哥和我许多时夫妻，尚兀自不把我亲热！却信别人言语，半夜三更，烧符来压镇我！你且把符来烧看。"就夺过符来，一时烧化，全无动静。白娘子道："却如何？说我是妖怪！"许宣道："不干我事，卧佛寺前一云游先生知你是妖怪。"白娘子道："明日同你去看他一看，如何模样的先生。"

次日，白娘子清早起来，梳妆罢，戴了钗环，穿上素净衣服，吩咐青青看管楼上。夫妻二人来到卧佛寺前，只见一簇人团团围着那先生，在那里散符水。只见白娘子睁一双妖眼，到先生面前来喝一声："你好无礼！出家人枉在我丈夫面前说我是一个妖怪，书符来捉我！"那先生回言："我行的是五雷天心正法，凡有妖怪，吃了我的符，他即变出真形来。"那白娘子道："众人在此，你且书符来我吃看。"那先生书一道符，递与白娘子，白娘子接过符来，便吞下去。众人都看，没些动静。众人道："这等一个妇人，如何说是妖怪！"众人把那先生齐骂，那先生骂得眼睁口呆，半晌无言，惶恐满面。白娘子道："众位官人在此，他捉我不得，我自小学得个戏术，且把先生试来与众人看。"只见白娘子口内喃喃的不知念些什么，把那先生却似有人擒的一般，缩做一堆，悬空而起。众人看了，齐吃一惊。许宣呆了。娘子道："若不是众位面上，把这先生吊他一年。"白娘子喷口气，只见那先生依然放下，只恨爹娘少生两翼，飞也似走了。众人都散了，夫妻依旧回来，不在话下。

日逐盘缠都是白娘子将出来用度。正是夫唱妇随，朝欢暮乐。不觉光阴似箭，又是四月初八日，释迦佛生辰。只见街市上抬着柏亭浴佛，家家布施。许宣对王主人道："此间与杭州一般。"只见邻舍边一个小的叫做铁头，道："小乙官人，今日承天寺里做佛会，你去看一看。"

许宣转身到里面，对白娘子说了。白娘子道："什么好看！休去。"许宣道："去走一遭，散闷则个。"娘子道："你要去，身上衣服旧了，不好看，我打扮你去。"叫青青取新鲜时样衣服来。许宣着得不长不短，一似像体裁的，戴一顶黑漆头巾，脑后一双白玉环，穿一领青罗道袍，脚着一双皂鞋，手中拿一把细巧百折、描金美人、珊瑚坠、上样春罗扇，打扮得上下齐整。那娘子吩咐一声，如莺声巧啭，道："丈夫早早回来，切勿教奴记挂！"许宣叫了铁头相伴，径到承天寺来看佛会。人人喝彩："好个官人！"只听得有人说道："昨夜周将仕典当库内，不见了四五千贯金珠细软物件，现今开单告官挨查，没捉人处。"许宣听得，不解其意，自同铁头在寺。其日烧香官人、子弟、男女等，往往来来，十分热闹。许宣道："娘子教我早回，去罢。"

转身，人丛中不见了铁头，独自个走出寺门来。只见五六个人似公人打扮，腰里挂着牌儿，数中一个看了许宣，对众人道："此人身上穿的，手中拿的，好似那话儿。"数中一个认得许宣的道："小乙官，扇子借我一看。"许宣不知是计，将扇递与公人。那公人道："你们看，这扇子扇坠与单上开的一般。"众人喝声："拿了！"就把许宣一索子绑了，好似：

数只皂雕追紫燕，一群恶虎啖羊羔。

许宣道："众人休要错了，我是无罪之人。"众公人道："是不是，且去府前周将仕家分解。他店中失去五千贯金珠细软、白玉绦环、细巧百折扇、珊瑚坠子，你还说无罪！真赃正贼，有何分说！实是大胆汉子，把我们公人作等闲看成。现今头上、身上、脚上都是他家物件，公然出外，全无忌惮！"许宣方才呆了，半晌不则声。许宣道："原来如此！不妨，不妨。自有人偷得。"众人道："你自去苏州府厅上分说。"

次日大尹升厅，押过许宣见了。大尹审问："盗了周将仕库内金、珠、宝物在于何处？从实供来，免受刑法拷打。"许宣道：
"禀上相公做主，小人穿的衣服物件皆是妻子白娘子的，不知从
何而来。望相公明镜详辨则个。"大尹喝道："你妻子今在何处？"
许宣道："现在吉利桥下王主人楼上。"大尹即差缉捕使臣袁子明，
押了许宣，火速捉来。

　　差人袁子明来到王主人店中，主人吃了一惊，连忙问道："做
什么？"许宣道："白娘子在楼上么？"主人道："你同铁头早去
承天寺里，去不多时，白娘子对我说道：'丈夫去寺中闲耍，教
我同青青照管楼上。此时不见回来，我与青青去寺前寻他去也。'
望乞主人替我照管。出门去了，到晚不见回来。我只道与你去望
亲戚，到今日不见回来。"

　　众公人要王主人寻白娘子，前前后后，遍寻不见。袁子明将
王主人捉了，见大尹回话。大尹道："白娘子在何处？"王主人细
细禀复了，道："白娘子是妖怪。"大尹一一问了，道："且把许宣
监了。"王主人使用了些钱，保出在外，伺候归结。

　　且说周将仕正在对门茶坊内闲坐，只见家人报道："金、珠
等物都有了，在库阁头空箱子内。"周将仕听了，慌忙回家看时，
果然有了，只不见了头巾、绦环、扇子并扇坠。周将仕道："明
是屈了许宣，平白地害了一个人，不好。"暗地里倒与该房说了，
把许宣只问个小罪名。

　　却说邵太尉使李募事到苏州干事，来王主人家歇。主人家
把许宣来到这里，又吃官司事，一一从头说了一遍。李募事寻思

道："看自家面上亲情，如何看做落。"只得与他央人情，上下使钱。一日，大尹把许宣一一供招明白，都做在白娘子身上，只做"不合不出首妖怪"等事，杖一百，配三百六十里，押发镇江府牢城营做工。李募事道："镇江去便不妨，我有一个结拜的叔叔，姓李，名克用，在针子桥下开生药店。我写一封书，你可去投托他。"许宣只得问姐夫借了些盘缠，拜谢了王主人并姐夫，就买酒饭与两个公人吃，收拾行李起程。王主人并姐夫送了一程，各自回去了。

且说许宣在路，饥餐渴饮，夜住晓行，不则一日，来到镇江。先寻李克用家，来到针子桥生药铺内。只见主管正在门前卖生药，老将仕从里面走出来，两个公人同许宣慌忙唱个喏道："小人是杭州李募事家中人，有书在此。"主管接了，递与老将仕。老将仕拆开看了，道："你便是许宣？"许宣道："小人便是。"李克用教三人吃了饭，吩咐当值的同到府中，下了公文，使用了钱，保领回家。防送人讨了回文，自归苏州去了。

许宣与当值一同到家中，拜谢了克用，参见了老安人。克用见李募事书，说道许宣原是生药店中主管，因此留他在店中做买卖，夜间教他去五条巷卖豆腐的王公楼上歇。克用见许宣药店中十分精细，心中欢喜。

原来药铺中有两个主管：一个张主管，一个赵主管。赵主管一生老实本分。张主管一生克剥奸诈，倚着自老了，欺侮后辈。见又添了许宣，心中不悦，恐怕退了他，反生奸计，要嫉妒他。

忽一日，李克用来店中闲看，问："新来的做买卖如何？"张主管听了，心中道："中我机谋了！"应道："好便好了，只有一件……"克用道："有什么一件？"老张道："他大主买卖肯做，小主儿就打发去了，因此人说他不好。我几次劝他，不肯依我。"老员外说："这个容易，我自吩咐他便了，不怕他不依。"

赵主管在旁听得此言，私对张主管说道："我们都要和气，许宣新来，我和你照管他才是。有不是，宁可当面讲，如何背后去说他？他得知了，只道我们嫉妒。"老张道："你们后生家晓得什么！"天已晚了，各回下处。

赵主管来许宣下处，道："张主管在员外面前嫉妒你，你如今要愈加用心，大主、小主儿买卖一般样做。"许宣道："多承指教！我和你去闲酌一杯。"二人同到店中，左右坐下，酒保将要饭果碟摆下，二人吃了几杯。赵主管说："老员外最性直，受不得触，你便依随他生性，耐心做买卖。"许宣道："多谢老兄厚爱，谢之不尽！"又饮了两杯，天色晚了。赵主管道："晚了，路黑难行，明日再会。"许宣还了酒钱，各自散了。

许宣觉道有杯酒醉了，恐怕冲撞了人，从屋檐下回去。正走之间，只见一家楼上推开窗，将熨斗灰播下来，都倾在许宣头上。立住脚，便骂道："谁家泼男女不生眼睛，好没道理！"只见一妇人慌忙走下来，道："官人休要骂，是奴家不是，一时失误了。休怪！"许宣半醉，抬头一看，两眼相观，正是白娘子。许宣怒从心上起，恶向胆边生，无名火焰腾腾高起三千丈，掩纳不住，便

骂道:"你这贼贱妖精!连累得我好苦,吃了两场官事。"恨小非君子,无毒不丈夫。正是:

踏破铁鞋无觅处,得来全不费工夫。

许宣道:"你如今又到这里,却不是妖怪?"赶将入去,把白娘子一把拿住,道:"你要官休,私休?"白娘子赔着笑面,道:"丈夫,一夜夫妻百世恩,和你说来事长。你听我说,当初这衣服都是我先夫留下的,我与你恩爱深重,教你穿在身上。恩将仇报,反成吴越。"许宣道:"那日我回来寻你,如何不见了?主人家说你同青青来寺前看我,因何又在此间?"白娘子道:"我到寺前,听得说你被捉了去,教青青打听不着,只道你脱身走了。怕来捉我,教青青连忙讨了一只船,到建康府娘舅家去,昨日才到这里。我也道连累你两场官事,也有何面目见你!你怪我也无用了,情意相投,做了夫妻,如今好端端,难道走开了!我与你情似泰山,恩同东海,誓同生死。可看日常夫妻之面,取我到下处,和你百年偕老,却不是好!"

许宣被白娘子一骗,回嗔作喜,沉吟了半晌,被色迷了心胆,流连之意,不回下处,就在白娘子楼上歇了。

次日,来上河五条巷王公楼家,对王公说:"我的妻子同丫鬟从苏州来到这里。"一一说了,道:"我如今搬回来一处过活。"王公道:"此乃好事,如何用说。"当日把白娘子同青青搬来王公楼上。

次日，点茶请邻舍。第三日，邻舍又与许宣接风，酒筵散了，邻舍各自回去，不在话下。第四日，许宣早起梳洗已罢，对白娘子说："我去拜谢东西邻舍，去做买卖去也。你同青青只在楼上照管，切勿出门。"吩咐已了，自到店中做买卖，早去晚回。

不觉光阴迅速，日月如梭，又过一月。忽一日，许宣与白娘子商量，去见主人李员外并妈妈家眷。白娘子道："你在他家做主管，去参见了他，也好日常走动。"到次日，雇了桥子，径进里面，请白娘子上了桥，叫王公挑了盒儿，丫鬟青青跟随，一路来到李员外家。下了桥子，进到里面，请员外出来。李克用连忙来见，白娘子深深道个万福，拜了两拜，妈妈也拜了两拜，内眷都参见了。原来李克用年纪虽大，却专一好色，见了白娘子有倾国之姿，正是：

　　三魂不附体，七魄在他身。

　　那员外目不转睛看白娘子。当时安排酒饭管待，妈妈对员外道："好个伶俐的娘子！十分容貌，温柔和气，本分老成。"员外道："便是，杭州娘子生得俊俏。"饮酒罢了，白娘子相谢自回，李克用心中思想："如何得这妇人共宿一宵？"眉头一簇，计上心来，道："六月十三是我寿诞之日，不要慌，教这妇人着我一个道儿。"

　　不觉乌飞兔走，才过端午，又是六月初间。那员外道："妈妈，十三日是我寿诞，可做一个筵席，请亲眷朋友闲耍一日，也是一生的快乐。"当日亲眷、邻友、主管人等都下了请帖。次日，家家户户都送烛、面、手帕物件来。十三日都来赴筵，吃了一日。次日，是女眷们来贺寿，也有十来个。且说白娘子也来，十分打扮：上着青织金衫儿，下穿大红纱裙，戴一头百巧珠翠金银首饰。带了青青，都到里面，拜了生日，参见了老安人。东阁下排着筵席。原来李克用吃虱子留后腿的人，因见白娘子容貌，设此一计，大排筵席，各各传杯弄盏。酒至半酣，却起身脱衣净手。李员外当下预先吩咐心腹养娘道："若是白娘子登东，他要净手，你可另引他到后面僻静房内去。"李员外设计已定，先自躲在后面。正是：

不劳钻穴窬墙事，且做偷香窃玉人。

只见白娘子真个要去净手，养娘便引他到后面一间僻静房内去，养娘自回。那员外心中淫乱，捉身不住，不敢便走进去，却在门缝里张。不张万事皆休，则一张，那员外大吃一惊，回身便走，来到后边，望后倒了：

不知一命如何，先觉四肢不举。

那员外眼中不见如花似玉体态，只见房中蟠着一条吊桶来粗大白蛇，两眼一似灯盏，放出金光来。惊得半死，回身便走，一绊一跤。众养娘扶起看时，面青口白。主管慌忙用安魂定魄丹服了，方才醒来。老安人与众人都来看了，道："你为何大惊小怪做什么？"李员外不说其事，说道："我今日起得早了，连日又辛苦了些，头风病发，晕倒了。"扶去房里睡了。众亲眷再入席，饮了几杯，酒筵罢散，众人作谢回家。

白娘子回到家中思想，恐怕明日李员外在铺中对许宣说出本相来，便生一条计，一头脱衣服，一头叹气。许宣道："今日出去吃酒，因何回来叹气？"白娘子道："丈夫，说不得！李员外原来假做生日，其心不善。因见我起身登东，他躲在里面，欲要奸骗我，扯裙扯裤来调戏我。欲待叫起来，众人都在那里，怕装幌子。被我一推倒地，他怕羞没意思，假说晕倒了。这惶恐哪里出气！"

许宣道："既不曾奸骗你，他是我主人家，出于无奈，只得忍了这遭，休去便了。"白娘子道："你不与我做主，还要做人？"许宣道："先前多承姐夫写书，教我投奔他家，亏他不阻，收留在家做主管，如今教我怎的好？"

白娘子道："男子汉，我被他这般欺负，你还去他家做主管？"许宣道："你教我何处去安身？做何生理？"白娘子道："做人家主管也是下贱之事，不如自开一个生药铺。"许宣道："亏你说，只是哪讨本钱？"白娘子道："你放心，这个容易，我明日把些银子，你先去赁了间房子，却又说话。"

且说今是古，古是今，各处有这等出热的，间壁有一个人，

291

姓蒋，名和，一生出热好事。次日，许宣问白娘子讨了些银子，教蒋和去镇江渡口马头上赁了一间房子，买下一付生药厨柜，陆续收买生药。十月前后，俱已完备，选日开张药店，不去做主管。那李员外也自知惶恐，不去叫他。

许宣自开店来，不匡买卖一日兴一日，普得厚利。正在门前买卖生药，只见一个和尚，将着一个募缘簿子，道："小僧是金山寺和尚，如今七月初七日，是英烈龙王生日，伏望官人到寺烧香，布施些香钱。"许宣道："不必写名，我有一块好降香，舍与你拿去烧罢。"即便开柜取出，递与和尚。和尚接了，道："是日望官人来烧香。"打一个问讯去了。白娘子看见，道："你这杀才，把一块好香与那贼秃去换酒肉吃。"许宣道："我一片诚心舍与他，花费了也是他的罪过。"

不觉又是七月初七日，许宣正开得店，只见街上闹热，人来人往。帮闲的蒋和道："小乙官，前日布施了香，今日何不去寺内闲走一遭？"许宣道："我收拾了，略待略待，和你同去。"蒋和道："小人当得相伴。"许宣连忙收拾了，进去对白娘子道："我去金山寺烧香，你可照管家里则个。"白娘子道："无事不登三宝殿，去做什么？"许宣道："一者不曾认得金山寺，要去看一看；二者前日布施了，要去烧香。"

白娘子道："你既要去，我也挡你不得，只要依我三件事。"许宣道："哪三件？"白娘子道："一件，不要去方丈内去；二件，不要与和尚说话；三件，去了就回。来得迟，我便来寻你也。"

许宣道："这个何妨，都依得。"当时换了新鲜衣服鞋袜，袖了香盒，同蒋和径到江边，搭了船，投金山寺来。

先到龙王堂烧了香，绕寺闲走了一遍，同众人信步来到方丈门前。许宣猛省道："妻子吩咐我休要进方丈内去。"立住了脚不进去。蒋和道："不妨事。他自在家中，回去只说不曾去便了。"说罢，走入去看了一回，便出来。且说方丈当中座上坐着一个有德行的和尚，眉清目秀，圆顶方袍，看了模样的是真僧。一见许宣走过，便叫侍者："快叫那后生进来。"侍者看了一回，人千人万，乱滚滚的，又不认得他，回说："不知他走哪边去了。"和尚见说，持了禅杖，自出方丈来，前后寻不见，复身出寺来看。只见众人都在那里，等风浪静了落船，那风浪越大了，道："去不得。"正看之间，只见江心里一只船，飞也似来得快。

许宣对蒋和道："这般大风浪，过不得渡。那只船如何到来得快？"正说之间，船已将近。看时，一个穿白的妇人、一个穿青的女子来到岸边。仔细一认，正是白娘子和青青两个。许宣这一惊非小。

白娘子来到岸边，叫道："你如何不归？快来上船！"许宣却欲上船，只听得人在背后喝道："业畜！在此做什么？"许宣回头看时，人说道："法海禅师来了。"禅师道："业畜，敢再来无礼，残害生灵！老僧为你特来。"

白娘子见了和尚，摇开船，和青青把船一翻，两个都翻下水底去了。许宣回身看着和尚便拜："告尊师，救弟子一条草命！"

禅师道："你如何遇着这妇人？"许宣把前项事情从头说了一遍。禅师听罢，道："这妇人正是妖怪，汝可速回杭州去。如再来缠汝，可到湖南净慈寺里来寻我。有诗四句：

本是妖精变妇人，西湖岸上卖娇声。

汝因不识遭他计，有难湖南见老僧。

许宣拜谢了法海禅师，同蒋和下了渡船，过了江，上岸归家。白娘子同青青都不见了，方才信是妖精。到晚来，教蒋和相伴过夜，心中昏闷，一夜不睡。

次日早起，叫蒋和看着家里，却来到针子桥李克用家，把前项事情告诉了一遍。李克用道："我生日之时，他登东，我撞将去，不期见了这妖怪，惊得我死去。我又不敢与你说话。既然如此，你且搬来我这里住着，别作道理。"许宣作谢了李员外，依旧搬到他家。

不觉住过两月有余。忽一日，立在门前，只见地方总甲吩咐排门人等，俱要香、花、灯、烛，迎接朝廷恩赦。原来是宋高宗册立孝宗，降赦通行天下，只除人命大事，其余小事尽行赦放回家。许宣遇赦，欢喜不胜，吟诗一首，诗云：

感谢吾皇降赦文，网开三面许更新。

死时不做他邦鬼，生日还为旧土人。

不幸逢妖愁更困，何期遇宥罪除根。

归家满把香焚起，拜谢乾坤再造恩。

　　许宣吟诗已毕，央李员外衙门上下打点，使用了钱，见了大尹，给引还乡。拜谢东邻西舍，李员外、妈妈、合家大小、二位主管，俱拜别了，央帮闲的蒋和买了些土物，带回杭州。

　　来到家中，见了姐夫、姐姐，拜了四拜。李募事见了许宣，焦躁道："你好生欺负人！我两遭写书教你投托人，你在李员外家娶了老小，不值得寄封书来教我知道，直恁的无仁无义！"许宣说："我不曾娶妻小。"姐夫道："现今两日前，有一个妇人，带着一个丫鬟，道是你的妻子。说你七月初七日去金山寺烧香，不见回来，那里不寻到。直到如今，打听得你回杭州，同丫鬟先到这里，等你两日了。"教人叫出那妇人和丫鬟，见了许宣。许宣看见，果是白娘子、青青。许宣见了，目睁口呆，吃了一惊。不在姐夫、姐姐面前说这话本，只得任他埋怨了一场。李募事教许宣共白娘子去一间房内去安身。许宣见晚了，怕这白娘子，心中慌了，不敢向前，朝着白娘子跪在地下，道："不知你是何神何鬼？可饶我的性命！"白娘子道："小乙哥，是何道理！我和你许多时夫妻，又不曾亏负你，如何说这等没力气的话！"许宣道："自从和你相识之后，带累我吃了两场官司。我到镇江府，你又来寻我。前日金山寺烧香归得迟了，你和青青又直赶来，见了禅师，便跳下江里去了。我只道你死了，不想你又先到此。望乞可怜见，饶我则个！"白娘子圆睁怪眼，道："小乙官，我也只是为你好，谁想倒成怨本！"我与你平生夫妇，共枕同衾，许多恩爱。如今却信别人闲言语，教我夫妻不睦。我如今实对你说："若听我言语，喜喜欢欢，万事皆休。若生外心，教你满城皆为血水，人人手攀洪浪，脚踏浑波，皆死于非命。"惊得许宣战战兢兢，半晌无言可答，不敢走近前去。青青劝道："官人，娘子爱你杭州人生得好，又喜你恩情深重。听我说，与娘子和睦了，休要疑虑。"许宣吃两个缠不过，叫道："却是苦耶！"

只见姐姐在天井里乘凉，听得叫苦，连忙来到房前，只道他两个儿厮闹，拖了许宣出来。白娘子关上房门自睡。许宣把前因后事，一一对姐姐告诉了一遍。却好姐夫乘凉归房，姐姐道："他两口儿厮闹了，如今不知睡了也未，你且去张一张了来。"李募事走到房前看时，里头黑了，半亮不亮，将舌头舔破纸窗，不张万事皆休，一张时，见一条吊桶来大的蟒蛇，睡在床上，伸头在天窗内乘凉，鳞甲内放出白光来，照得房内如同白日。吃了一惊，回身便走。来到房中，不说其事，道："睡了，不见则声。"许宣躲在姐姐房中，不敢出头，姐夫也不问他。

过了一夜，次日，李募事叫许宣出去到僻静处，问道："你妻子从何娶来？实实地对我说，不要瞒我。我昨夜亲眼看见他是一条大白蛇。我怕你姐姐害怕，不说出来。"许宣把从头事，一一对姐夫说了一遍。

李募事道："既是这等，白马庙前一个呼蛇戴先生，如法捉得蛇。我同你去接他。"二人取路来到白马庙前，只见戴先生正立在门口。二人道："先生拜揖。"先生道："有何见谕？"许宣道："家中有一条大蟒蛇，相烦一捉则个。"先生道："宅上何处？"许宣道："过军桥黑珠儿巷内李募事家便是。"取出一两银子，道："先生收了银子，待捉得蛇，另又相谢。"先生收了，道："二位先回，小子便来。"李募事与许宣自回。

那先生装了一瓶雄黄药水，一直来到黑珠儿巷内，问李募事家。人指道："前面那楼子内便是。"先生来到门前，揭起帘子，咳嗽一声，并无一个人出来。敲了半晌门，只见一个小娘子出来问道："寻谁家？"先生道："此是李募事家么？"小娘子道："便是。"先生道："说宅上有一条大蛇，却才二位官人来请小子捉蛇。"小娘子道："我家哪有大蛇，你差了。"先生道："官人先与我一两银子，说捉了蛇后，有重谢。"白娘子道："没有，休信他们哄你。"先生道："如何作耍？"

白娘子三回五次发落不去，焦躁起来，道："你真个会捉蛇？只怕你捉他不得！"戴先生道："我祖宗七八代呼蛇捉蛇，量道一条蛇有何难捉？"娘子道："你说捉得，只怕你见了要走。"先生道："不走，不走，如走，罚一锭白银。"娘子道："随我来。"到天井内，那娘子转个弯走进去了。那先生手中提着瓶儿，立在空地上，不多时，只见刮起一阵冷风，风过处，只见一条吊桶来大的蟒蛇，连射将来，正是：

人无害虎心，虎有伤人意。

且说那戴先生吃了一惊，望后便倒，雄黄罐儿也打破了。那条大蛇，张开血红大口，露出雪白齿，来咬先生。先生慌忙爬起来，只恨爹娘少生两脚，一口气跑过桥来，正撞着李募事与许宣。许宣道："如何？"那先生道："好教二位得知。"把前项事从头说了一遍，取出那一两银子，付还李募事，道："若不生这双脚，连性命都没了。二位自去照顾别人。"急急地去了，许宣道："姐夫，如今怎么处？"李募事道："眼见实是妖怪了，如今赤山埠前张成家欠我一千贯钱，你去那里静处讨一间房儿住下，那怪物不见了你，自然去了。"许宣无计可奈，只得应承。同姐夫到家时，静悄悄的，没些动静。李募事写了书帖，和票子做一封，教许宣往赤山埠去。只见白娘子叫许宣到房中，道："你好大胆！又叫什么捉蛇的来。你若和我好意，佛眼相看；若不好时，带累一城百姓受苦，都死于非命。"许宣听得，心寒胆战，不敢则声，将了票子，闷闷不已。

来到赤山埠前寻着了张成，随即袖中取票时，不见了。只叫得苦，慌忙转步，一路寻回来时，哪里见！正闷之间，来到净慈寺前。忽地里想起："那金山寺长法海禅师曾吩咐来：'倘若那妖怪再来杭州缠你，可来净慈寺内来寻我。'如今不寻，更待何时！"急入寺中，问监寺道："动问和尚，法海禅师曾来上刹也未？"那和尚道："不曾到来。"许宣听得说不在，越闷，折身便回，来长桥堍下，自言自语道："时衰鬼弄人，我要性命何用！"看着一湖清水，却待要跳，正是：

阎王判你三更到，定不容人到四更。

许宣正欲跳水，只听得背后有人叫道："男子汉何故轻生！死了一万口，只当五千双，有事何不问我？"许宣回头时，正是法海禅师，背驮衣钵，手提禅杖。原来真个才到，也是不该命尽，再迟一碗饭时，性命也休了。许宣见了禅师，纳头便拜，道："救弟子一命则个。"禅师道："这业畜在何处？"许宣把上项事一一诉了，道："如今又直到这里，求尊师救渡一命。"禅师于袖中取出一个钵盂，递与许宣，道："你若到家，不可教妇人得知，悄悄地将此物劈头一罩。切勿手轻，紧紧地按住，不可心慌。你便回去。"

且说许宣，拜谢了祖师回家，只见白娘子正坐在那里，口内喃喃地骂道："不知甚人挑拨我丈夫和我做冤家，打听出来，和他理会。"正是有心等了没心的，许宣张得他眼慢，背后悄悄地望白娘子头上一罩，用尽平生气力纳住，不见了女子之形，随着钵盂慢慢地按下，不敢手松，紧紧的按住。只听得钵盂内道："和你数载夫妻，好没一些儿人情！略放一放。"

许宣正没了结处，报道："有一个和尚，说道'要收妖怪'。"许宣听得，连忙教李募事请禅师进来。来到里面，许宣道："救弟子则个。"不知禅师口里念的什么，念毕，轻轻地揭起钵盂，只见白娘子缩做七八寸长，如傀儡人像，双眸紧闭，做一堆儿伏在地下。禅师喝道："是何业畜妖怪？怎敢缠人？可说备细。"白娘子答道："祖师，我是一条大蟒蛇。因为风雨大作，来到西湖上安身，同青青一处。不想遇着许宣，春心荡漾，按捺不住，一时冒犯天条，却不曾杀生害命，望禅师慈悲则个。"

禅师又问："青青是何怪？"白娘子道："青青是西湖内第三桥下潭内千年成气的青鱼，一时遇着，拉他为伴。他不曾得一日欢娱，并望禅师怜悯。"

禅师道："念你千年修炼，免你一死，可现本相。"白娘子不肯。禅师勃然大怒，口中念念有词，大喝道："揭谛何在？快与我擒青鱼怪来，和白蛇现形，听吾发落。"

须臾，庭前起一阵狂风，风过处，只闻得豁剌一声响，半空中坠下一个青鱼，有一丈多长，向地拨剌地连跳几跳，缩做尺余长一个小青鱼。看那白娘时，也复了原形，变了三尺长一条白蛇，兀自昂头看着许宣。禅师将二物置于钵盂之内，推下褊衫一幅，封了钵盂口。拿到雷峰寺前，将钵盂放在地下，令人搬砖运石，砌成一塔。后来许宣化缘，砌成了七层宝塔。千年万岁，白蛇和青鱼不能出世。

且说禅师，押镇了留偈四句：

西湖水干，江湖不起，

雷峰塔倒，白蛇出世。

法海禅师言偈毕，又题诗八句，以劝后人：

奉劝世人休爱色，爱色之人被色迷。
心正自然邪不扰，身端怎有恶来欺？
但看许宣因爱色，带累官司惹是非。
不是老僧来救护，白蛇吞了不留些。

法海禅师吟罢，各人自散。唯有许宣情愿出家，礼拜禅师为师，就雷峰塔披剃为僧，修行数年，一夕坐化去了。众僧买龛烧化，造一座骨塔，千年不朽。临去世时，亦有诗四句留以警世，诗曰：

祖师度我出红尘，铁树开花始见春。
化化轮回重化化，生生转变再生生。
欲知有色还无色，须识无形却有形；
色即是空空即色，空空色色要分明。

《中国历代经典宝库》总目